安塞县文艺创作基金资助项目

山丹丹文丛（第一辑）

U0608329

静悟斋散笔

郭志东 著

陕西新华出版传媒集团

三 秦 出 版 社

图书在版编目（CIP）数据

静悟斋散笔：郭志东散文随笔作品集 / 郭志东著.
— 西安：三秦出版社，2016.3
（山丹丹文丛）
ISBN 978 - 7 - 5518 - 1234 - 4

Ⅰ. ①静… Ⅱ. ①郭… Ⅲ. ①散文集 - 中国 - 当代
Ⅳ. ①I267

中国版本图书馆 CIP 数据核字（2016）第 034719 号

静悟斋散笔：郭志东散文随笔作品集

郭志东　著

出版发行	陕西新华出版传媒集团　三秦出版社
社　　址	西安北大街 147 号
电　　话	(029)87205121
邮政编码	710003
印　　刷	三河市嵩川印刷有限公司
开　　本	889mm×1194mm　1/32
印　　张	11
字　　数	252 千字
版　　次	2016 年 3 月第 1 版
	2021 年 7 月第 2 次印刷
标准书号	ISBN 978 - 7 - 5518 - 1234 - 4
定　　价	52.00 元
网　　址	http://www.sqcbs.cn

目录

第一辑　鼓手感悟

十四年前的冬天.九岁的我被爷爷从牛粪火堆边拉起:"快成后生了,还整天守堆火爆豆子吃,不羞? 走,打鼓去!"穿着露裆裤的我走向鼓场。和公社另几支鼓队争高低,十三岁的我翻过几座山后,为那条简易黄土路惊呼:"山外的路这么好,能并着走几头驴……"

当我真正看到山外的世界时,却听到:"陕北人怪,除了晒太阳就是打腰鼓吼信天游发泄多余的精力"的评说。为此。我思绪万千,真想把评说者拉到那闭塞贫穷得让从地球另一端走来的美国记者斯诺感慨的陕北去看看,"人类能在这样的自然环境中生存,简直是奇迹。""这儿的人是靠饥饿和危险生存的。"斯诺说。一个躯体上有太多重负和苦难的人,心头一定少些忧愁,更不会有颓唐,陕北人知道苦难是与生命紧紧相连的。没必要去为此发愁,只有抓住时机放松一下,才有力量去迎接生命所包容的一切,继续生活。苦苦地与大山争与苍天抗,劳作、憋闷了一年,拥有的是年关不足一月的闲暇,这便是放松、宣泄的日子,这就有了腰鼓的季节。

太重的重负下.陕北人有了不逊于虎鹰的筋骨,能掀起势如龙卷风一样的腰鼓舞的能量;太苦的苦难中,形成了陕北人的逍遥,铸就了陕北人的自在。不论是烈日下裸露着焦黑的脊梁劳作的汉子,还是路途行走的乞者,不会有谁因烈日的无情,因食宿无着落而忘了信天游。哼、唱、吼出的全是歌,即便爹死娘亡,儿女们也是用如歌的泣唱为亲人送行。在我这鼓手心里,这片厚土上自称"受苦人"的汉子们的生活很艰难,但也实在,很沉重但无束缚。

从爷爷把我拖进鼓场那天起,每听到鼓声我就莫名地激动兴奋;就有不趁年轻跳腾几年枉来世上一遭之感。不料想,原本为填补大自然的缺憾而自娱自乐的鼓儿,竟把我们托出了山,托到摄像机前、都市里。兴奋之余,从一幕幕自己轻轻松松使性子找乐子时摄下的画面上,我们也感觉到小小的鼓儿有了灵性,使一群土得掉渣的后生很潇洒很威风。那消化红豆角角老南瓜小米,如黄土地一样呆板憨厚的后生,跳腾起来竟个个如鹏展翅如虎添翼,几十人的腾跃竟如高空炸惊雷平地起飙风。观者竟比我们舞者更激动兴奋⋯⋯

我们沾沾自喜了,想利用这原本仅作自娱的技艺改变一下生活。于是,有人利用农闲外出传艺或干脆为他乡人的节日去助兴,挣点钱也顺便看看山外的世界。忽一日,玩到沿海开放城市的兄弟们沮丧地回来了。"那些南蛮除了多给我们钱和鄙夷的目光外,对掌声与喝彩很吝啬",愤慨、不解的我们平静后,终于有人意识到自身的可悲。作为曾帮助过人困马乏的共产党人,使他们擎起一个崭新的中国的厚土上的子民;作为李自成、高迎祥等英雄的后人,那种目光我们难以忍受。但我们又不得不自问:"除了打鼓吼信天游扶古老的犁耕种外,我们还会干什么? 除了能舞出掀起一股子狂风和黄尘的腰鼓舞的力气外,我们还有什么?"

作为一名新时代的陕北鼓手,我理解也认同:"陕北人精神上是富翁,物质上却是难民、乞丐"的说法。古老的民间艺术是闭塞、贫穷、落后的孪生子。今天,它是有一定的价值和魅力,但我们把它作为自豪的资本那是无知可笑;把它作为一种生存的技艺或谋生的手段,那不仅仅是我们自身的悲哀,而且是对祖先对民间艺术的亵渎!

爷爷的责骂使我拥有了很好的腰鼓技艺,也赐给我走出大山的机会。如今在外面世界的我虽放下了鼓儿,可还是喜欢借助电视机录像机回头品味自己与众兄弟昔日的风采,并借此思考些东西。

一群"受苦人"的后代玩耍的把式,登上许多专攻艺术的人也许奋斗终生也无缘登上的舞台,唱的还都是压台戏。但最能令汉子们随心所欲跳腾的地方是陕北崎岖不平、虚实不一的黄土地,舞台虽使鼓手脚下少了羁绊,可空间上却多了束缚。鼓手们貌似潇洒,骨子里却少了那种与黄土地撕扯,与自然界抗争的征服感,也少了那股子随心所欲的剽悍,或干脆说少了那种野狂之气。

脚踩世界上黄土最厚的土地,能搏出让外国艺术家失态,让本国艺术界权威们发出:"安塞腰鼓是最能体现中华民族自强不息、不屈不挠之精神的民间舞蹈"之盛誉的陕北人,真的就无力改变"物质上是难民、乞丐"的现实吗? 尽管他们从古至今九死不悔地抗争着,尽管人的力量有时在自然面前小得可怜,可没谁因此而放弃奋斗……

当历史进入九十年代，闭塞了千年的陕北终于被时代的脚步踏开了。油、气、煤田的开采，土地的科学利用、铁路的开通，使黄土高坡上处处涌动着活力和生机。虽然我的鼓手兄弟们显得手足无措，但对已走进大潮的陕北人的未来，我充满信心：璀璨的民间艺术是我们的财富，可贫穷、落后、闭塞不是任何人、任何一片土地的专利，也不会永伴我们，也不会永伴养育我们的这片热土。

刊于 1993 年 4 月 9 日《中国青年报》

选入中国青年出版社 1999 年版《新延安文艺丛书·散文卷》

魂鼓

　　置身于东方奇观秦始皇兵马俑坑前,人们往往联想到安塞腰鼓。有人说那黄土地上击鼓汉子们的动作和那摄人魂魄的腰鼓队阵势,有兵俑阵的内涵;有人甚至说鼓手们是丢了刀枪失去战场,无处宣泄的武士陶俑。更有狂者,冠它以"中华民族之魂鼓"的妙称。

　　安塞位于陕北高原的边缘,古称高奴。它北临长城,"秦直古道"穿境而过。历史上这里多有铁马兵戈的惨烈征战。从周朝起,白狄、匈奴、杯胡、卢水胡、鲜卑、羯、氐、羌、突厥、党项、吐蕃、女真、回、蒙古等近20个少数民族先后占据过这里或在这里与汉人杂居。多民族融合与交流漩涡中的陕北,以血与火的代价吸收了南方、中原以及众多的少数民族的文化艺术精华,形成了自己独特的文化。安塞是这一漩涡的中心,历来地灵人杰,除腰鼓外,农民画、剪纸、民歌等民间艺术也在全国占有一席之位。

　　腰鼓的产生与发展和安塞人民的生活休戚相关,它源于军营,根在民间,已有两千多年的历史。相传秦汉时戍守长城的边卒,把腰鼓同刀枪、弓箭一起作为战斗必不可少的装备。遇偷袭,便击鼓告急,请求援助;两军对垒交锋,便击鼓助战,威慑敌人;当克敌制胜,庆贺胜利,则敲鼓取乐助兴。

现在的安塞腰鼓主要用于欢度节日,贺祝喜庆。表演时,鼓手们多着宽松的素色凌缎衣裤,脚蹬白色运动鞋,鞋面缀以艳红彩球,裤管绑上裹腿,袖口或挽或扎以护腕,头拢白羊肚子毛巾。一个个小伙子洒脱剽悍,又不落俗。每一腰鼓队多为40至80名壮后生,每人一鼓二槌,另有四至八人擂击两到三面大战鼓,在场外指挥,再伴以激越的锣声铙钹声唢呐声,气势磅礴,扣人心弦。鼓手们的动作和队形变化复杂。路鼓边走边打,有跑有跳,矫健的十字步,威武的平侧蹬以及劳动步、金鸡点头等,使人仿佛目睹古代将士开赴疆场的动人情景。单双过街,鼓点密得泼不进水插不进针。随着鼓点,鼓手们手在空中舞,脚在地上蹈,每一动作都强健豪放,刚劲饱满。这"尘埃遮高山,甲兵怒冲天"的场景,真有股过关斩将、气吞山河的豪气。队列行进中,鼓手们打得兴起,时如猛虎添翼,时如大鹏展翅,或聚或散,或起或伏,前后左右紧密联结,铸成一体,把古代英雄为克敌制胜而精诚团结,互助互救的情景表现得淋漓尽致。还有三角阵、四方阵、野马分鬃、白虎甩尾、青龙摆角、凤凰展翅、童子拜观音、蛇盘阵等等。有些阵势还糅合了我国古代的阴阳太极,古朴而不一而足。

千里马再好,无伯乐则很难面世,安塞腰鼓产生了两千多年,可在50多年以前,它只在非常闭塞的安塞境内流传,从未出过县,是共产党使它得以发扬光大。延安革命时期,毛泽东等中央领导人和红军战士,曾多次观赏过安塞腰鼓。1951年国庆节,一群安塞汉子应邀到天安门广场表演。第一次公开亮相,便取得很大成功。1952年安塞腰鼓代表中国,参加了布达佩斯世界青年学生联欢比赛,并获特别奖。1986年全国民间音乐舞蹈大赛中又获大奖。1989年"北京国际电视节"是它拉开的序幕。还应苏联民间艺术界邀请,到苏联进行了表演、访问。1988年,第一届全国农民运动会,1990年北京亚运会等大型团体活动中,它都是重要节目。除此以外,还先后参加了《黄土地》、《彭大将军》、《黄河》以及1987年中央电视台春节联欢晚会等影视的摄制。文化艺术界权威人士一致认为,"安塞腰鼓是没有渗透进任何西方东西,最能体现中华民族自强不息、不屈不挠、勇往直前之民族精神的民间舞蹈。"国外艺术家看得激动不已、狂喊乱叫。有的老外连连竖起大拇指,赞它为:"东方的、黄土地上的最美最妙的迪斯科……"

近年来,安塞腰鼓以其势不可挡之势冲向全国。但是想要品味真正的安塞腰鼓,最好是去安塞,因为这一技艺复杂难学,别处又少了千万丘如兵卒般质朴、似千军万马般磅礴的黄土群山做衬景,也就形不成那特有的氛围,少了韵味。另外还有一处亦可,但很难遇,那就是阅兵场。90年代,安塞腰鼓走进了警营、军营。除以上这两处外,别处所看到的都少了些什么。那种黄土地上雄浑而古朴的艺术,那种挟持我华夏五千年雄风,似烈火、似雷电、似巨澜、似狂飙又什么都不是的,让人叹为观止的感受,使任何想象都显得苍白无力。

刊于《西北军事文学》1992年第2期

选入中国青年出版社1999年版《新延安文艺丛书·散文卷》

星星·天堂·责任

　　和妻去省城西安玩,华灯初上时来到正在修建但已初具规模的钟鼓楼广场。眼前这片地处古城中心地段,原本寸土寸金的繁华商业区,被改建成有花有草有水有景,又有雄伟壮观的古建筑陪衬的休闲广场。漫步广场,使处在都市的拥挤与嘈杂中的我少了些许烦躁。没走几步,妻拉了我一下,一脸惊诧地要我看天。抬头半天我没看出什么异样。就问和咱家屋顶的有什么两样吗?妻说你再细细看,绝对不一样。我还是没看出什么异样,妻说:"西安的天上只有一颗星星。"

　　那天,我找到了妻指的冥王星,真的再没找到第二颗星星。

　　回到家,搞环保的我又投入到城区烟尘治理工作中。县城是个小山城,近几年,地下资源带动经济快速发展,使原本盈满乡村气息的小城人口翻番上升,两三年间,有三栋楼的小城里又建起了近三百栋大小不等的楼,尽管三年前我们就制订了联片供热、锅炉审批、烟尘控制区管理办法等等制度,可因城小,人们的观念落后及官僚主义严重等等原因,种种制度、措施均未落实,结果是四面环山的小城"太阳刚比月儿亮,白衣服穿一天就又黑又脏,鼻孔黑得像染缸"。茶余饭后,烟雾弥漫中常有人骂环保部门无能,可我们的日子又怎样呢? 去排放烟尘超标单位收费,老百姓说"什么都上税要钱,你家烟囱不冒烟难道人死绝了?"去落实相邻单位联片供热,可谁都怕粘到一块日后扯皮事多,费用不好摊;禁用茶炉取暖,可一个单位的楼不大,总不能高射炮打苍蝇吧;哪个单位违法了你去处罚,不是各种关系户出来说情就是各自的主管县长出来挡驾,于是,联片供热成了梦想,不许以茶炉代取暖锅炉的规定也成了空话,有十余台取暖锅炉就行的县城里有了百余台取暖炉和八百余台小土暖炉,其中只有三台是合格的供暖炉,可三台供暖炉中又有两台省略了消烟除尘设备。按法律程序去管或寻求上级业务部门支持,可你吃的是县财政的工资,管你的给你权利的又是县政府……

父母和我分住,家在城郊。忙碌了半个多月,没去城外看爹娘及由他们带着的爱女了,周末送些菜并将三岁小女接到县城家中小住。过了几日,爱女咳嗽得很凶,说话沙哑,医生诊断是上呼吸道感染,要住院可儿科大多是这病,人满为患,只好开了些药抱着小女往城外父母处送。出城一里多,怀中小女惊恐地指指县城,沙哑地对我喊:"爸爸,看! 看着火了。"回头望去,县城被浓浓的烟雾笼罩着,黑乎乎的一团。为女儿病情发愁的妻被女儿的话逗乐了,笑了笑后无奈地说:"从里边走出来才发现,真是个失火的天堂哟……"

第二天又去看女儿,医生开的药一粒未少,可她的病好了。从此,冬季再未敢带小女进城,只好和妻隔三岔五地去城郊看她和父母。

一个县的经济发展了,其他各项工作也就好搞了。县上申报了省级文明县和省级文化先进县，没想到的是只因县城大气污染严重而均未通过最后的考核验收。铁打的衙门流水的官，市政府给我县调来一位女县长和一位学识型的年轻常务副县长。这两个新父母官到任没几天就召集我们开会，女县长说："我县环境污染为何如此严重呢？关键是以牺牲环境来换取经济效益，这是一种要钱不要命的非常错误的行为。发展经济固然重要，但我们县最宝贵的财富是15万人民群众的生命呀！一个人，命也没有了要钱要财富发展经济干什么？"年轻的常务副县长批评了我们一顿后说："我送你们一句老话，是毛泽东毛老说的：'我们的责任是向人民负责'"

又是一个春天，在县长的亲自协调部署和大力支持下，我们的大气污染工作已全面展开，为此，我们做了许多工作，兄弟单位和排污单位也付出了许多，困难和阻力也不少，而且我明白等待我们的也不是坦途，但我知道：人民群众中包括女县长也包括为西安的天空只有一颗星星而惊诧的我妻，也有为失火的城市惊悚的我的3岁小女。我们的责任，不正是向你我他我们大家即全人类负责吗？可身处经济大潮中的国人能这样思考问题的会很多吗？假如所有的人，特别是管我们这些人称"上管天下管地中间管空气"的环保部门的决策者们，都能辩证地思考责任，我们的社会我们的环境又会是什么样子呢？我不知道，我只希望下个冬季县城大气污染状况能有所好转，让娇妻别为星星少而伤心，使爱女别为县城似失火的天堂而惊恐，为此，作为环保工作者的我，必须牢牢记住自己的责任。

刊于1998年5月7日，《中国环境报》后获该报"还我蓝天"有奖征文一等奖

冥冥的天空

　　在闭塞了千百年的陕北高原的乡村，直到今天还有种让人百思不得其解的神秘习俗，这习俗叫看天：老人们在死亡之前，一定要到院子里看看头顶的天才肯闭上眼，有些人得了急病一下子说不出话了，可不论病情多急多重，总会在儿女们抬到院子里看过天之后才安详地、带着笑意闭上双眼。没有看过天就死去的人或者合不上眼，或者脸上凝固的表情很可怕，绝对与看过天后死去的人不同。作为儿女，在老人死前没让看到天，在陕北便为不孝。

　　这一现象，我当兵时和天南海北的战友们说，他们都持怀疑态度，我才觉得这一现象在其他地方不多见，应当算种神秘现象。复员后，我成了一名制止污染，保护环境的环保工作者，在几年的工作中，所见所闻，常常让我思考这一现象，我得出了这样一个结论："天是陕北人的一个怕怕。"

　　陕北有一句俗语说："谁做下什么事老天爷都能看见。"这句俗语和我国其他地方的"为人莫做亏天事，抬头三尺有神灵"

"苍天在上"等俗语所表达的意思差不多,看来闭塞的陕北和中国其他地方的人们一样,都对天有一种敬畏之情,这种敬畏即"怕"是怎样产生的呢?我的猜想是:漫漫岁月让用四肢行走的猿猴直立起来,又让他们有了思想、语言,于是,这部分猿猴就把自己叫人了。随着岁月的流逝,人的中间又有一部分学会了用阴谋、叛卖、谎言、讹诈、压制、虚伪、献媚、战争等等手段加上许多人的汗水、泪水、伤痛、鲜血甚至于别人的生命来满足自己的欲念,换取享受和快乐。好在造物主要让猿猴的前肢变为手,失去四肢行走时的稳固、安全等优势的同时,又给了直立行走的猿猴看得远、视野开阔些等优势,这优势使人类中产生了智者。智者觉察到人类在大自然面前有些肆无忌惮,为所欲为了,使世界显得过于浑浊、混乱,就想,人类怎就没个怕呢?于是就在人类所处的环境中寻找,他们发现这世界里只有头顶的天让人们无法认识,人类也只有受到风、雨、雷、云、电这些来自天上的东西的伤害时,才无力制止、逃避,也无法报复、回击,至于日、月、星、辰的变化与位置,更无法更改,智者就给人类制造了一个怕,一个有神的可以左右人类的冥冥天空,也就有了流传至今的种种有关天的俗语及神秘的"看天"习俗。

时代发展到今天,现代智者设立的法律、法规对人类的威慑力,有没有先人智者给其时人类营造到精神中神秘的"怕"的力量大呢?如今,除了还比较贫穷、落后、闭塞的陕北乡村延续着看天的习俗和对冥冥天空的一丝神秘感之外,先人苦心营造的怕还能让几个人怕呢?

当我得出先人是想给人类一个怕,以制止人类的肆无忌惮,才营造出有神的天空这样一个未必合理的推断后,我看天时的神秘感没有了,但却有了一种脑后如立神鬼如悬利刃的惊悚。

我为先人智者悲哀的同时,也为现代人叹息:自诩为万物灵长的人类呀,我们怎能什么都不忌讳,怎能藐视我们赖以生存的自然,不顾子孙后代,不信因果报应呢？自认为聪明绝伦的人类,怎么就不明白,不论你有多少钱多大权,可我们只有一个地球一个天这样简单的道理呢？怎么就不知道生命才最可贵呢？我想对为了眼前毛毫小利而不敬畏自然、不顺应自然、不理解自然,不爱护地球、不爱护天空,为所欲为地自掘坟墓,扑向毁灭奔向灾难的人类喊一声——人类呀！我们怎能没个怕呢？

刊于《中国环境报》1998 年 3 月 29 日,后获该报"还我蓝天有奖征文"三等奖)

野戏

家乡的一位长者来城里,到我家中小坐,闲谈中谈到近年来的生活,他说不愁吃不愁穿了,可就是不知怎弄的,活的没前些年舒坦有味了。为了证明自己的话,他说比如说咱村后山上那个庙会,从我记事起到前七八年,年年都是人山人海的,可这几年总是不死不活地热闹不起来,戏场上也没有了往日的味……

他的话首先让我想起了一句荤话:"戏场的婆姨有主哩"。既而,又让我想起了的确让人回味的野戏。

所谓野戏简单些说就是唱戏或演戏吧!

在一段漫长的岁月里,野戏和正月里的秧歌一样是陕北人生活中的一件大事,也可以说是陕北父老最主要的精神文化生活。喜欢规范自己限制自己的陕北人,为生活长年累月地在黄土地上劳作,但恶劣的自然环境中,他们除了为生存日出而作日落而息和为传宗接代忙碌之外,再无事可干,一年中连几张陌生的面孔也看不到。可太重的重负下压出的不逊于虎鹰的筋骨和能掀起势如龙卷风一样的腰鼓舞能量的人们,被自然和礼俗等有形无形的东西压抑得太久也太苦了，人们不得不想法宣泄放纵，于是除了秧歌之外，春播与夏忙的空闲里就有了赶庙会看野戏这种有娱乐放纵性质的聚会。

庙会是由与庙相邻的五至七个村轮流出钱做东操办，或者由心公平人正派被推举为会长者，以神和庙会的名义从各村各户收钱办。好的是当时很穷的陕北人，都有种再忙再累不误看野戏赶庙会的热情，又有再苦再穷也要出钱敬神的豁达，所以庙会也好办些。定下庙会的具体日期，人们早早把信息传出去，还要托人捎话或专门打发人去请亲戚来、叫远村的朋友兄弟来。请好了人后在庙会的前三五天就开始准备吃喝，等亲朋好友们来了一起过这山里人最欢乐最放纵的节日。

给神起会给神唱戏是借口，庙大多都残破不堪，有些所谓的庙不过是四块大石板垒的，面前放一只破碗做香炉，所谓的神不过是四指宽尺余高的一块写着神号的红木牌。去庙会上香敬神是幌子，绝大多数人是冲着野戏场上的人来的，因为戏也是年年一个样的廉价老戏，所以除了老人小孩子是看戏赶红火外，占多数的青年人中年人，有家和无家的男女是来看戏场的人，也有些是来放纵的。白天的戏场貌似规矩，但有许多人的眼睛不规矩。陕北的村子都不是太大，除本村人之外一年里难得见到几张陌生的面孔，这时庙会上来了成百上千的外村人，人人都花了眼，本村的外村的认识和不认识的，谁也懒得管别人看什么干什么，眼睛都往年龄相仿的异性身上瞅。绝大多数人只是看看而已，也有例外的。有些胆大的后生和女子，看着看着看对了眼，就互相往一块挤凑，装着不懂戏借问戏意，三问两问就搭上了话，于是眉来眼往地传情送意。有些胆大的毛脑后生和姑娘搭上话后，还会装得跟真的似的不留神无意用手碰碰对方，三五次试探,如果得到了默许式的鼓励信号后,眼虽盯的戏台却看不见演员,手在下边慢慢就捏住了姑娘的手手,等手里捏着的手手老实了不往出挣了,慢慢的反过来抓紧了自己的手时,这后生就在心里骂月亮,为什么不把太阳赶走哟。好在庙会上戏多是白天短夜里长。

到夜里,借着夜色和台上锣鼓乐器及台下人群的嘈杂,拉手的手如小兔般捏捏揣揣之后,就相互说好个地方,若无其事地离开戏场的人群,走进夜色中的千山万壑里去唱两个人的野戏去了。不用为他们发愁,地大人少的黄土地上有的是去处,我总觉得"我要拉你的手,还要亲你的口,拉手手亲口口,咱二人圪崂里走"这野味十足的民歌就是给庙会上的野戏场的青年男女唱的,可谁能说清楚这醉人的野戏背后,究竟有几分欢乐几分忧伤,又有几分悲凉哟。庙会一结束野戏一唱完,又有三百六十个黄土般干燥苦焦的日子和父母长辈们很现实的意志下没有爱情的婚姻等他们……

陕北这片世界上黄土沉积最厚的土地上,中华民族那种规范、限制自己言行的,诸如"男女授受不亲""存天理灭人欲"的文化沉积也最厚实。又由于贫困、闭塞、愚昧等原因,这里没有爱情的婚姻也很多很多,"只要存在着没有爱情的婚姻,那么,没有婚姻的爱情便是理所当然的"。貌似平和、宁静、淡泊甚至于温文尔雅的陕北人,骨子里却粗犷、奔放,生命力极强,所以他们非常热爱自由。极个别有家有室有子女的中年人,不甘心让最富生命力的季节悄悄逝去,就暂且把抚老育小的责任和常年固守的伦理道德放在一旁,在戏场里寻找年轻时的相好,或者明知"戏场的婆姨有主哩"也利用这难得的机会放胆去拉拉人家婆姨的手、亲亲别人的老婆的口、再和有主的女人到圪崂里走一走……于是,在戏场周围,又有许多戏开场,演员谁都明白这欢乐转瞬即逝,这野合无法长久,更清楚即便在野戏场播下的种开花了结果了,收获者也不是自己,可嘴里叹着:"靠人家的婆姨养娃娃,只叫叔叔不叫爹",而人却义无反顾地去唱野戏,干这没结果的事去了。因为在他们心里,没有比自由和在这野戏场里痛痛快快地放纵一次、欢乐一场、做一回真正的人更可珍贵的了。他们才懒得管别人怎么看怎么说。而观众们看到一场很精彩的戏后,心里放纵、快乐了一回,这几天是大家虽未说明但心照不宣约定俗成的自由节日,也没谁会说什么。

野戏场里场外,暂时放弃伦理放弃家庭的男女们是多么自由和欢乐哟,难道年老的长辈们不明白这戏场的板数吗? 不是,曾看过品味过甚至于有过这种欢乐和自由的他们,也不想只看戏台上的假戏,但年龄、精力以及众多的子孙亲朋等等顾忌,使他们可望而不可即,于是被孝顺的子女们安排在戏台前好位置上的他们,也只得坐在那里盯着戏台,凭老经验想象着身后的人群中和山野里的戏,豁达地在心里吟唱"年轻人看见年轻人好,白胡子老汉球势了"的信天游自我安慰。只有不谙人事的孩童们为刚穿上的新衣服或吃到了几块香糖而欢乐幸福地东窜西跑。于是,年年看戏的山里人,没几个能唱出三五句戏文。

野戏虽成全了一些人的好事给许多人带来了欢乐,但也让个别的家庭破裂,父母分离。好在时间不长,短则两天,长也不过五月,戏场一散一切都得归复原位,荤的动作、言语在家门之内、老人眼前是万万不可出现了,即便四十里外张三的小儿长相及言行举止和兄弟父亲全不像而酷似后沟李四,那么除了李四和张三婆姨明白原因外,谁也不会捅破这张纸。野戏一完庙会一散,为了生存而必须挑的许多重担,会压得你连胡思乱想的劲头也没了,不论你有什么欲望和冲动,要想放纵只有等下一个四月八和来年的野戏了。

庙会上唱野戏这一民俗,在极度封闭和生活节奏缓慢的陕北乡村延续了很长的一段岁月。今天,村村通路通电有电视的陕北人,生活节奏虽然还不是太快,但也和全国其他地方一样飞速变化着,人们的观念、意识也在快速地裂变着,而延续下来的野戏场里怎能还有原来的味道呢? 我想给长辈说说这些道理,可又一想他们也许比我还明白。苦了大半辈子的他们会不会是为如今的生活感到无比幸福、美满的同时,为逝去的野戏和那个时代惜叹呢?

谁知道!

刊于《延安文学》1998 年第 6 期

童年是首信天游

毛头柳树河湾里生，
一方水土养一方人。

从小在信天游里泡大，童年自然是首很不错的信天游了！虽说没有童话中的奇，没有梦中的妙，更没有小手枪、电火车、变形金刚等城里儿童都有的玩具，可味道实在不错！不信，我信口吼几声，你品一品——

闯禁

不知哪一天，妈妈对我说起了"不敢"。可姐姐偷着对我说："妈是骗人哩，'不敢'其实都是可好耍的哩。"说完把我带到一个绵土坡前。坡上有庄里的一些猴娃在溜坡坡。他们往坡顶上一坐，用手向后猛推一下，"呼"地就腾云驾雾溜到下边的虚土堆上。这对没见过汽车，更不知飞机为何物的山里孩子来说，可真是一大享受了！他们边耍边逗我，直逗得我心里发痒，不由自主地往上爬。真不争气！刚爬了几步，就摔倒在土坡上，还"哇"地大哭起来。姐姐怕妈妈听见，赶快溜到近前，拉起我说："不敢嚎，要是让鬼听见会掐死你的。"我怕了，看着姐姐满脸的神秘，只敢小声地呜咽。忽然，姐姐狠狠地打了我一下，扭头跑了。妈妈风风火火地跑过去追骂姐姐，没追上回头抱起我，边拍我身上的土边说："再不敢和他们一起溜土坡坡了，你看三女、二娃、旦旦和你姐姐她们几个，就是溜土坡坡让吊死鬼知道了，把她们的牛牛割去了。你要是再溜，你的牛牛也长不住。"说着，三女她们溜了下来，我看她们几个屁股沟里真没有牛牛，就赶紧一手按住牛牛，一手拉着妈妈的衣角往回走。

姐姐回来被妈妈打了一顿，她坐在地上哭时，我看了看她长牛牛的地方，真的没有。于是，我再也不敢溜土坡坡了。

妈妈还说许多事情不敢做：不敢骑碾子，那是青龙，谁骑吃谁的耳朵；不敢坐磨，那是白虎，谁坐吃谁的脚趾头；不敢去山果树林，那里边有毛鬼神；不敢……

一天，姐姐又把我带到石磨前，让我和她们一起耍摆碗碗，牛娃他们也吃喝着。我动了心，可他们都要上去，坐在石磨上耍。"磨是白虎，谁坐吃谁的脚趾头。"我想起了妈妈的话，不敢上去还扯住姐姐，可是她脱开我的手骂了句"胆小鬼"还是上去耍了。我吓哭了，等着看白虎怎样吃他们的脚趾头。可直到天快黑，他们谁的脚趾头也没被白虎咬去！

第二天，姐姐又带我到那儿。他们接上昨开的茬儿耍，耍了半天还不见白虎的影子。我见他们耍得很开心，就提心吊胆地爬上去，可脚趾头老发颤。他们让我当他们的娃娃，一会儿给我打针，还叫我别哭；一会儿又给我一颗马奶子，说顶红薯。其实那可比红薯好吃。渐渐，脚趾也不麻不颤了。可一直耍到傍晚，还是没见白虎的影子。呵！可能是白虎见我们人多，不敢出来，装睡去了吧！

过了几年，一个小妹妹在磨上摔断了胳膊。我心疼了半天，蛮认真地告诉小侄："磨是白虎，谁坐吃谁的脚趾头。"

山果树林

还不知游击队为何物，我就参加了牛娃他们的"游击队。"游击区是后山的林了，里面有好多好多野果子树，能结出许多既好看又好吃的野果。林子里还有没睁开眼的绒绒的小兔、不会飞的山鸡仔、会唱歌的鸟等许多好玩的。偶尔也出现既让人恶心又让人害怕的灰蛇、花蛇。可什么都阻不住我们一群玩童的心，一有机会，便冲进林子，进行我们的伟大战役——吃，玩。

一天，吃了一阵子野果后，大娃们分头去抓彩蝶，找小野兔。贪吃的我被野果迷住了，吃得肚子鼓鼓的才开始捉野花上飞绕的大彩蝶。左扑右闪追了好一会儿，六七个大彩蝶只能在我的指缝间扇着好看的翅膀……忽然，草丛中跃出一只小兔，全黑的。我忘了手中好看的大彩蝶，屏声轻步跟在小兔的后面。就在我的手要抓住它的刹那，只见它轻轻一跃，不知窜到哪儿去了，我转着圈儿静听细觅。林子很静，偶尔有鸟扑楞楞扇着翅膀飞起，发出哇哇或呱呱的叫声。树很密，还有淡淡如纱的雾。我害怕了，想快些离开。就在这时我听到灌木林里有人说话，声音还有点发颤。好奇心促使我小心地走近。原来是前庄的锁贵和后山那个好看的山花姐。锁贵哥搂着山花姐，坐在林间一块绿草夹着野花的草地上，周围有几只大彩蝶飞来绕去，山花姐脸红红的。

是他俩！我不怕了。刚刚放弃了的抓小兔的念头又回来了。可不能让他们知道我发现了小兔呀，我正想快点走开，只听山花姐颤声说:"我怕!心里像有只兔子扑腾。"兔子?我看见的怎能让他们抓去,我急忙收住步子看他俩的行动。透过树叶,却见锁贵哥猛地抱住山花姐,两只手在她心口前胡揉乱抓。哎哟!他这样会把兔子揉死。我急了,刚要喊,山花姐大概看见了我,哭了起来。嗨!那么大女子,抓了人家看见的兔怕人要就哭,真没意思。我心里这样想着可还看他们,还怕锁贵哥把兔揉死。这时,锁贵哥的手从上边慢慢往下移动,嘴一会在山花姐的脸上,一会在心口前不知干什么,可能是他也怕兔闷死,往进吹气吧!我放心了,再找一个去!我挺仗义地走了。

第二天,常到山外去的锁贵哥又到山外去了。从那以后,我常见山花姐灰沓沓的,却时不时地唱让人听了难受的歌,我只记住了几句:

> 树叶叶落在树根底,
> 忘了我娘老子也忘不了你。
>
> 再不要说我不想你,
> 泪蛋蛋哭得和成泥。
>
> 想你空想见不上面,
> 口嚼上冰糖也赛黄连。

我以为那天他俩没小心,让小兔从怀里跑了,她是想小兔。一天,我见她又哭了,就过去对她说:"山花姐,别想他,我也会捉小兔,捉住给你,你别哭!"她抱着我的头,哭得更伤心了,唉!

过了几天,我真捉了只小兔,心想:"这下她不用哭了。"没来得及给伙伴们炫耀就急急地给她送去。她捧着小兔笑着摆弄了一会,又流着泪放了,真怪!她又唱起了信天游,我记忆中只有一句:"石狮子瞪眼狗咬人,富户家里没好人。"

快到冬天了,大人让我们到林子里扫树叶,用来烧炕取暖。一天,进了林子刚扫几下,三女大叫起来。我们跑过去,看见夏天浓密的灌木林边,一棵有不多几片枯叶的树上,吊着山花姐。仰看,她的肚子比别人的大,头低着,舌头吐出来一截,本来白里透红的脸变得乌黑泛青,很难看,我以为她肚子里的兔子长大了太难受,想吊起来自己往出吐,兔子火了,把她给咬死了,刚看到时我看见她的肚子还一动一动的,等姐姐她们喊来大人就不动了。

事后,大人们说是她没"眉眼",和锁贵哥胡日鬼,怀上了娃娃。锁贵当官的二大在山外给锁贵找下了工作,他卖了良心,和城里一个洋女子结婚了。山花姐没脸活,就上了吊。我不信大人们的话。可过了些日子,那个一见女人就爱唱:"肚皮好像栽绒毯,奶头好像两座山"人称"骚情鬼"的老光棍王三,把这事编成了信天游。这支信天游很长,很感人,可有些话很难听,现在还有人唱,其中有这样几句:

石匠看见你丢下錾,
木匠一见你忘了动弹。

病人一见你床边站,
十分病能好九分半。

你穿上红鞋硷畔上转,
把满世界后生的心扰乱。

千错万错眼睛的错,

你不该看上那卖良心货……

我现在才知道,那不是兔……唉!憨脑山花姐!

崖畔畔说话

冬天,崖畔畔中间那条如白缎的冰带子,又成了我们的乐园。大娃们把大人珍藏的木板木棒偷出来做成冰车,我们几个猴点的不敢偷木料,也不会做,只好在他们滑时看或者巴结他们,等他们高兴了捎在后边溜溜。

一天,我发现了他们藏冰车的地方,就偷偷找了猴锁、山桃几个同伴去滑。正耍得高兴时,大娃们来了,夺去冰车还打我们,我挨了一下就赶紧躲到一边拿出小娃们一贯使用的法宝:"再打就给大人告,还告诉你们藏冰车的地方。"他们果然不打了,狗狗过来对我们说:"崖畔畔里有鬼,专门出来掐猴娃娃。"我不信,牛娃就让我高声问崖畔:"是不是有鬼?"我照他的话对着崖畔大喊一遍。怪了,我刚喊完,崖畔畔就接着说:"是有鬼。"他让我再喊:"是不是只掐猴娃娃?"我再喊,崖畔畔又紧接着说:"掐猴娃娃。"我怕了可又觉得那声音有点像我的声音,就问他们:"怎价那声音有点像我的?"他们说是鬼想掐我了,所以学我,我吓得哭了起来,他们哄叫一声都跑了,我也就边哭边跟着跑,跑得风风火火,让乱石绊倒了几次,回去躺了几天。奶奶和妈妈还拿着擀面杖,一只脚踩在门槛上,一只手抓着门环给我叫了几次魂。

从那以后,我们这群猴娃娃再也不敢偷着去那崖畔会说话的地方了,只有和大娃们一道才敢去。可到我们有了自己的冰车,也像他们一样,吓唬过比我们小的猴娃娃。

拦羊

七八月是大人们的农忙期,这时的我们可自由了——他们整天在山间劳作,带上我们还是累赘,就让我们去拦羊。对于当时的我来说,那可是仙人的生活啊!

早上,你赶出一群羊,他又放出一群,一会儿就互相掺和到一起。一大群羊有近二百只,其中有和我们一样东奔西跑没规矩的羔羊,有和父辈们一样爱打架的大角公羊,还有像妈妈疼我们一样疼羔羔的母羊。它们也都有自己的名儿。

羊群和我们这群猴娃娃,都是几个大娃娃的兵。大娃们自称"八路",还模仿前沟放映过一次的电影里的样子分了官。最大的官是牛娃,他个子最大,出过一次山知道很多山外事,还有两本残破不全的小人书。所以我们都很敬重他。他说驴在牲口中比牛小,可电影里没有牛长,于是就当旅长,全称是"牛驴长";他又封狗狗当司令,任务是传他的话;封说话老打嗝的栓娃为师长。我们整天仿着记忆中那个电影上的样子过日子。"牛驴长"很能,羊过地畔时可以让百余只羊走成一线,且不偷吃两边的庄稼。

中午,大官们去采野果或掏鸟蛋,我们几个小官就四腿八叉地躺在山坡上。大人们说:"骑马坐轿,不如土疙瘩林里睡觉。"一点不假,就连我们照看的咩咩叫的士兵也像知道,嘴里反刍着上午吃进去的草,眯着眼美滋滋地躺在那儿。大官们玩过瘾才回来,把大家带来的食物和他们采的野果合在一起,再分开吃。官越大越多,我们小官也没意见,因为大官的东西还要奖给我们小官中干得好的。所以我们都很听大官们的话。

我们最高的奖赏是"坐云",也就是骑那身体肥壮,绒毛既白又厚的大绵羊。大官们说爷爷们讲的古朝中的仙人驾云就那味。山峁顶,一大群羊儿一边迈着悠悠的步子,一边不紧不慢地吃草。人骑在软绵绵的羊身上,羊群再衬在山后蓝蓝的天幕上,真像坐着如棉絮的云。这时,坐者飘飘欲仙,看者也飘飘然了。噢!我说怎价大人都爱敬神,盼望能成神仙,原来有羊骑啊!

下午,把羊群赶到沟底小溪边,让他们喝水。山里的人和牲灵都吃溪水,所以大人从不往溪水中撒尿,就骗我们说那样做舅舅会被大山水冲走。平时我们不敢尿,现在可不管这些了。"牛驴长"一天总要说几件山外的事,山外迷人的东西太多了。所以一到溪边,就争着往溪中尿。如小明珠儿连成的尿往溪水中一跳,水里就出现许多亮亮的小圆泡泡,每个圆泡泡上都有一个变小了的我们。尿完,就静静地望着装有一个个小人的水泡泡向山外漂去,让那泡泡上的小人替我们看看那梦想中的世界……

尽管几千年一个样的故乡变化得的让探亲的我吃惊,尽管这山外面的世界的确很精彩,但我忘不了那信天游一样的童年,更忘不了故乡的昨天!

酸酸、苦苦而又甜甜的信天游和生养信天游的土地哟……

刊于《阳关》1993 年第 1 期

童语如歌

四岁的女儿欢欢说了许多让人忍不住发笑的话。细细地回忆、品味起来,让人有种说不出的舒服和甜美。

女儿断奶后,和大人一起吃起了五谷杂粮。一次,家里炖了一锅羊肉,妻子给她盛了几小块,她不吃,一个劲地喊:"草草,我要吃草草!"我和妻都不解其意。女儿一看我们都不理她,就蹒跚着步子,走到茶几的另一头,用小手抓了一把香菜、葱花。我和妻相视大笑,原来这"草草"就是香菜和葱花呀。

欢欢长得粉嘟嘟的,妻子和妹妹常因爱其太甚而张嘴"咬"她。谁知她长到三岁后,就开始讲条件:要轻轻地轻轻地"咬"。妻和妹妹故意逗她,就张开大口,佯装狠狠地咬她一口,女儿不乐意了。她又一次重申"要轻轻地轻轻地咬",然后把手指再递给你。倘若你再咬重了,她还会反复地提醒你,并不惜把手指三次五次地递给你,直到她认为满意了,才揉着发红的手指,跑到一边去玩。

由于常常下乡在外的缘故,妻的皮肤变得又黑又干燥。为了补充水分,妻买了一些面膜利用晚上在家的机会敷在脸上。看着只有双眼和嘴是本色的白脸妈妈,女儿很着急,她拉着妈妈的手说:"妈妈,你怎么啦,脸上这么难看,赶快洗了吧。"见妻不理她,她又跑过来把我看的书合起来,着急地说:"爸爸,你快去看看妈妈,她的脸上很脏,人都变丑了,快让她洗了吧……"

有一次,趁着大人没在意,欢欢把她的小手指插进了插座里。电流一下子把她从沙发上击到了地上。大人们手忙脚乱地赶过来安慰她。没想到她哭了一会儿,却笑着说:"可好玩哩,不知道是什么东西把我的指头咬了一下,我'呜'地一下就坐上了飞机……"有了这次教训,我把家中的插座全用电胶布封了,而欢欢常常给家里来的客人炫耀她那次"坐飞机"的经历。

前些日子,欢欢突然不理妻了,问她为什么,她说:"妈妈是个坏蛋,是大坏蛋"。我费了好大的劲才弄明白。原来,有一天,她问妈妈自己是从哪里来的,妈妈告诉她:"你是从妈妈的肚子里生出来的。"她又问:"我在你的肚子里住了多长时间?"当妈妈的如实相告。不想,两天后,她又问妈妈:"你的肚子里有没有蛋糕、面包、娃哈哈?"妻告诉她"妈妈的肚子里只有脏东西,怎能有蛋糕、娃哈哈呢?"这下女儿就恼了,她认为,她在妈妈的肚子里住了那么长的时间,而妈妈给她吃的都是脏东西,因而,妈妈便是坏蛋、大坏蛋了。

童真无忌,反映的是人最初的真本;而童语,听起来简直就是一首歌。

刊 2000 年 3 月 1 日《延安日报

想念乌鸦

家有三岁小女,和别家小儿一样爱听故事,故常与妻绞尽脑汁为其搜寻记忆里的童话、故事。一日,妻对小女讲《乌鸦与狐狸的故事》。当妻绘声绘色地把狐狸如何狡猾地把乌鸦嘴里的肉骗到自己嘴里的过程讲完,小女问:"妈妈,乌鸦是什么?怎个样?"妻随口说,乌鸦就是老鸹,黑色的,和喜鹊一般大。小女又问:"喜鹊有多大?怎个样?狐狸又是怎个样?"妻哑了言。我也不知怎样对小女说。因为对一三岁小儿,仅说是说不明白的,最好能让她看到实物。可乌鸦这黑鸟,我也好几年未曾见过。看着小女,我有些想念乌鸦。

陕北人把乌鸦叫老鸹,也叫鸦。有"黑老鸹笑猪,黑笑黑"、"天下乌鸦一般黑"等言简意赅的俗语。于是,叫起来呱呱乱噪、声音粗哑刺耳,举止失雅的乌鸦被人们视为讨厌、不祥之鸟。儿时,常见有人对着自家门前树上呱呱乱叫的老鸹吐口唾沫,说声晦气,或捡起石块狠狠掷向乌鸦群,对着慌乱飞散的黑鸟咒几句鸟儿肯定听不明白的难听话。大人们常说乌鸦肉又酸又臭,若吃了女人会满脸生雀斑,男人会长出一脸的麻子。于是在雪后山场上和小伙伴们用瘪谷、丝扣诱捕鸽子、山鸡时,偶尔套住了老鸹也全都忙忙放了。养不得吃不成的鸟儿,不放了还能怎的。

上学后,爱读书的我从神话故事中知道乌鸦与太阳同出一母,又称"金鸟",没翅膀的太阳是乌鸦驮着进出的。人世间有一个太阳也就够了,不知是兄弟情长还是别的什么原因,乌鸦却把十个太阳全驮出来,于是"十日并出,焦禾稼,杀草木,民无所食……尧命羿仰射十日,中其九日,日中九乌皆死,堕其羽翼。"煤油灯下捧着书读此故事的我,当时未全懂以上文字,但明白了些意思,就想那后羿也太过绝情,留下两个太阳,让一为日一为月,不就没了黑黑的夜和我在煤油灯下读书的苦了吗?除了这点小遗憾之外,我对乌鸦没什么好感,也没怎么在意过这黑鸟。十几年前,《延河》杂志近水楼台地抢发了路遥一部长篇中的几个章节,题为《普通人的故事》(即《平凡的世界》)。细读后和友人不知深浅地给路遥去了封信,提了两点意见:其一是书名平淡少味。其二是书中有一句"黑色的乌鸦",应将人尽皆知的"黑色"二字删去。

四年前,刚从部队复员回乡的我,很高兴地接受了一位朋友的托付:打一只乌鸦做药引子。朋友借了支鸟枪给我。背着枪弹,我在城乡四十里方圆的山川沟峁里苦寻了六天,未能见到一只我印象中很多很多的老鸹,连一声老鸹叫也没能听到。一放羊老者对我说:"我见罢这东西也六七年了。人比什么都狠毒,前十来年为皮子卖钱,把狐子(狐狸)黄妖(黄鼠狼)直打绝毒尽。尔格,城里人爱吃这山里的野物,就有人把硼砂或毒药拌进粮食里洒在山上,把一道沟一道沟的野物都给药断种了。我们这条二十几里深的沟里,除了麻雀老鼠之外,别的野物不多见了……"此后,常常东奔西走的我,再没有遇到过乌鸦和喜鹊。回头想起给路遥写信的事,那"黑色"二字还是留着的好,不从小说的氛围等艺术需要上说,仅就现实而言,如去了"黑色"二字,日后我们的儿女读到那些文字时,会不会问:乌鸦这鸟儿是什么颜色呢?

我出生于70年代初。在我出生前十余年还有的狼,早已在陕北地面上绝迹,而少年时常遇常见的狐狸、黄鼠狼也多年不见了,现在连乌鸦、喜鹊也少之又少。再看深秋之后,街道上车载肩扛背驮的,成堆成串五彩的长尾野鸡、土灰的野兔等许多人津津乐道的"野味",让那些利欲熏心者用硼砂毒药等等手段赶尽杀绝下去,又会怎样呢?面对问我们狐狸、乌鸦、喜鹊为何物何样的儿女,我们这些曾熟视无睹者都不知如何回答,那么再过若干年后,我们的孩子对自己的儿女又会有多少事无法回答,又会有怎样的尴尬和无奈呢?万物灵长的人类哟,地球并非我们所独有,除了同类之外,我们不能没有异类朋友!

我想念黑色的乌鸦!

刊于1999年12月15日《延安日报》,获"轩辕陶艺杯散文诗歌大奖赛"优秀作品奖

陕北人的路

网！

一张不规则的、绑在山顶一棵孤杜梨树根上的、被小毛驴撒欢踢乱的、缠绕在丘丘黄土山上的乱而密的网，这就是陕北人的路。

一出门便是。实在没有形没有态，如羊肠般蜿蜒，又如蛛丝般似有似无。理不清，又伸不远。

这路很古老了。黄土地上没有人时，就随这土地上第一只会走路的动物的诞生而诞生了。当炎黄祖先的祖先来到这里，就那么随意地从网线上走来走去，也就那么自觉不自觉地被网网了起来。起先这网中的民族是那么放荡不羁。虎皮、龙骨、鹰羽是他们的图腾。可他们时刻都在无意识地往密织着网。渐渐，图腾由那些伟大不羁之物变成宽厚的老镢，笨重的纺车和老实憨厚的毛驴、黄牛。先前的灵性褪去了，只有在初生驴驹、牛犊和山泉中才能看见一丝。黄土的浑浊却疯狂地滋长，瘦小的溪流、高大的山、健壮的人，乃至人的眼睛、心脏都日益浑浊。随着土肆虐地渗入,那个虎、鹰、野牛惧怕的民族,有了太多的憨厚善良,变得无比柔弱,遇到灾难只能坐等他们自己做的神发慈悲。大旱之日,很多曾无所畏惧的汉子精赤着强健可负大山的脊梁,虔诚地跪在高高的山原上,哀喊:"老天爷,救万民,海龙王,降雨救苍生啊……"

这里,绿色越来越淡,树越来越少,花越开越小。铜唢呐流下的涎水又把很多想往高长的小苗扼杀,想往大开的花枯萎。于是,网中留下兰花花的泪水,杨五娃的愤慨,光棍的凄惨,寡妇的难为,十五岁凤英的涩苦和刘巧珍失望的眼光……直到今天,黄土地之子仍生活在这凌乱的、脱不去的网中。

外来人看了这网,谁都会产生失望之感。虽说三四十年前,路随勒勒车的到来加宽了些,网线稍疏了点,十几年前又被汽车冲平挤宽了若干条,网线又疏了些,可条条网状路还很密。网绳还深深嵌在地母的肉体中,甚至箍到骨头上。少绿色的世界被这些网绳衬得瘦骨嶙峋。在这让人讨厌的网状路上,小路上跑出的狗还勇敢地咬汽车。有人不解路为何要修那么宽,对路上那"一个大木箱,下面有四个磨扇的东西,为甚能跑那么快"而感到奇怪,自问"有那么快的牲口吗?"偶遇大旱,还有人赤裸着身子,烈日下抬着楼子(求雨的神物),跨过在"公家人"监督下花了很大力气修的,不见天旱就偷偷拆了石头,为自家砌了墙的废水渠,到距太阳更近的原顶上感动上苍。山梁上时有一队毛驴,在唢呐声的牵引下,驮着十五六岁,甚至更小的、正在做着梦的少男少女,把他们的心踩碎,踏入尘土,把他们扯入网中……

网中黄土之子有时也会对这儿的路迷茫失望。我就是其中之一。我在这网中转悠了十几年,忽然想离开她,去寻找无网的世界。向外面看了一下,发现外面也同样有网,只是少些。于是,我在网中思索……

我从书上、爷爷口中翻出了爷爷的爷爷们那时的网,我心中又充满了希望。我终于发现,山上那碍事或无用的网线长出新绿。那前些年还唱着《揽工调》《兰花花》等近千年陈调,往山上背土粪的年轻人,现在背着化肥袋轻松而大胆地唱着调儿不准的《月光迪斯科》《在希望的田野上》,把那延续了近千年的信天游曲儿淡忘……

"有生命的地方何处没有网?!"我为自己曾对陕北失望过而惭愧,那失望是多么无知而可笑。陕北人既然能从无数条坎坷不平的路上走到现在,也一定能踩出坦荡的路,走向未来。因为那无数坎坷的路上,磨出陕北人如牛般不屈的性格,炼出了不逊于虎、鹰的筋骨。我这个昔日的失望者,现在想自信地问所有的失望者:"这样的民族,还用愁他们的出路吗?"

刊于 1988 年 2 月 25 日《延安报》

正文前的话

哲人们对人进行了一次次思考之后,把人的种种丑行归结于劣根性,即归结于它的祖先是猴子这一事实上。而冥冥之中,大自然以一种不可抗拒的神秘之力,每隔一段时间便在地球某一个角落,借助一个母亲的肚子,生下一个毛孩子。它说不清是在嘲笑人类还是在提醒人类。我就是冥冥中大自然借助母亲的肚子的产物,我这个毛孩子的思考可能幼稚可笑,但也可能是在……。

远去的童心

一

一岁见了蛇说是会走路的花绳绳;两岁从妈妈那里知道蛇咬人……好坏、美丑、善恶都是从大人那里得来的。

二

那一年,母亲病逝了。一个大哥对我说:"你以后要往下攒家当,攒下好给你娶媳妇。"于是一段麻绳头,几个瓷罐罐,全进了那个仅能容我两脚的小窑窑——那颗美好的,没有谎言的心。

三

六岁,爸爸带我出远门。路上刮起了大风,我眼里进去了一粒沙子,难受得哭了。爸爸将我搂在怀里,一边用手巾揩出沙子,一边安慰我说:"别哭了啊!一会就不痛了。"我呜咽着问爸爸:"沙子吹到你眼里你不难受吗?"爸说"不"。他用"我经常在风沙迷漫的路上行走,眼中落几粒沙是常有的事,而你才在风沙中学步,所以,你眼里是容不得半粒沙的"回答了我的"为什么。"这是我人生中第一次听到富有哲理的话。

少年的思索

一

大肉对于妈妈和小妹,一个不爱吃,一个没好感。可她们看着我和爸爸吃大肉,从没说过臭。

有人来院里拉大粪,妹妹大喊"臭"妈妈也小声嘟嘟。我和爸爸倒是没什么表示,但知道那真的臭。

关于芫荽,爸爸和妹妹叫它臭菜,我和妈妈喜欢吃,就想让人们叫和它味一样的名字——香菜。可妹妹和爸爸说那真是臭的,争不出结果。我想大概香的不能说臭,臭的不能说香,芫荽味怪,人们的认识也怪。

可对于人,从未见过谁能让所有的人都说好或说坏,人和芫荽一样吗?

二

白天,不论是烈日当空,还是虚云掩日,路灯着和不着毫无异样。

晚上却大不一样了！

晚上的路灯比白天亮吗？

三

平日里，见叔叔阿姨、爸爸妈妈等其他比我大的人，遇事多是报以微笑，很少皱眉。

三年级时，看一本杂志，上面说微笑只要十七块肌肉做功，皱眉却要四十三块肌肉做功。

大人们都知道那本杂志上的知识？怕多二十六块肌肉做功吗？

结束语：一二三四五……往下写太多了，但我坚定不移地相信，人类会在自我酿制的痛苦中思考，在思考中成熟和高尚起来。人类有一天一定能够制约自己拯救自己。因为，一万年、二万年、三万年……我们毕竟离开猴子越来越远了。

刊 1988 年 4 月 5 日《春笋报》，后选入陕西人民出版社 1988 年 9 月版的"陕西省中学生优秀作文丛书"《延安地区中学生作文选》一书。

卫士与鼓手

舞姿不洒脱,鼓手也非上等,可气势却如"千里的雷声万里的闪"天翻地覆,石破天惊。

八十名茂腾腾的后生,使炎夏飞溅的阳光变得柔和,鼓声把我的一颗青春心,震得亢奋欲崩。融着心,用胳膊腿搏出的舞姿已迷住了人心,可那军人对和平痴恋的意境,更醉人。纯洁的瞳仁,既射出雄风,又闪着对和平、恬静生活的无限钟情。内涵厚实、凝重、勇毅、强悍之天性的躯体,又在向人们证明——这世界最美好的是生命,生命的生存地是和平。

这是一群嫩格蛋蛋的后生,又是一群凝重的军人!这是一场绝妙的舞蹈,也是一队所向披靡铁的方阵!放下钢枪,挂上如火似血的鼓儿;脱下戎装,拢上白羊肚子毛巾,别说他们避开了军事忘掉了一名武警战士的责任和使命。动静、起落、聚合,每一个阵势的变换,都让人想象力蓬勃;每一个造型,都让你想到为和平而征战的军人。

好一幅英雄们过关斩将、勇往直前,气吞山河的壮阔图画!

好一队神兵……

只有西北这块经受过战争硝烟熏陶的、最厚最实的土地和自强不息的人，才能创造出这样石破天惊、摄人魂魄的作品。敬礼，我的大西北，我的父老乡亲！

感谢那些敢把这一民间舞蹈引进警营用威严的国徽、雪亮的枪刺、排山倒海的方阵组成壮丽画面的军人。他们知道，只有这发源于陕北古长城，产生于两千年前兵卒中的民族舞蹈，才能表达出这些头顶和平，脚踩战争，永远挺立于战争与和平之间的巨人——士兵的衷情：我们热爱和平，更爱美好的青春，但只要有犯罪、有战争，我们会毫不犹豫地选择牺牲！以鲜血和生命维护和平，让人民大众幸福、安宁，让中华民族腾飞，让共和国放心！这就是武警！这就是人民的卫士共和国的兵！

我的视线模糊了，八十位兄弟头顶的羊肚子毛巾，变成一只只洁白的鸽子，在我眼前翻卷、升腾……

刊于 1992 年 9 月 5 日《人民武警报》

悠悠酒泉情

　　不知从何时起,祁连山下的戈壁绿洲中有了一眼清泉。于是,烈日炙烤的商旅和他们的驼队有了饮用和洗去风尘的甘露。到西汉时期,一位皇帝御封为骠骑大将军的人带着十万兵卒,来讨伐屡屡作乱的匈奴。在这眼泉边,这位将军收到了远在中原的汉武帝为表彰他的战功而赏赐的十坛御酒,这位爱兵胜爱子的将军就将酒倒入这眼泉中,与十万将士同饮共庆,于是就留下了一段如诗的佳话,也留下了这眼泉和这块绿洲的名字——酒泉。

　　酒泉这片绿洲、这座兵城、这片热土给了军人多少温馨的柔情和真诚,醉了多少军人。

　　5 年前严冬的一个早晨,如血的漠日从苍茫的地平线上冉冉升起,南望祁连,本是冷冷的皑皑白雪,被镀了一层淡淡的金,暖融融地有韵有味。酒泉火车站站台上一个孤身的兵看看几十米外去酒泉的公共车,再看看面前一大堆行李不知如何是好,一声"呔"让他一惊。一个中年人说:"我帮你,快点别误了车。"说着帮他把行李搬上车，这个兵放好行李，坐下来想那个"哒"是啥意思，又是几声"哒"，让他明白了酒泉人的"哒"不是熟人用来开玩笑吓人的，而是与"喂、哎"相同的称呼用语。到了市区，这兵下车后又让行李和不知去部队的路如何走给难住了，呆站了一会儿不得不硬着头皮去问一个推着拉勒车的姑娘，姑娘看了看他脚下的行李，又看了下表说："给你说了你也没法走，把行李放上去，我们顺路。"途中这兵几次要自己推车子都被姑娘以他不知道路的理由推辞了，到了目的地。战友们帮他拿走了东西，他回头想谢姑娘，可只看到照着来路又急急往回走的姑娘的背影。

　　这个兵就是从兰州新训后分到酒泉的我。一晃已过去了5年。5年中，在这片绿洲上的我高兴过也忧伤过，但在这里第一次流泪却是为一位母亲的爱。1992年老兵复退时，一个原本很爱虚荣、生活奢侈、工作差劲的兵，出乎意料地变得很出色且立了功的老兵，喝了些离别酒后哭着给我讲了他转变的原因。他原来花钱不知节约常被父母训斥，到部队后很爱虚荣的他自由了，下连四个月花完了津贴和入伍时从家中带来的一千元钱。第五个月他又向家里要钱，父亲寄来了二百元钱，同时也在信上骂了他一顿，他在第五个月底前又身无分文，就和战友借了七十元钱，星期天到糖业烟酒门市部去买烟。中年女售货员先是很爱怜地问他寒问他暖，后来又问他是不是自己抽，又问他抽了几年烟了，还劝他别抽或抽便宜些的，他说：便宜烟没劲，别把当兵的都当穷人，快些拿条红塔山来呀。"可那中年妇女还是莫名其妙地劝他少花钱，别学坏。他让唠叨烦了，就说；"别操那闲心，不想挣我的钱我到别处买去。"说着离开柜台想走。这时，那女人带着哭腔怒骂道："畜生，你这样对得起谁……"他当然得理不饶人地骂起来,那女人哭骂着被同事拉走。门市部负责人给他道了歉后说:"这女人的丈夫在 79 年中越自卫反击战中牺牲,留下了一个儿子,她把儿子拉扯大送到部队,可儿子抽烟喝酒从家里骗的钱不够花就偷战友的钱,偷军用物资卖,后来被判了 5 年刑。从此,她一见当兵的买烟就这样……"

酒泉 5 年的军旅生活中,我耳闻目睹了许多关心军人、爱护军人、把军人当自己儿女待的动人事迹,上至这里的地、市父母官,下至普通百姓,就连这片热土上六七岁,十一二岁的孩子们对军人的爱,也让我和许多战友刻骨铭心。

那是 1993 年 8 月,酒泉市西大街小学师生听了李洪生舍己舍亲救人的事迹报告,知道李洪生家中有许多困难,牺牲后还留有 400 多元欠款单时,有的同学拿出自己储蓄盒里的硬币,有的省下吃零食的毛票,偷偷地放到少先大队辅导员车安宁老师的桌上。从小父母双亡,由 70 岁的奶奶扶养的四年级 2 班唐小刚同学,书费、学费、校服费学校都一直免收,放学路上,这个小男孩翻了 6 个垃圾箱找出几个啤酒瓶卖掉,捐上 8 角钱。老师劝他别捐时,这个 10 岁的孩子说:"武警李叔叔为别人连自己的姐姐也不顾。我不能总让大家帮助却不帮别人呀!"五年级 3 班女同学刘芳,幼时失父,奶奶瘫痪在床多年,全家生活全靠母亲扫大街的工资维持,她也是学校全免费的学生,由于家庭困难,早上学校统一供应早餐遇上油条、蛋糕等都舍不得吃,留下带回家给病床上的奶奶吃。看到同学们捐钱她回家对母亲说自己也想捐点。这位扫大街时在广播中听了李洪生事迹的母亲坚决支持,还夸自己女儿好,于是,就这个从不乱花一分钱的小女孩也捐了一元钱。仅 3 天,大家捐下满满一纸箱钱。这些钱十有八九是硬币和一二角的毛票,3 个老师半天才点清是 1189.47 元。

钱不是太多,但却是发自 1400 多名小学生内心的爱。

也许在感动的同时你会问这是真的吗? 甚至会问这是为什么?

这些疑问我在 5 年前看着那个推着拉勒车顺着来路急急走去的姑娘的背影时就产生了。不过半月后的一次有趣的误会解开了我的疑惑。到酒泉不几天,我们中队开始搞处置突发事件演练。一天下午训练完后,我请假到中队不远处的小商店买日用品,好不容易有了个偷闲机会,就买了包烟点了支吸,快到中队了还有多半支,我就想躲进一个墙角里吸完再回去。刚走进墙角,一阵急促的紧急集合哨音让我扔下烟转身往营区窜。可跑了 10 多米发现吹哨子的是个十八九岁的姑娘,她推着自行车,车后带两只铁皮桶,几个老头小媳妇过去从姑娘那儿打牛奶。我不解地走过去问那姑娘,"你们这儿卖东西为什么要吹哨子?"姑娘笑着说:"我也不知道为什么,大家都这样。"打奶的一个老者笑着用淡淡的河南腔说:"因为酒泉历代是座兵城,也因为酒泉好些人当过兵,对哨音敏感。"和老者闲谈了几分钟后我又问:"大爷,这儿人怎么和别处不一样,不欺生?"老者说:"酒泉人好些人当过兵,再者也和其他地方一样,祖祖辈辈本乡本土生长的人不多,又由于这里历代是座兵城,异乡留在这儿的人知道异乡人的苦,而本乡人面对的军人太多,有时在异乡人面前反倒成了异乡人,也懂得了异乡人的心,理解了异乡人的苦衷。这样大家就都成了异乡人,谁还欺生……"

啊! 异乡人! 原来到这里有种还在故乡的感觉是由于这里好些人也曾和我一样,同是漂泊异乡的他乡人,也都是从乡思、乡愁中走过来的异乡客,即便生在这里长在这里的人也能理解他乡人的苦衷,也能把自己当异乡人的哟……

回头品味 5 年中我所接触的酒泉人的言行,我发现酒泉多的是与我老父、慈母相似的面孔,多的是兄弟、姐妹的声音;这里,处处都有能慰藉异乡人孤寂的声音,时时都有给他乡客以温馨的柔情和真诚。我可能又要回到故乡或到他乡谋生,但不论到哪里,我都不会忘记这片绿洲、这座小城。酒泉,你的韵味、你的真情、你的人和你的一切将永藏我心,永醉兵心。

刊于 1994 年第 4 期《甘肃武警》

感悟剪纸

许多东西,当失去时,我们才知道它的珍贵与不可替代。我有幸生在剪纸艺术之乡,有幸认识众多的剪纸艺术家。看惯了各种各样的剪纸,便有了一种冲动,想要用自己手中的相机记录剪纸,留住剪纸,展现剪纸。于是,在刚刚过去的这个雪多成灾的新年的正月初二,我告别了家人,背起摄影包游走在陕北大地,我要去寻找有关剪纸的镜头并将这些画面永远定格。

一

没料到,新年里的陕北之行,竟然是一次失望甚或绝望之旅。

从安塞出发,十天时间,我走过了子长、绥德、子洲、横山、靖边的百余个村庄。我在黄土高坡的一条条山间小道上满含期待地行走着。但是,百余个村庄里,我没有找到哪怕一扇属于剪纸的窗户,也没有见到哪怕一帧属于窗户的剪纸。见到不多的几个地方的窗户上,贴着千篇一律的大幅的机制剪纸,偶尔也有几个在窗棂间贴了几小块三角形小彩纸角儿的窗户。我举着相机,呆呆地看着,压不下去那很轻很轻的快门儿。这些不是我想要的画面,也不是我想要的照片。

剪纸对许多人来讲都并不陌生,那比纸还早的历史也是许多喜爱它的人所知道的。但在冰封的北国十天的寻觅中,我忽然感到了自己的幼稚可笑。我曾以为我很熟悉剪纸,我是懂剪纸的。但当剪纸忽然间在陕北大地上消失了的时候,我一下子就不知所措了,我还根本不知道那一帧帧纤弱的纸片后面究竟深藏着什么样的东西呢!我站在靖边白城子最高的那截城墙上,与我同在的只有皑皑白雪。我有种想流泪的伤感。

是的,剪纸在陕北消失了,剪纸文化,在陕北已经远逝了。那些一直以为平凡得不能再平凡、随处可见、时时可见的东西,如今,只能是一抹淡淡的回忆了。

二

在冰天雪地的路上,在这片生长过剪纸艺术参天大树的皇天后土里,失望的我行走着、寻觅着、思考着……

剪纸是母亲们的艺术!女人们,也就是母亲们为什么要剪纸呢?我思索着最早的剪纸或许是女人们为父亲、丈夫或是儿女们缝制衣服时剪出的图案,或许是在穷困中为某一件破了的衣服寻找补丁时,发现将补丁剪成某种图案会使破旧的衣服变得稍微好看些,于是,这世间最富创造力的那位母亲剪下了大胆的那一剪子等到纸出现了且普遍易得时,母亲们便把在补丁上剜来剜去的劲儿用到了纸上。于是,无数个母亲们在一次次缝缝补补的空闲里,在等男人盼儿子的间隙里,开始了中华大地最长久最伟大的创作。她们把自己见过的山水花草、五谷田苗、鸡鸭猪狗剪出来,把自己听过的故事或自己对外边世界的想象剪出来,直至把自己的梦幻和臆想剪出来。高原的窑洞里只有女人们自己能听得到的嚓嚓的剪纸声从此代代相沿。剪纸里有她们自己的喜怒哀乐,有她们对生活对生命的热爱。单调的黄土地因为有了活泼泼的剪纸而有了色彩,有了盎然的春意。

三

剪纸并不仅仅是母亲们对于生活中美的捕捉。剪纸对母亲们,对千百年来一代又一代女人们的意义要深刻得多。

同样生活在黄土地,女人们的日子远比男人更苦涩。男人们有本事的可以走州过县、闯荡江湖,可以喝个小酒、舞文弄墨,甚至可以到花柳巷里找点乐子,最不济的也可以在山野里劳动,闲下来扭扭秧歌、打打腰鼓,吼两嗓子信天游放松一下身心,不顺心时可以回家打打自己的女人,但那些身处闭塞乡村足不出户的母亲们呢?

想到这里,我的心一颤。是呀,每个女人都有的那一把小剪刀,仅仅是工具吗?难道那不是母亲们感悟生命自娱自乐的圣物?在繁琐重复的劳作中,在空房里的守望中,在缺衣少穿,吃了上顿没下顿的烦忧中,母亲们其实是用剪刀呵护着自己。那一幅幅也许是和着泪水或低吟的信天游剪出的纸花,不仅表达了对家人对世界的爱,同时也带给自己心灵和情感的慰藉。只有在剪纸的过程中,母亲们才拥有了一个纯朴宁静的世界,一个只有自己和完全被自己主宰的世界,在这个世界里她们才能寻觅到一丝甜美的愉悦。生活的艰辛与磨难被暂时忘掉了,心灵深处的失望与无奈被淡化了。她们只管剪出自己向往中的吉祥与美好,只管剪出自己的渴求与企盼。她们的剪纸不是为了什么高雅的艺术,而是为了普普通通的生活。她们知道所有那些吉祥与美好,渴求与企盼都只是些永不可能实现的梦想,但在剪纸的瞬间,在短暂的愉悦中绽放的已然是生命中的灿烂。

剪纸,让母亲们在漫长封闭的乡村生活里荡起了五彩缤纷的梦想,因为这梦想,母亲们包容了一切,并且有了比男人们更坚韧的承受力和更顽强的生命力,最终,母亲们带着人类渡过了苦难,走到了今天……

　　陕北人爱说,"命苦的人,剪出的剪纸最好!"我想起为了自己和儿女的生命,从山西跑到安塞,后来失去爱女,一生生活在对先夫愧疚对丈夫无奈还有儿子的怨恨中的高金爱,也想起了她那人见人爱的《艾虎》剪纸;我想起了一生坎坷,生了十二个孩子,最后只活了一个女儿而精神失常的常振芳,我见过许多次她发"疯"的样子。疯了的她摇头晃脑地拿起了剪子,唱着、骂着、剪着、吼叫着,把一张张红纸剪成一幅幅神奇而震撼人心魄的艺术品后,她平静了、正常了;我也想起了手指患上骨癌的曹佃祥拒绝手术时说的话:"活到尔格,甚都够了,就是花没铰够,如果铰不成花了还有什么活头";还有在过年前把自己的剪纸作品铺了满满的一炕,和女儿一起剪剪纸时一头倒在五彩的剪纸上再没有起来的白凤兰……太多了!那些绚烂神奇的剪纸中其实浸透了太多的苦难!

四

　　我一直认为剪纸是给别人看的。就如一位艺人曾对我说的那样:过年过节了,窗户上没有几个花花就不好看,贴上些从外边一看就有了人气。我明白,她说的人气就是生命的痕迹和标志,是寒冬过后即将温润的春意。当有行人在荒寒落寞的黄土高原上走过,那窑洞窗户上花花绿绿的剪纸瞬间就会把属于人的、属于家的温暖传递过来,那份"人气"曾给了多少人忍受寂寞的感动啊。

　　但其实,剪纸更是给自己看的。在这个寒冷的冬日里,当我走进那些已经垮塌得辨不出窑洞形状的洞窟向外看去时，当我躺在绥德乡亲的热炕头，被新年那有雪映衬的第一轮上弦月的月光惊醒时，看着白得耀眼的窗户，我忽然感到，没有了剪纸的月光是冷的，被正月的月儿照得发白的窗户是结了冰的。冰冷的月光和窗户让我这个寻觅者的心也随着冷了许多。于是我似乎明白了，那些在腊月里握着冷冰冰的铁剪子铰剪纸的母亲们，是为了让正月里的窗户上有点暖意才甘愿让手冻着的，腊月里忍耐冷冻是有正月里的温暖来回报的。剪纸是给外人看的，但也是给窑洞里的人，包括窑洞里的女主人自己看的呀！

母亲们离不开剪纸，乡村的窑洞不能没有剪纸。漫漫岁月里，母亲们创作出的那一幅幅精美的剪纸，在装扮世界的同时，也让女人与她赖以生存的世界有了对话与沟通的渠道。一幅幅剪纸不就是母亲们唱给这世界的一首首歌吗？不就是母亲们写给这世界和她的儿女们的一首首无与伦比的诗吗？

五

我在黄土高原上苦苦地寻觅着，思索着。剪纸虽然没能被载入正史，但毫无疑问它是中华五千年文明史中，最流行最普遍作者最多作品量最大流行时间最长的艺术，是最底层却又最能代表中国文化的民间艺术。这种曾经最普及最通俗最浅显而又最深刻最富于哲理的艺术，这种十几二十年前在陕北这片黄土地上还是铺天盖地随处可见的艺术，怎么就悄然地褪色、消失、绝迹了呢？母亲们一代代创造并传承给我们的精神财富，承载着我们民族几千年文化精髓的剪纸，怎么可能在我们还没来得及记录和了解它的时候就悄然离去了呢？

站在统万城那千百年来还屹然耸立的城墙上，我耳边满是身边常常可见的现代人长长的叹息！苦难早已过去，时代变了，生活好了，日子好了，怎么心里就是不好过呢？过去的母亲们靠剪纸走过苦难，现代的母亲们将要靠什么来拯救自己呢？

我没能看到窑洞窗户上斑斓的剪纸，但我知道，千百年来那些数不胜数的剪纸里曾有太多的谜一样的故事，任谁也无法解开和知晓。什么时候，能再看到灰黄苍凉的土地上，一孔孔一排排窑洞的窗户上重又绽放红红绿绿的剪纸？什么时候，能再聆听到母亲们谱写在一幅幅剪纸中的生命吟唱？

刊 2009 年 2 月 1 日《陕西日报》秦岭文艺副刊

陕北唢呐

　　一提起唢呐，我首先想到的是那高亢、明亮、富有穿透力的声响，继而想起的就是穿开裆裤时，和小伙伴们一起跟在村里刚娶回的漂亮的新媳妇后边，起哄时喊的"哇呜哇、噔噔嚓，新媳妇、背坐下……"

　　唢呐，俗称"喇叭"，是陕北人人熟悉的一种乐器。唢呐声中，陕北人出生了、陕北人成家了，又把一个个死去的陕北人埋葬了。人说陕北人一生三次与唢呐有缘，但只有一次细细品味的机会，因为出生后满月时的那一次唢呐的吹奏声，对一个刚刚满月的小生命而言，那声音会让受到惊吓的他啼哭，但也让他感受到，陕北，就和这他听着并不舒服的唢呐声一样的脾性。其实这次的吹奏，是父亲在向这雄浑而静默的大山，向散住在这大山的皱折里的乡亲们宣告：我有儿子了，我就是死了也在这世界上留下自己的骨血和影子了！第二次时是能品味唢呐的韵味了，可此时的主人是新郎官，随着唢呐声一起来的，是将和自己同床共枕、甘苦与共、携手一生的那个自己心仪已久的姑娘。于是，新奇、激动、期盼等等情绪的交织之中，谁又有心听那欢快的、意味深长的声响呢？只是在忙忙乱乱的按程序完成那些必不可少的礼数时，猛地听到了一曲自己平时在没人处经常吼唱过的旋律，那熟悉的曲调中新娘想起了的词是："你是妹妹的命蛋蛋，坐在你怀里打颤颤"，而新郎想起的却是："双手手搂住你细腰腰，就像是老绵羊疼羔羔"；这时急促的鼓声一变，那吹鼓手朝天的铜唢呐里吹出的曲调又是另一首歌儿的调调了。这时新娘的脸微微地红了一下，低头捏着衣角想着什么，而新郎却一脸激动地在心里偷着哼起了这歌儿，那词是陕北半大小伙子经常在没人处吼唱的，大胆、直白得让人目瞪口呆的一句："白格森森的大腿……"哼着哼着一脸坏笑装也装不住，就不由得狠狠地看一眼新娘，又抬起头眺眺头顶的太阳，心里说：这狗日的太阳今儿格咋走得那么慢呀！这坏小子是在盼天快点黑哩。而再一次和自己有关的那次吹奏，是在自己死后，在埋葬的葬礼上了。此时的主人无论是壮志未酬、抱憾而去，还是功成名就、傲视众雄的得意而死，曲调也罢、旋律也好，都与他无关了，只是身后的儿女、亲戚和众乡亲在那一曲曲或悲愤激昂，或凄婉哀伤的乐曲中，想想那个躺在寿棺中的人，再反思反思自己，有时会有姐妹或儿女等等孝子贤孙在那扯人心肺、催人泪下的吹奏中，忍不住哀伤的泪水，跪在寿棺前合着曲子，以歌当哭，以哭当歌地诉说着不舍的情思和死者生前的恩德与自己的悲伤，再加上不会哭唱的那种撕心裂肺的哭声，把旁观者也扯进了悲伤之中，泪水涟涟……这一切都与即将盖棺后被人们抬上高山，埋入墓穴中的逝者无关了。所以，人说陕北人一生中三次与唢呐有缘，其实吹给自己的唢呐声，没有谁有那细细品味的福气。好在吹给别人的唢呐却经常在耳畔响起，这就使陕北没有谁不熟悉那热烈奔放，遒劲雄壮，激越高亢的唢呐吹奏的音乐或声响了。

静悟斋散笔

054

如果你问一个身处陕北山沟的人:"陕北有什么乐器?"他不论怎么说,但首先想到的应当是唢呐。站在高山上看陕北,面对眼前如凝固了的海浪般的陕北大地;行走在陕北的山乡,再看看山峦阻隔,居住分散的一户户人家和那在远远的山路上行走的那一队迎亲的队伍,你就会明白,在这个山的世界里,只有这声大音亮,扬远传广的铜唢呐,才能让那些在这色彩单调的土地上,背负着如山一样的重量的人们,注意到反应过来:哦,那家人又生出了一个儿子,又有了新的希望;嘿!那个几年前还鼻踏憨水的捣蛋鬼,今天娶回了新娘,又有一对新人将和我们一起行走在人生之路上了;唉——那个苦命的汉子今天走了,放下了背上的重负,即将融进这片生养他,让他哭过、笑过,让他流过汗流过血的土地了……

　　那些在别处盛行的轻声细语的丝竹之声,不是为这方土地而生的,也不适应这片粗犷雄浑的厚土,更不适应这方厚土养育的那些顶天立地,剽悍坦荡的汉子。因为那些阳春白雪、温文尔雅的丝竹之声,没有那种呐喊的效果。而陕北人是要用那闪亮的金属之音,向这片厚土喊出自己不屈服不服输的抗议之声,是站在这片条件恶劣的土地上对严酷的世界呐喊。他们第一声喊的是:怀胎十月的我落草了,满月了的我就能在这世界活下去!第二声喊的是:我也有了自己的女人了,我会和这女人一起再创造出几个我,我可以永生了,我们这群人也会生生不息地繁衍下去!第三次是儿女们、是生者代死去的人对黄土地喊道:我死了,不论这世界多么严酷,我一步不落地走完了自己应该走的路,也将自己应该和不应该背负的重担背到了终点,高天也好,厚土也罢,命运,你又能奈我何!"

　　除了人生的三次最重要的节点上吹奏之外,唢呐还是陕北人节日喜庆等热闹欢乐时必不可少的第一乐器。从某种意义上,我们完全可以说:唢呐这一金元时期由波斯(伊朗)和阿拉伯一带传入我国的乐器,几百年来,就是陕北人生离死别、喜怒哀乐的象征,唢呐,就是大喜大悲的陕北人秉性和为人处世的形象和写意,与陕北人的生活息息相关,密不可分。

在中国当代音乐中,最欢乐热烈奔放的《春节序曲》和最沉重、哀伤、郁闷的《哀乐》,不论是前者的作者李焕之还是后者的作者马可等,都是听了唢呐吹奏的曲子后创作出的。听了《闹红火》再听《春节序曲》,听了《粉红莲》再听《哀乐》,甚至于觉得作者们只是在原来的唢呐曲子里,做了点小的调整后就变成了这些经典的乐曲。而在抗战最为惨烈的阶段,诗人光未然,大音乐家冼星海在延安窑洞里创作出的那首,让国难当头的国人挺起胸膛、豪气直冲霄汉的伟大旋律《黄河大合唱》,虽与唢呐的任何曲调无关,但没有与唢呐音乐一样秉性和磅礴气势的黄河的感染与震撼,光未然写不出风在吼、马在叫、黄河在咆哮……冼星海也未必会那么快找到那表现中华民族不屈精神的旋律与气韵。

唢呐这陕北最常见的器乐,既有自己的专有曲牌,也从陕北民歌和秦腔及山西梆子等戏曲中吸取营养,在此基础上发展完善起来的;许多唢呐音乐中,陕北民歌那种质朴、刚健、清晰的音调依稀可辨,有许多唢呐演奏者,干脆就直接吹奏陕北信天游,这样才能博得广大陕北人民的喜爱。

在陕北的各种红火热闹的场合,无论是闹秧歌、打腰鼓、搬水船,还是转九曲、办庙会,甚至于迎接功成名就或为村子为大家做了一件大好事的成功人士或英雄,欢送本村考上了名牌大学的学子,或入伍参军的子弟等等重要场合,都离不开唢呐的吹奏。对许多陕北人而言,由于唢呐经常在耳畔吹响,似乎习以为常、不以为然了，有时甚至于有些厌烦。但当走进某个该有唢呐但却没了唢呐的场合，人们立马就会觉得不对劲，少了什么东西。细细一想，嘿！原来是少了响吹细打的唢呐了！没有了唢呐，就少了欢快、热烈的气氛；没有唢呐陕北人就不畅快。由于唢呐在陕北人的生活中太普遍，与陕北人的生活太过密不可分了，所以，就像呼吸之于正常人一样，谁会觉得一呼一吸有多重要吗？可当你吸不上气时，你就会知道这有多重要了。同样的道理，能感觉到唢呐震撼人心的机会也不是太多。但是我相信，任何一个人站在广场上，听八十杆或一百杆唢呐协调一致地吹奏一首曲子时，那种排山倒海、气壮山河、惊天动地，群山万壑回荡、震颤，让人血脉贲张、身心战栗、目瞪口呆的震撼，是难以形容和描述的。

安塞的唢呐在陕北也是非常优秀的，那些代代相传的唢呐演奏者，即陕北人称之为"吹鼓手"的艺人们，在安塞腰鼓、秧歌的沿门子、闹红火或者转九曲时，在安塞腰鼓进香港、赴异国的表演中，在天安门广场的国庆大典的腰鼓表演中，在人民大会堂或中国大剧院的民歌、腰鼓表演时，都没少了他们唢呐声的伴奏和鼓劲。在安塞的唢呐吹奏中，最有名的当数活跃在县城周围的康氏兄弟二人，即大不愣、二不愣组成的乐队，招安齐家四兄弟也声名远扬，当然还有六十余班唢呐演奏班子在为安塞18万民众的生、死、嫁、娶等悲喜活动助兴的同时，也以此为生。客观地说，陕北最好、最多的唢呐手当数榆林市绥德、米脂以及延安市子长县的艺人了，笔者曾多次被百余个子长唢呐手集体吹奏的那声震乾坤的旋律所震撼，惊叹：此曲只应天上有，人间能得几回闻！

刊 2013 年 4 月 13 日《延安日报》"杨家岭"文艺副刊

抬楼子

抬楼子，是陕北所有的庙会上都有的一道风景，也就是说只要有庙会，就必然会有楼子。楼子是陕北人自己的一种叫法，全称应该是楼轿。

楼子其实就是神神，简单点说就是神神的化身，抬楼子就是抬神神。在所有的庙里，神神就是一尊尊雕像、塑像或者是画像，是不会说话也无法表达神神的意愿或者情感的，楼轿就是人与神的一个媒介，此外，还有滚卦棒、签斗子和签这些东西也是常用的媒介；而就人而言，作为神的媒介的除了抬楼子的人以外，还有会长、马童、务神。这里就说说抬楼子。

原来的陕北自然条件恶劣，道路也大多是随山就沟的小路，人们主要是靠两只脚爬山上洼，富裕的人或者官衙里的官差，也只是骑驴或者骑马，就是大点的官最好也只能坐个轿窝子，也就是和四川峨眉山的滑竿差不多的那种两根杠子中间绑个人坐的椅子，或者是两个人抬着走，或者是两匹驴或马驮着走，别处有的那种八抬大轿在这里是没有办法使用的。

神神是人们最敬佩和畏惧的,应该比所有的人都高一等。不论人怎么样走,神神必须要比所有的人高,所以就有了有顶,也就是有遮风避雨的楼楼的轿子来抬神神,以示人们对神的尊敬和神的至高无上,这就有了楼轿,陕北人叫它楼子。

　　楼子有繁有简,可以是一个板凳反过来,外边蒙上红布,里面把请起来的神的神牌绑在底部正中间,板凳两边再绑两根杠子,四个人一抬就是楼子。现在的楼子都比较讲究,大多都是专门做的,样子像个缩小了的楼,外边刷上红色的油漆,也有的画些龙、祥云等等图案,三面风雨不透,正前方开一小门,以放进去神牌神位为佳。一般都是比较小巧。这几年,随着生活和物质条件的极大改善,也有些地方为了阔气,做一些比较大且富丽堂皇的楼子。

　　楼子因为是神的化身,所以看病、寻物、祛邪、驱魔无所不能。陕北绝大多数的庙会上都不会少了楼子,在陕北人眼里,楼子就是神,就是西天古佛,就是玉皇大帝、王母娘娘、祖师爷、观世音菩萨等大神,也可以是关公老爷、地藏王、土地爷、龙王、马神等小神,所以楼子的一切都不是那四个抬楼子的人的事,都是他们所抬的神仙在行动了。所以庙会上一般不会有警察,楼子就是维护秩序的。抬过楼子的人经常会说,抬着楼轿就往往身不由己,信马由缰,逢山爬坡,遇沟跳崖,完全不由自己掌握,而且不会摔伤。各处庙会上也经常有人被楼杆戳过,有时会造成伤害。这时,人们都会说那被戳的人是说了什么对神不尊敬的话了,或者是做了什么不合神道的事了,不论戳的该不该对不对,没有谁会说抬楼子的不对,更不会说楼子有什么问题了,所以,在庙会上,人们都对楼子敬而远之,楼子真的就比警察的威力也大,因为那楼子就是神呀!

　　抬楼子最为壮观的要数祈雨了。

祈雨

陕北是条件恶劣的山区,少有可以灌溉的川水地。农民,也就是那些自称"受苦人"的陕北人,真的是靠天吃饭,而陕北又是个十年九旱的地方,到了庄稼该下种的时候或者下了种了,但是天旱得几个月不下雨时,苦苦地盼不来雨水的受苦人就要祈雨了。祈雨就是祈求上天赐点救命的雨水。

"桑条无叶土生烟,箫管迎龙水庙前"。从唐代李约的诗句可以看出,祈雨在中国早就出现了,也不是仅仅只是在陕北有这一习俗。

云台山,即延安老醮会原来也是经常祈雨的。祈雨分为问雨、祈雨、取雨、谢雨四个步骤。祈雨时会长先召集参加的村民,制作楼轿,最少1只,也可以是3只或5只,多少视本村人力物力而定。再选雨师,也就是传达神灵意见,或者说是神与人沟通的人。

准备好后,会长和雨师到庙上占卦问雨,请神示意何日祈雨为宜,这就是问雨。接着按照神的旨意,在合适的日子开始祈雨。祈雨开始时几十个汉子戴上柳条编织的帽子,在烈日下赤着上身,光着双脚,在会长或者是选出的雨师带领下先到佛爷庙请起西天古佛,再请玉皇大帝、王母娘娘、祖师爷等神灵入轿,再到龙王庙上请龙王,所有被请起的神灵的牌位绑在楼轿的正中。如果是一只楼轿的话就是先到西天古佛,玉皇大帝等庙前谒庙,祈求众神相助,也有的把众神神位都请起,接着再请起龙王,把众神的神位一起绑在楼轿正中,这叫一楼按,就是说所有的神在一只楼轿里安顿(十里不同俗,各有各法)。神请好后,一人打鼓一人敲锣在前引路,楼子由 4 个人抬着,在众人簇拥下前行,其他人紧随其后,亦步亦趋地随着楼轿前行。祈雨的路程有长有短,短者十里八里,长者三五十里甚至百里。沿途遇庙都要谒庙参神,有的是光谒庙参神即可,有的要把谒庙时所参之神的牌位也请进楼桥,一起抬着。祈雨队伍前行时,在锣一声鼓两声的节奏中,雨师会高唱祈雨歌:

"天旱就了,火着就了,对面洼上糜子也晒干了,玉皇佬(价)哟!"

"晒坏的了,晒坏的了,五谷田苗子晒干了。龙王佬(价)哟!"

每唱一段,众人和唱秧歌接下音似的一样合唱:"救万民!"声音悲壮凄凉,山回谷应。

祈雨后,就到河里或者潭里取雨。形式和祈雨基本相同,只是雨师怀里要抱一个盛水瓶,边走边唱:

"天堂灵神都显灵,下下好雨救万民。"

"水神娘娘水门开,取上圣水洒水来,洒好水,下好雨,好雨下在这方来。"

"杨柳梢,水上就飘,清风细雨洒青苗,龙王佬(价)哟!"

"刮北就风,调南就风,玉皇老(价)把雨送,玉皇老(价)哟!"

"佛的雨簿玉皇的令,观音老母的盛水瓶,玉皇老(价)哟!"

"龙王老(价)旱下了,西葫芦南瓜(咋)晒死了,龙王老(价)旱下了,早下海雨救万民。"

每唱一段,众人仍和祈雨时一样接尾音合唱:"救万民!"

队伍走至有水处,雨师就要用柳叶从水里取三滴水盛于瓶内。回到庙里,将盛水瓶放在中央,几只楼轿环绕四周,众人欢腾跳跃,载歌载舞,通宵达旦,连续几日,直到下雨为止。

当天上有了云彩以后,抬楼子的更卖力了,这时雨师唱道:

"南方上来一疙瘩云,走在我们这儿响雷声,下下海雨救万民。"

"西天古佛你显灵,下下海雨救万民。"

"四方神灵都显灵,取回圣水到我村,当天起了一疙瘩云,马上响雷下脱隆,下下海雨救万民。"

"人发虔心神感应,下下海雨救万民。"

有时祈雨需要几天时间,晚上都不能回家。祈雨有好多戒律,吃饭光吃谷米捞饭拌盐面,不准吃菜,不准抽烟,不准赌博,不准串门,不准瞎说,不准回家,晚上住庙里,谁违反了就得罚跪香,轻者一路香,重者三至五路香。

降了雨了,就要谢雨。问雨、祈雨时为了感动神灵,会给龙王许口愿,谢雨时就还口愿,领牲杀猪宰羊,拆掉楼轿,各神牌归原位,祈雨即告结束。

祈雨是黄土地干旱到了极限时,无可奈何之下的人们一种死马当做活马医的求助神灵的集会仪式,是一种带有迷信色彩的风俗,但是这种迷信活动并不伤害社会和他人。祈雨时干旱的陕北路上黄土很厚,完全可以没过脚踝,夏日炎炎,天空没有一朵云,太阳死盯着晒,地上烤得火热,脚挨着就钻心地烫,感觉走在烙铁上。于是楼轿逢山爬坡,遇沟跳崖,走过之处黄土飞扬,黄风斗阵,场面非常悲壮。

有时如果三天一天甚至十天半月没有祈下雨,那么这年的年馑是跌下了。有时失望得近乎绝望的受苦人也会干出让人意想不到的事,那就是祈雨失败后的罚神。据已逝去的先人讲,这种事不多见,但是有,那就是把龙王的牌位和楼轿一起放到厕所的茅板石上面,众人提了拴驴马的缰绳,对着龙王的神牌和楼轿猛烈抽打一顿,而后将楼轿就放在这最脏的地方,意思是你龙王没有任何的善心,不救万民,那万民何必要尊敬你,放在烈日暴晒的脏地方,蛆虫乱爬在神位周围,让你老龙王也尝尝旱的味道。由此可见,陕北人也不是一味地尊神敬神,神要是不尽神道,也是可以被惩罚的。

随着陕北的发展和各方面条件的改善,特别是退耕还林以及城市化进程的加快,乡亲们不是外出打工就是做个生意,搞个养殖,基本没有靠天吃饭的人了,大家几乎都靠商品粮养活。祈雨在今天已见不到了,就是一些人为了满足搞摄影或者搞艺术的人的好奇心而组织的"祈雨",也不是原来的"祈雨"了,这点,不论对谁而言,都是可喜可贺的好事。

过关

在安塞以至陕北各地，均有给 12 岁以下孩子过关的习俗。

过去，由于医疗和自然条件、生活条件太差，娃娃不好抚育，许多人家，生十个八个，能存活三个两个，许多孩子几岁甚至十来岁了，也会夭折，为此人们就想了好多办法来保佑孩子健康成长，有扣娃娃、包锁娃娃、叫贱名字、认干大干妈等等，其中，过关也是一比较常见的方式。

迷信的人认为有部分小孩一生命中注定要犯某一种关煞，神鬼邪祟会在他成长的过程作怪，如果通过过关的方式进行禳解，求得神灵保佑，就可给孩子消灾灭难，让其平安长大成人。小孩所犯的关煞有阎王关、鬼门关、投崖关、撞命关、四季关、四柱关、五鬼关、直难关、金锁关、铁蛇关、急脚关、百日关、断桥关、无情关、浴盆关、白虎关、水火关、天狗关、青龙关、鸡飞落井关、雷公击脑关等三十六关和凶恶煞、夜哭煞、投河煞、悬梁煞、勾胶煞、偷生煞、白虎煞、暗害煞、走跳煞、投井煞、冲天煞、迷魂煞、耗财煞、硬眼煞、游魂煞、抹头煞、死骨投胎煞、五鬼化胎煞、三邪六害煞等七十二煞。过关并不是随便可以举行,必须是"天赦"的黄道吉日,也就是庙会期间才能举行,具体时间是春戊寅、夏甲午、秋戊申、冬甲子。

关煞有犯四九的,有犯三六的,也有犯二五八的,怎么犯就得怎么过关,如犯三六的,就在三岁、六岁上过关。

过关,一般是在庙会上设关场,关场上用一张高腿桌子,桌子上面放有宝斗,斗里边有小米、神牌位、彩色旗等,四个桌腿上绑有四把刀子,还在桌腿上套有连环绳。关口放一把铡刀,有一人掌管。

过关的小孩来时要抱一只公鸡。过时,先把筷子绑黄线扔过关卡,或者用一桃木小弓射过去,然后把灯、鸡也递过关口,娃娃腰里绑着绳子,绳子后边绑着干草人,大人把娃娃递过,或者娃娃自己爬过铡刀床。在往过递那些东西和娃娃往过爬的同时,掌关的人还喊着筷子过去了,灯过去了,鸡过去了,人过去了。当人过了铡刀床,爬到方桌边时,掌关的大喊一声"过去了",一铡刀下去,铡断用绳子拖在后面的干草。最后,还要过拦山门,就是一人站在最后,小孩从这人的腿裆钻过,不准倒照。

过完关后,鸡就不拿了,由庙会上处理。

据说,过关是为了给孩子禳灾祛难,保佑孩子平安成人。到12岁时孩子要惭关,惭关就是要孩子倒着爬过铡刀床,惭完关后,就表示孩子进入成人阶段。

有些关过起来比较麻烦,比如天窖关,要在庙周围找到一个天窖,在天窖前举行个小仪式,再回到关场过关。

随着时代的发展和社会的进步,现在许多人不相信这些东西了,陕北年轻人也和外边的人们一样,孩子有毛病就到医院检查治疗。但是也有一些人还在给孩子过,为什么呢,许多人的经验之谈是:孩子有什么毛病千万不要找人胡乱地拨掐,一拨掐,给你说下些事,你不照办吧担心万一。现在的孩子都金贵,谁也不愿意拿孩子冒那险呀。

•••● 第二辑　探究民间 ●•••

黄土地上的艺术奇葩

　　陕北、陕西乃至于整个大西北,甚至可以说中国最著名的民间舞蹈艺术,莫过于安塞腰鼓。这一民间民众自娱自乐,近乎民间杂耍,由一群群地地道道的农民表演的民间舞蹈,让许多一生从事舞蹈艺术的艺术家们叹为观止,让千千万万的国人看得目瞪口呆,热血沸腾。

　　毛泽东、邓小平等一代伟人们在延安和红军将士们多次观赏过安塞腰鼓。1951年建国2周年国庆,1994年建国45周年庆祝活动,1999年建国50周年大庆庆典的天安门广场上,2004年10月1日人民大会堂的国庆晚会上,都有安塞腰鼓那气势磅礴的雄姿和激越的鼓声敲响,特别是2009年的60周年国庆大典上,1000余名安塞腰鼓手,在天安门前的盛典上,把安塞腰鼓的美,挥洒向全国、全世界;1988北京首届全国农民运动会,1990年第11届亚运会开幕式,都是由安塞腰鼓拉开的帷幕;1997年香港回归维多利亚港湾的大型庆典,澳门回归庆典上,也都没有少了安塞腰鼓的雄姿。从获得国际大奖的电影《黄土地》开始，先后有 80 余部影视剧上都有这一纯朴雄浑的民间舞蹈洒脱流畅的表演。这一民间艺术还远渡重洋，先后赴俄罗斯、日本、德国、新西兰、泰国等地表演，国内除台湾之外，其余省区的各种庆典或大型活动中都曾有过安塞腰鼓。

于是，华夏第一鼓、天下第一鼓、中华鼓王、中国神鼓、中华一绝、中华民族之魂鼓等等赞誉落到了安塞腰鼓的头上，就连许多外国观众和专家、学者观看时也激动不已，大声喝彩。1996年，安塞县被文化部命名为"中国腰鼓之乡"；2006 年，"安塞腰鼓"又列入第一批国家级非物质文化遗产代表保护名录。

一位美国学者观看了安塞腰鼓后说："想不到在温良敦厚的中国传统舞蹈中，还有如此剑拔弩张个性张扬的一支另类……"

一位研究中国文化的拿破仑同乡说："我的祖先说中国是一只东方的睡狮，我多年找不到佐证。安塞腰鼓让我知道祖先的话是对的。从鼓手身上，我看到了舍我其谁的成吉思汗的影子，那隆隆鼓声，让我又听到了成吉思汗那驰骋纵横、所向披靡、无坚不摧的马蹄声……"

于是，安塞腰鼓成了文化品牌，在中国几乎家喻户晓，它不仅成了陕西、西部最具代表性的一种民间艺术，还经常代表中国政府出国演出。

在文化艺术界这一品牌的含金量更大，有许多文化人将安塞腰鼓和文化大省、旅游大省陕西最著名的秦始皇兵马俑、华山、黄帝陵、壶口瀑布、圣地延安等人文景观相提并论。

安塞位于陕北高原的边缘，古称高奴。它北临长城，秦直古道穿县而过，是中原农耕文化与草原牧猎文化的结合部，历史上这里多有铁马兵戈的惨烈征战。多民族融合与交流漩涡中的陕北,以血与火的代价吸收了南方、中原以及草原等中华各民族的文化艺术精华,形成了自己独特的文化。安塞是这一漩涡的中心,除腰鼓之外,农民画、剪纸、民歌、以陕北说书为主的曲艺等等民间艺术也在全国占有赫赫之位。

腰鼓源于军营,根在民间,已有两千多年的历史。相传秦汉时戍守长城的边卒,把腰鼓同刀枪、弓箭一起作为战斗必不可少的装备。遇偷袭,便击鼓告急,请求援助;两军对垒交锋,便击鼓助战,威慑敌人;当克敌制胜,庆贺胜利,则敲鼓取乐助兴。

如今的安塞腰鼓主要用于欢度节日,贺祝喜庆。表演时,鼓手们多着宽松的素色凌缎衣裤,脚蹬白色运动鞋,鞋面缀以艳红彩球,裤管绑上裹腿,袖口或挽或扎以护腕,头拢白羊肚子毛巾。一个个小伙子洒脱剽悍,又不落俗。每一腰鼓队多为40至80名壮后生,每人一鼓二槌,另有四至八人擂击两到三面大战鼓,在场外指挥,再伴以激越的锣声铙钹声唢呐声,气势磅礴,扣人心弦。鼓手们的动作和队形变化复杂。路鼓边走边打,有跑有跳,矫健的十字步,威武的平侧蹬以及劳动步,金鸡点头等,使人仿佛目睹古代将士开赴疆场的动人情景。单双过街,鼓点密得泼不进水插不进针。随着鼓点,鼓手们手在空中舞,脚在地上蹈,每一动作都强健豪放,刚劲饱满。这"尘埃遮高山,甲兵怒冲天"的场景,真有股过关斩将,气吞山河的豪气。队列进行中,鼓手们打得兴起,时如猛虎添翼,时如大鹏展翅,或聚或散,或起或伏,前后左右紧密联结,铸成一体。把古代英雄为克敌制胜而精诚团结,互助互救的情景表现得淋漓尽致。还有三角阵、四方阵、野马分鬃、白虎甩尾、青龙摆角、凤凰展翅、童子拜观音、蛇盘阵等等。有些阵势还糅合了我国古代的阴阳太极,古朴而不一而足。

众多国内文化艺术界权威人士一致认为，安塞腰鼓是没有渗透进任何西方东西，最能体现中华民族自强不息、不屈不挠、勇往直前之民族精神的民间舞蹈。国外艺术家看得激动不已、狂喊乱叫。有的老外连连竖起大拇指，赞它为："东方的、黄土地上的最美最妙的迪斯科……"

安塞腰鼓，已经享誉全国，走向世界。但是想要品味真正的安塞腰鼓，最好是去安塞。因为这一技艺复杂难学，别处又少了千万丘如兵卒般质朴，似千军万马般磅礴的黄土群山做衬景，也就形不成那特有的氛围，少了韵味。那种黄土地上雄浑而古朴的艺术，那种挟持我华夏五千年雄风，似烈火，似雷电，似巨澜，似狂飙，似……又什么都不是的，让人叹为观止的感受，使任何想象都显得苍白无力……

安塞腰鼓与民俗

陕西电视台讨论民间文化的一期"开坛"节目中，著名作家陈忠实说："其实我们现在看到的安塞腰鼓不是真实的安塞腰鼓，因为腰鼓秧歌不会在山顶、山坡上表演的……"

是的，陈忠实一语道出了民间艺术的尴尬。我们看到的许多东西是一些摄影或影视等艺术家想要的，民间艺术家们为了满足别人艺术的需要而作了秀，民间艺术在迎合中就叛离了其原有的东西。那么民间的安塞腰鼓究竟是怎样的呢？

秧歌在陕北民间是与祭祀、敬神分不开的，也是和庙会分不开的，而腰鼓又是和秧歌分不开的，它是陕北秧歌中必不可少的一种民间艺术形式，是秧歌的重要组成部分。

由于处于战争的拉锯之处，千百年来由于战争的杀戮和兵匪掳掠，陕北人出于自卫和宗教的双重目的，借助庙、神的神秘和当时人们的迷信心理,"会"这种组织就诞生了。

一般的"会"是三个村或五个村甚至于八个十个村的村民围绕一座庙宇产生的组织。

"会"的活动是围绕着庙来进行的。每年腊月,各"会"就将自己"会"里的年轻人集中起来进行秧歌排练。秧歌北宋时称阳歌,源于祭祀土地爷的活动,也叫闹红火或社火。是一种载歌载舞的综合艺术形式,内容很多,有"扭"有"跳"有"耍"。"扭"主要是指彩绸队、扇子队,还包括跑旱船、骑毛驴等;"耍"指蛮婆、酸汉、媒婆等丑角在秧歌队伍中以诙谐形式逗乐,又称"丑场于";而"跳"则指舞龙,舞狮和腰鼓。"敲起来扭(耍)起来,不敲不扭唱起来"是安塞群众对秧歌的形象的描述。

秧歌秧歌,顾名思义,必须有歌。秧歌活动中的敲、扭(耍)、跳实际上都是为唱服务的,唱才是秧歌表演的最终目的所在,而唱者就是"伞头"。"伞头"绝大多数又是"会长",他在秧歌表演过程中唱出对别的会和本会众乡亲的赞美和祝福。他在秧歌的排练表演过程中,始终是核心,而他手中的"伞"是整个秧歌队的指挥棒,同时也是神的象征,他本人则是神和本会的代言人。

正月里秧歌队的活动,除给本会及外会众人祈求神灵保佑四季平安,新年风调雨顺,有个丰收年以及"正月里动动响气,家添人口外添财,年年岁岁不生灾"和"开春锣鼓鸣,一年四季驻太平"之外,还有另一层意思是向外会展示本会的团结和经济、武力等方面的综合实力。

秧歌队中最重要的除伞头之外,就数腰鼓手们了。

腰鼓手是本会身体强壮,身手敏捷的青年人。他们在秧歌队中的主要作用是展示本会的战斗力,保护秧歌队中的其他成员。所以在1942年之前的千百年里，头戴盔缨马刷，身着羽巾战裙，脚蹬马靴，一副古代武士装扮的安塞后生，紧随伞头，遇到别的秧歌队时立即以斗士的姿态，在貌似表演的跳跃腾挪中，以脚、手、头、肩以及腰鼓等与对面过来不让道的秧歌队争夺道路。对手的队形乱了即为败者，就得站到路两边让道给对方；胜者则耀武扬威地从中间走过；而败了的腰鼓队则如败军之将，和自己的秧歌队垂头丧气、狼狈不堪地站在路边偃旗息鼓，等对方过去后才可以重整旗鼓，继续前行。有些败了的秧歌队可能今年就结束了自己的表演，撤回自己的领地，重新练艺。

在场地秧歌表演过程中，遇到观众太多，场地被挤得过小，秧歌队无法正常展示自己的风采，不利表演的情况时，腰鼓手们就会在伞头的指挥下，用动作幅度很大但整齐划一的侧蹬腿或武术及拳技成分很大的缠腰过裆等武鼓把场地扩展开，陕北人称为"踢场子"。另一种"踢场子"则是指秧歌表演中的小场子，分武场子和文场子，还有一种是诙谐形式的丑场子。小场子中的武场子也是由腰鼓唱主角，有时也以耍狮、舞龙补充。如遇到有意挑衅或有人对本队队员不敬时，腰鼓手干脆就成了打手，以拳脚来维护本队及本会的尊严。

秧歌表演的小场子中的"扭"、"耍"都是文戏，而"跳"及腰鼓表演则是武戏，也是秧歌表演中的重头戏。表演时动作一般由缓到急，由轻到重，幅度由小到大。不论先后出场的腰鼓表演都是一场秧歌中的压轴戏。

踢开场子后，舞绸、舞扇和骑毛驴、跑旱船的各小队以及酸汉、蛮婆等丑角转到外圈放松地扭转或干脆就地蹲下，护住扩展开的场子后，随着伞头和鼓乐的指挥，腰鼓手们迅速变换好队形，几十面腰鼓在鼓手手中鼓槌的统一击打下，发出穿透力极强震撼人心的鼓声,在牛皮大鼓,铜唢呐、铜铙钹及铜锣的伴奏下,腰挎血红鼓儿的鼓手们冲进场地中央,开始了他们的那震撼人心的表演。

这时的腰鼓手们是最投入、最用力的。要是围着的观众中和自己年岁差不多的异性多些,那他们更是不要命了地跳跃腾挪,不遗余力地挥洒出男性的力量和洒脱,以赢得异性的青睐和喝彩。由于居住分散,交通不便,生活在这里的人们平时很少能见到陌生人,特别是陌生的异性。而此时,正是他们展示自己个人风采和魅力,用肢体语言求偶的机会。这也是腰鼓手们在十几人的大强度高难度的表演中时时精神饱满,劲头十足的主要原因。有些鼓手有可能当时就和人群里顺眼、中意的姑娘眉目传情,也可能表演完了就会溜进人群,找中意的姑娘试探一番,甚至和姑娘先后离开人群,到没人处谈情说爱去了。

腰鼓手在秧歌队伍中既是表演者,也是秧歌队的保护者或打手,他们就是各会力量的象征。而腰鼓表演则是各会展示各种实力,特别是战斗力的一种方式。

作为腰鼓手,他在学习腰鼓技艺时会学到一些武艺。新中国成立前的安塞腰鼓里高难度动作很多,比如"二起脚"、"三脚不落地"、"无底洞"、"鹞子翻身"等动作没有很好武术功底无法完成。所以,打上几年腰鼓的好鼓手,个个都成了身手不凡的汉子。

从新中国成立后开始,到20世纪70年代中期,腰鼓一直是秧歌中的一个表演类别,名称也只是叫腰鼓或陕北腰鼓。从70年代末期,有文艺工作者将腰鼓单独编排成文艺节目,出现在省、市的舞蹈、文艺比赛舞台上。1984年5月,陈凯歌、张艺谋拍摄电影《黄土地》时,首次将腰鼓拉到山坡上表演;1986年2

月,中国、日本合拍大型电视系列片《黄河》时,又将600余名腰鼓手集中到山顶上表演;1986年12月,央视举办的首届全国民间音乐舞蹈大赛上,安塞腰鼓手组成的演出队首次将节目直接叫成"安塞腰鼓"。随着这次大赛中《安塞腰鼓》获得大奖和1987年央视春晚再次以这一名称出场并获得巨大成功,从此,安塞腰鼓就一步步走出安塞的农家院落,走出秧歌队,成了一个和秧歌并列的民间艺术。但在民间,安塞腰鼓大多时间还是秧歌队伍中的一个表演节目,它的表演场地还是安塞人的院落、村道、街道和广场。虽然共有16万人的安塞县目前有5万余人会打腰鼓,也有了县、乡"腰鼓表演艺术协会",并且腰鼓也走进了中小学学生的第二课堂,但是除各学校、单位外,乡村民间,秧歌或腰鼓的组织,还是以"会"为主的。

千里的雷声万里的闪——安塞腰鼓的艺术特色

和国内众多的鼓舞相比,安塞腰鼓所用的鼓大小适中,鼓既是声音的发出者,又是肢体动作的中心,并且这一道具经斜挎、横绑之后,和鼓手联为一体,不会成为鼓手的负担和牵累,也不会影响鼓手的肢体动作。鼓声清脆而响亮,使鼓手在表演中声、形俱到,声助形、形助声,声形互映互补,和谐统一,相得益彰。

从色彩上说,鼓手的服装以白色为主;腰鼓、肩挎的鼓带,腰间系鼓的彩绸,鼓槌上的彩绸和鞋面上点缀的红缨球,全是统一的红色,面部再有意涂上红色,使鼓手从头到脚都洋溢着热烈、欢腾、奔放,视觉上先声夺人,点燃观者的兴奋神经。舞起来红色与白色的服装相互渗浸,头、脚、手、腰之间的色彩快速变化,更具感染力。

在表现形式上,安塞腰鼓始终遵循着团结、协作、统一的生活和艺术真谛,是与打击乐、吹奏乐相伴、相助、有机结合的多维表现形式。

打击乐由大鼓、大镲、锣、小锣、小镲组成。大鼓、大镲是主击乐,其余是辅助,是腰鼓表演的指挥和鼓手的力量之源。

"紧打家具慢落音"是打击乐的基本方法和规律。每场腰鼓表演都是由大鼓手手中击出的由缓到急,近似人的心跳的战鼓声起势,在表演过程中,节奏合理,快慢适中,以鼓、镲、锣的节奏给腰鼓手以活力和动力。在以雄浑、高亢的综合声响先声夺人的同时,以轻、重、缓、急来指挥调动场上腰鼓手的动作,使腰鼓手的动作该快时快如闪电,快而不乱;该慢时如闷雷滚过,沉稳而节奏明晰,忙而有序。打击乐在补充完善腰鼓鼓点和声响上的短缺和不足的同时,既以震耳欲聋、山鸣谷应的巨响渲染气氛,又不以沉重的大声来压、盖众多腰鼓所发出的穿透力极强的清脆声响组合成的声响。二者有机结合,高度统一,使场上腰鼓"声"、"形"俱到,使观者眼、耳不闲,继而心花怒放,激情澎湃。

腰鼓表演中的打击乐是"钢"音,那么以唢呐为主的吹奏乐就是"水"声。打击乐与吹奏乐二者"阴"辅"阳","柔"助"刚",达到一种"天人合一"的境界,使鼓手在自娱的同时娱人。

再加上鼓手们的表演,使"声"与"形"浑然一体,扣人心弦。当然打击乐和吹奏乐尽管不可或缺,但腰鼓表演的重中之重还是腰鼓手的动作。

外在动作上,安塞腰鼓主要由跑、跳、扭、转、蹬、闪、跺、跨、跃、摇、舞、昂等动律要素构成。表演时鼓手要跑得欢快流畅,锋利豪爽,一往无前;跳得干净利索,所向披靡,跳出一股虎劲;扭出乐观开朗,自强不息的能劲;转得自然圆滑,顺畅流利,行云流水,转出猛劲;蹬要蹬出气壮山河、开天辟地的气魄;闪要起伏稳健、节奏明快;跺得剽悍豪放,威武粗犷,跺出狠劲;跨出排山倒海,压倒一切的蛮劲;跃得激情高亢,意气风发;挥指挥舞鼓槌,打击出节奏明快的鼓点,撕扯开一切束缚与禁锢,胳膊与鼓槌、鼓绸一起舞出坚韧不拔的抗争之势和如惊雷似闪电的犀利与锋芒;昂首挺胸,昂出舍我其谁的"狂"气,昂出狂放、豪放、热烈、奔放和磅礴之气,昂得顶天立地,"欲与天公试比高",昂出对一切不屑一顾,"数风流人物还看今朝"之气之势,真正达到"式子慷慨码子硬"!

安塞人对安塞腰鼓的特点用自己的话概括为"鼓手有股能劲,挥槌有股狠劲,踢腿有股蛮劲,转身有股猛劲,跳跃有股虎劲,看了叫人带劲,听了给人鼓劲"。这貌似土俗的朴实话语,道出了安塞腰鼓的风格和艺术特征,说明安塞腰鼓不仅在表演的气氛上有声有色,而且在击鼓表演的动作上也有一套符合力学原理的规律。在舞蹈动态的形象塑造上,突出人物强有力的动律感和鲜明的节奏性,使舞蹈蕴含着一种激烈、欢腾、奔放、浑厚的韵味,使人们在观看时产生无限的联想和美感。

就腰鼓手的动作而言,安塞腰鼓的艺术特点,主要有以下几"劲":

鼓手有股能劲:这能劲就是"狂"劲,但不是显能,也不是单纯的自我表露和炫耀,更不是妄自尊大。而是通过"扭"、"摇"、"昂"、"跃"等动律变化表现出舞者的内心激情。表演时,鼓手仪态潇洒,舞姿挺拔,再加上情不自禁地头微摇,身稍晃,使内在激情与外在的动律形象达到有机统一,达到身心兼备,精气和谐,充分调动观者的情绪,使人看了精神振奋,激情澎湃。

挥槌有股狠劲:着重指舞者双臂挥舞的动律。无论是上打、下打或者缠腰打,都要将鼓槌甩开。双手挥槌摆动时,要做到狠而不蛮,挺拔浑厚,但又不失其细腻内含的风度,使双手交替击打出激动人心的震耳鼓声。狠劲还体现在腰鼓动作的跺脚上,讲究"一脚千斤重,三脚跺破地皮"。

踢腿有股蛮劲:安塞腰鼓的踢腿、蹬腿动作很多。不论大踢、小踢和蹬腿,都要有股蛮劲,以渲染和突出腰鼓的粗犷动律。安塞腰鼓的踢腿的动律复杂,技巧非凡,节奏欢快,难度特大。这些高难度技巧中,明显地渗透着安塞人民粗犷豪爽、刚劲泼辣的性格。"蛮"劲从一定意义上讲也是"土"劲,指安塞腰鼓踢腿发力的技巧似乎与平常所看到的不同,是一种安塞老百姓千百年来自己摸索出来的,在踢腿和跨跃时独特的发力技巧,蛮而不野。

转身有股猛劲:转身是安塞腰鼓表演的关键。踢腿的蛮劲与转身的猛劲构成舞蹈表演的有机整体。在舞蹈中有蹲、有踢必有转。转身必须要猛,特别是做腾空跳跃落地大蹲和边转身、边起步的一套组合动作时,必须在固定的节拍里,运用迅速的猛劲,才能完成动作要求。因而转身时的猛劲,是安塞腰鼓的关键所在。

跳跃有股虎劲:虎劲是性格刚烈,不畏艰难的安塞人民的基本性格,也是腰鼓跳跃动作的基本特色。它的动律形态复杂,跳跃的幅度较大。随着节奏的加快,舞者脚步便开始复杂的跳跃,使身体左右摆动的速度更大、更快。如"马步蹬腿"、"弓步跳跃"动作,舞者运用弓步向后连跳两次,然后左腿大步前跨,右腿发力蹬地而起,看起来节奏统一,步伐整齐,具有股龙腾虎跃、刚劲有力的动态,充分显示了舞者长期活动在山区与大自然拼搏的顽强精神。

看了叫人带劲,听了给人鼓劲:安塞腰鼓以独特的风格、神奇的魅力、丰富的肢体等舞蹈语汇和激越瑰丽的旋律,给人以一种特有的、美的艺术享受,那由打击乐、吹奏乐和腰鼓发出的声响加上鼓手打得兴起时大声吼出的声音,确实让人听了情绪振奋,看了精神焕发。安塞腰鼓"声"与"形"共同产生的那种"力"与"美"的艺术效果,充分体现了中华民族的传统风貌和时代精神,动人心魄,给人以石破天惊的震撼力。

怎一个"狂"字了得——安塞腰鼓的内在精神

安塞腰鼓这一民间舞蹈艺术的魅力所在即它的艺术特点是综合的,多方面的。但其最主要的内在精神就一个字——狂!

狂,是一种把自己摆在最低位置的姿态,是一种被人压迫但又想抗争的弱者的姿态。有优越的地位站在高处看别人的人就不狂了。而安塞那群逼急了会说:"怎介?你还把我的镢头把子夺喀(去)呀?"甚至于:"你还能把我的毬咬了?"的农民,祖祖辈辈生活在有千山万壑围阻,"商贾难以入其地,行旅难以出其乡"极其封闭的环境中,终日在这片黄土地上日出而作,日落而息地劳作,一年又一年,一代又一代,周而复始地延续生命。这群"东山上糜子西山上谷,黄土里笑来黄土里哭"的汉子们,这群"红格丹丹的日头照山畔,艰难不过庄稼汉;庄稼汉吃饭靠血汗,又有苦来又有甜;白日里山上淌大汗,到夜晚抱上婆姨当神仙"的"受苦人"的地位可以说是以往各个朝代中最低的,他们知道没有任何人在意自己,所以他们也就不在意任何人,形成一种"谁怕我?我怕谁!"的内在性格。

而安塞腰鼓是这些"受苦人"自己打给自己看的,所以他们怎么如意怎么来,怎样尽兴怎样打,即使有外人他们也不把你当外人,即使有摄影摄像的各种镜头,他们也能视若无物,只知道把自己该干的干好,把自己的力气毫无保留地挥洒出来,把自己内心的喜、怒、哀、乐等情绪宣泄出来……

重义气,不畏事,诚实,坦荡且敢做敢当,行事大器的安塞人在打腰鼓时的精神力量是"狂"。这股子"狂"所展示出的就是剑拔弩张、排山倒海、惊天动地、气吞山河的磅礴恢宏之势;这股"狂"气挟着舍我其谁,所向披靡、无坚不摧的军队之魂魄和不屈不挠、勇往直前的华夏五千年雄风。所以似烈火、似雷电、似巨澜、似狂飙的安塞腰鼓,如果没有了一股从头到脚的狂气,那它就真的什么也不是了。

这个"狂"用安塞人自己的话说就叫"式子慷慨码子硬"!

几十年来,安塞腰鼓手们始终知道:不论谁怎么喜欢、喜爱安塞腰鼓,或者怎么讨厌、厌恶安塞腰鼓,可谁也不会也无法改变他们的生活方式。腰鼓往下一放,自己又是一个黄土地上靠劳动靠汗水吃饭的农民。所以,他们不会因谁为自己喝彩就欣喜,就卖力,也不会因谁不爱看腰鼓或看了后骂几句而恼怒,只要挎上腰鼓,听到大鼓声,他们就会忘记一切,随鼓声尽情展示自我,就如撒在大地这面大鼓上的一粒粒豆子,只要鼓声一响,他们就会随鼓面的颤动而蹦起,鼓声急他们蹦得快,鼓声重他们蹦得高。

所以说"狂"是安塞腰鼓的内在精神,"狂"是安塞腰鼓的魅力所在,"狂"是安塞腰鼓的魂魄。

这股子"狂"是舍我其谁而不是目空一切,是所向披靡而非妄自尊大,是不屈不挠而绝非自以为是,这"狂"是狂放、豪迈、热烈、奔放和浑厚,而绝不是狂傲、自大、放肆、轻浮和浅薄。

戏说『信天游』

"信天游"是中国人耳熟能详的一个词。而一首《东方红》让人们明白：你可能不知道信天游，陕北民歌这些词，但只要你是中国人，在中国的土地上生活着，那你不会没有听过《东方红》，也不会没有听过信天游。

"那是一部用老镢镌刻在黄土高原上的传世巨著。它所达到的思想艺术境地，是人们难以想象的。它绝不是一只漂荡在文艺'公海'上的小船，它开拓了自己的运河，并像一艘异乎寻常的风帆昂然驶过，以它那难以名状的奥妙留给人们一种特殊的美感、享受。它曾经是，今后也应当是中华民族的一块引以为自豪的艺术瑰宝。它，便是陕北民歌。"

这是3岁时随父母从河北来到陕北的王克文，在他那部1986年出版，也是我最早看到，而且现在也认为没有能超越的《陕北民歌艺术初探》中的开场白，也是我认为最能说清楚信天游的一段文字，所以就摘抄在这里。

近年来，陕北各地的经济发展比较快，也有许多有识之士搜集、整理陕北民歌,其中《绥德文库》中的《信天游》可以说是比较全面的一部信天游集,一把手捏不住一本,总厚度近一尺的上、中、下三卷,共收集了八千余首陕北民歌,但这并非信天游全集,因为信天游是许多陕北人随口可以编唱出来的,不论是谁,也无法将如精灵般的信天游"一网打尽"。

陕北各县都有民歌,只要是陕北人都会哼唱些信天游,陕北高原就是信天游的海洋。但实事求是地说,安塞就是信天游的故乡,安塞这方贫瘠的黄土地,也是民歌的海洋。就县级行政区域而言,近年来,陕北没有第二个县能达到安塞民歌这样的知名度和广泛的群众参与度,安塞县也一直是中国最具代表性的陕北民歌之乡。所以,2005、2007年的陕西省首届、第二届信天游大赛,都是在安塞拉开的帷幕,而让人们震动的首届陕西省陕北民歌大赛的最终奖项中,两个特别奖,安塞贺玉堂是一个,10个十大民歌手中,安塞又占了王二妮、韩军、王建宁三人,刘春凤也名列优秀民歌手行列,还有一个十多岁的小选手谢卫卫获得唯一的一个特别奖。第二届陕北民歌大赛上,张东来、薛梦、刘妍、常红、刘军、申祥丽等人也有不俗的表现,也获得了一些奖项。

2004年底开始创作,2005年5.23起在延安文化艺术中心亮相的大型陕北民歌史诗《信天游》,更是陕北民歌的宣传、推广、发展的开历史先河之作。这部历时半年精心打造的陕北民歌歌舞,在延安上演就博得了满堂彩,先后受到中央委员、中国作家协会主席铁凝,中国作协党组书记、副主席金炳华,中国作协副主席陈忠实,中国音乐家协会主席赵季平等文学艺术界权威人士和毛新宇、郭沫若女儿等知名人士的盛赞。在延安演出53场,延安炼油厂演出10场后,又在2005年秋季的陕西省第四届艺术节上亮相,一举夺得了艺术节的最高奖——优秀演出奖及优秀导演、作曲、演唱、表演、舞美、灯光、服装等 11 个奖项。2007 年，还作为迎接党的十七大晋京节目，赴北京中国大剧院进行了汇报演出。这部作品开创了陕北民歌的新纪元。接着，安塞又用半年时间打造了一部陕北民歌歌舞剧《庄稼人》，又引起了很大的轰动，对陕北民歌的发扬光大产生了巨大引导示范作用。此后，榆林市以及延安市和志丹、吴起等地，还有陕西文化投资股份公司等也以此为范例，相继创作了大型陕北民歌歌舞剧《米脂婆姨绥德汉》、《走进延安》、《舞动延安》、《延安颂》、《三十里铺》、《兰花花》等等剧目，在陕北大地上掀起了一股很强的信天游热潮。

于是，有人感叹道：陕北各县都有民歌，但哪一处的民歌能唱出安塞民歌的情调、辣味、酸劲和土气，又有哪里的民歌手能与贺玉堂、闫志才、王二妮、刘春凤、王建宁等齐名比肩，对赛歌喉？2006 年，陕西省文化厅授予安塞"民歌之乡"的称号，2010年，中国文联、中国民间文艺家协会又授予安塞"中国民歌之乡"、"中国民间艺术之乡"（腰鼓、剪纸、农民画、民歌），安塞民歌也有了国家级的命名。

2006 年，由榆林、延安两市申报的"陕北民歌"被列入首批国家级非物质文化遗产名录，也产生了两位国家级非遗代表性传承人，一位是安塞的"中国民歌大王"——贺玉堂，另一位是榆林籍民歌艺术家王向荣。而在陕北最具代表性的"安塞民歌"，也列入了首批"陕西省非物质文化遗产代表作名录"。

其实，安塞民歌就是陕北民歌的一个分支，也是陕北民歌的一部分。之所以安塞民歌在陕北地区比较有代表性，主要有以下原因，其一是安塞是个移民县，本县土著因 1856 年的回民起义以及 1929 年，即民国十八年的大灾荒而所剩无几，于是榆林、横山、子洲、绥德等地的人们走"南老山"逃荒来到了这里，把各地的民歌也带到了这里。其二，安塞是延河的源头，也是黄土高原的腹地，这里山大沟深，人烟稀少。独特的地理环境也是个产生信天游的宝地。其三，安塞人为了活下去，赶牲灵到三边贩盐，到内蒙古、宁夏贩皮草、骡马的汉子也多，信天游就是这些孤寂的赶脚汉子们安慰孤独的灵魂的良药。还有就是安塞曾是陕北地区最闭塞贫穷的一个县，外来的东西对传统的东西冲击的比其他处晚一些。

陕北民歌、信天游是很深奥博大的艺术，几千、几万字，甚至十三两本书也很难将其魅力全部展示。而近年来，各种介绍信天游，研究陕北民歌的专著也不少，大家也都有些了解，我这里似乎没必要再啰唆了。那么，我就把我自己看了众多关于信天游、陕北民歌介绍性、研究性专著或论文之后的一些觉得应当说说的东西说一下，把大家对陕北民歌的印象往正确、本来的面目上引导一下。

首先，信天游不是说陕北人人人都会唱、都爱唱，也不是说陕北人不分场合地点想唱就可以唱的，更不是一些人印象里的那样和广西、云南等地的少数民族一样，是青年男女用来求偶寻欢的。信天游是陕北人自己唱给自己心灵的歌，不是唱给别人听的。陕北俗语里有："穷欢乐、富忧愁，寻吃的不唱怕干球？""女人忧愁哭鼻子，男人忧愁唱曲子"这样两句，应该可以说明什么时候、什么人会唱信天游。这俗语里的"寻吃的"是指乞丐。当然，女人的泪水有哭干的时候，也不能天天哭鼻子呀，所以实在忧愁得不行了，女人也会在没有人的时候，哼唱几句信天游解解心焦，去去忧愁。信天游里唱到："信天游、不断头，断了头、受苦人无法解忧愁。"

唱信天游的主要是原来赶牲灵的赶脚汉,在山顶上赶着牛耕地和在山沟里拦着一群羊的放羊牧牛者,而且基本上是只有歌者一个人,再有的就是不懂人言的动物,陕北人称其为牲灵。也就是说真正唱信天游的人是在见不到人,自己一个人在一架山梁上,没有必要顾忌有谁在暗处偷听,远山近峁和沟底一览无余,没有草更没有树等遮掩藏人之物,即便前边隔几道梁上有赶脚的,收糜谷拦羊的人能听得到,但远得谁也认不得谁,更辨不来声。歌者把平时集聚在心里那些不便启齿告人的心事和秘密倾诉于空旷的山塬,这山山峁峁和身边的牲灵就充当听众,歌者就在这种无人之境里倾诉出自己的心思,最真切、最彻底、最无遮掩地将自己的所思所想袒露给这世界,以达到情绪的最彻底的宣泄。这样,就有了那些源自陕北黄土高原上震撼灵魂的天籁之音,这天籁之音就是歌者的心音。陕北人对这种天籁之音的称谓是:拦羊嗓子回牛声。

陕北尽管地处游牧与农耕文化的绳结之地,但陕北人主要还是汉族人,也是受中国儒家思想影响很深的汉人。矜持,或者说羞耻感,也就是陕北人自己说的羞脸子很重是陕北人的特点之一。所以,在闹市、人多之处,除过唱戏、说书的艺人,没有哪个陕北人会放开嗓子吼唱的,要那样定会有人说:谁谁谁疯了!你想谁会受得了这种嘲笑和讥讽?而陕北人对这样的人会比别处更狠,会说谁谁谁又在那里丢先人的脸了!歌者的自家兄弟或者族人看到了,会躲开溜走的同时,骂一句:丧门踏户的!或者干脆骂一句:亏先人哩!而信天游里大多是些描述男欢女爱场面和细节的词,只要有点廉耻感的人那些话是万万说不出口的,谁会大庭广众之下脱口唱出?只能在地旷人稀的山里、洼里或者深沟里的羊肠小道上才能亮出本色、直抒胸臆。

如今,唱歌的人大家不仅可以接受,还有许多人非常羡慕。但在原来的陕北,唱戏、说书等行当从艺的艺人,是人们都看不起的,有些地方或家族,都不允许这些人死后进祖坟。对那些大庭广众之下唱歌,或者经常喜欢在人面前吼几嗓子信天游的人,大家也是看不起的,人们说这种行为时最常用的一个词是"癫狂"。比如谁谁谁又在前庄癫狂了,歌者自己也会说"我今天又癫狂了,把人给丢了呀!"有些人干脆就给这些人一个定意——"不正经"或者"疯张孤道"。所以,如果哪个小伙子看上哪个俊女子了,跑到人家家门口或者跟上人家唱上几句信天游,那他得到的除了一个"骚情货"之外,还有的就是这个俊女子再也不会正眼看他了。你想想,谁会干这种丢人且不讨好的傻事?

　　在大庭广众唱的除了正月里闹秧歌沿门子拜年时伞头以外,另一处那就是吃羊肉、喝烧酒的时候。当酒喝得差不多了,人有点醉意了,这时候有人为了活跃气氛,唱几首酒曲给大家助助兴。这时候唱一是因为酒把人身上的豪气激发出来了,不顾丢不丢面子了;二是既然坐在一起喝酒,大家都是亲朋好友,没有谁会笑话谁;还有就是自己会唱、爱唱,也爱喝酒,但酒已经喝得多了,再不能喝了,只好认罚,唱唱酒曲让大家开心,同时也让自己少喝一点酒。酒曲有传统的,也有许多能人是现场编唱的。

　　其次,信天游不是谁坐在家里或书桌前深思熟虑之后编撰的,对这种山野俗夫之流解心焦的"粗俗"玩意,陕北那原本少之又少的文化人是不屑一顾的,更不会有谁去编词写曲。信天游的各种曲调是这片土地上的先人们一代代流传下来的,而词则是由众人你一句、他一句或者你三段、他两节地凑起的。信天游主要的创作者是走西口赶牲灵的人们,这些汉子大多数时间以骡马或毛驴、骆驼为伴,在漫漫的长途跋涉中,除牲灵的蹄声和叮当的铃声外，无任何可以让眼睛觉得新鲜让耳朵觉得稀奇的景与声，寂寥枯燥之中的他们，只能靠记忆中家乡的亲人和温馨的暖窑热炕来安慰自己，也只有"受苦人盼过上好光景"的期盼激励自己坚持一步又一步地走下去，于是就唱起了"哥哥起身妹妹你照，眼泪儿滴在大门道""哥哥上马妹子上房，手攀烟筒泪汪汪"。在旅途的艰难与寂寥中，他们也会把自己的内心深处的一些愿望、期盼唱出来，这里面也包括许多他们也自知根本无法实现的事，但谁又说不可能的事就不可以想一想、唱一唱呢？这样，那些他们对某个骡马店主人家大姑娘的臆想或者对在某个村看到一个俊婆姨的乱七八糟的想法，也就随口唱了出来。所以，有许多信天游所唱的事并不是就真正发生过，完全是一些性饥渴者的性臆想。也许你听了觉得这些歌俗气、下流，但对这些为过上好光景而出门在外，在寂寞中苦苦跋涉的行旅者而言，那真是沙漠深处沁出的一股清泉，足以让他们陶醉，也让他们暂时忘掉旅途的艰辛与前程的凶险和无奈，只有这样，他们才能坚持走完20天一个月孤寂的旅程，赚回一家老小活命的银钱。当然，在这样的旅程中，别人的一丁一点关照与温情，也会让他们感动的泪水满眶。于是，店家女儿无意的一句话、一个眼神，也让他们感动不已，甚至于想入非非，孤寂旅途的激动中，也会编出几句顺着某个调儿唱出来。当然，一个人赶着一头牛在山峁沟洼里耕地的汉子，丈夫出门在外、一年不回来几次的小媳妇一个人在家里孤独地做着针线活，料理着家中一切，苦闷至极时会哭几声，也会编上几句信天游唱唱解解心焦，安慰一下自己。所以，信天游歌词中的话语，都是老百姓最熟悉的、最能把他们的心情表达出来的。一首歌一旦传唱出来，在传递的过程中，你觉得哪一句不太美气，不能让你满意，那你就按自己的想法改一下;他如果觉得哪首歌中某个主角的事成了那个样子让人不舒服,那他就会改成另一个样子、另一个结局。所以,信天游同一首歌此地是这样的,彼地却成了另一版本,很难有哪一首歌是一字不差、一模一样的。而往往一首歌第一作者唱出时也许只有一段、两段,但过上三五个月或一年半载,当这个作者再听到那自己编唱的歌时,已是十几二十段,已经成了与他刚唱时截然不同的另一个意思了。这就是信天游真实的创作方法和过程。

如果简单明了地说信天游的创作方法,那么可以说信天游的众多编唱者和80年代起在国内走红,现在也经常在《星光大道》等节目中露脸的台湾籍歌手张帝的方法差不多,就是利用某首歌的曲子,现场编词唱出来一样,只是陕北的受苦人也许没有张帝的才情,有些歌是要苦思冥想半天甚至于几天,才能编唱出的;但陕北春节闹秧歌时的伞头是和张帝一样的,走进谁家院子,抬头细看一下,鼓乐一停,他就会把这一家人非常贴近的一首或两首祝福、吉祥的秧歌唱出来。所以信天游唱到:抓一把黄土撒上天,信天游永世唱不完。

有一些研究陕北民歌的人从字面的意思入手,以一种想当然的心态去推测陕北民歌。简单武断地认为一些歌是歌者自己编唱自己的事,这是错误的。

陕北人把谁唱进信天游里理解为"敞扬"或"丧弹",意思就是到处宣传人家的丢人事吧,也有诽谤之意。谁把自己的事编进歌里,那你的事绝不是你一个人,还有别的男、女,你一编唱出去,你就控制不了后面的发展方向了,这样就会伤害其他人甚至于伤害自己的儿女以及亲人们。因此,很少有人会把自己的事编进歌里。

比如说大家耳熟能详的《赶牲灵》，一些文章中说是民歌大师张天恩根据自己与妻子白来英的真实故事编唱的，其实这是大错特错的。我这里先说一下因为把自己的事编进信天游里而丢了性命的人和事。

这首信天游流传在佳县一带，歌名叫《同秦与凤铃》。丧命的同秦姓符，是个弹棉花的匠人。另一主人姚凤铃是同村同宗同姓的符兆奎的婆姨，是个年轻漂亮的小媳妇，也是一个纺线线的好手。这二人"搭伙计好多年"。有一天姚凤铃的丈夫符兆奎去山西柳林办事回不来，符同秦就让徒弟给"照人"，也就是放风吧，自己和凤铃"偷情"。没料到的是过了几天那放风的徒弟和姚凤铃开玩笑，问她某天黑夜你和同秦玩耍得咋样。凤铃一听着急了，她急自己和同秦的事叫别人知道了，就想丢卒保帅，到乡政府告状说符同秦强奸了自己。

刚建国的 50 年代初期，法律以及审判等制度还不健全，再加上区乡干部也都是根红苗正、但不识几个字的大老粗，也不懂什么是"强奸""通奸"，只要是女方告发的就认定是"强奸"。符同秦被押入监牢坐了禁闭后，一直感到委屈，就把自己和凤铃的相好的全过程，按"偷山药"的曲调编成信天游。这歌的歌词大概如下：

"家住那佳县在城西，村村离城六十里，哟——发生了这问题了，……同秦弹棉花好手段，凤铃纺的好线线，哟——搭伙计好多年。……尔格的法令实在硬，两根麻绳捆了个紧，哟——送到了乌龙镇。人民法院来处理，把同秦你禁闭起，哟——再罚你六斗米！

符同秦一共编了 15 段，详细地说了自己和凤铃搭伙计的真实过程。坏就坏在和同秦一起坐禁闭的人里面有提前放了的。

当同秦出狱后，他在监牢里编下的歌已经在村子周围传开了。凤铃的丈夫符兆奎听到这歌后火冒三丈，心想："同秦你狗日的，你把老子婆姨欺侮了，还编小曲丧弹、敞扬！你让老子碰上就是回炉（打碎重新做一次）你狗日的。"这个曾练过武的血性汉子暗生杀机。

村子里正月闹秧歌，砍柴回来的符兆奎看见人群里的符同秦嘴里翘着旱烟锅，正在专心地看着秧歌，不时的随着伞头的唱词哈哈大笑。符兆奎悄悄地走到同秦的身后，抢起手里的小镢头，向同秦头上砍去，只一下就要了符同秦的命。于是人们又按后来发生的事，续编上了后边的 8 段，其中有："符兆奎本是"拳棍手"，手里又拿小镢头，哟——这是你的好对头！……五花绳子大绑定，一送就送到个佳县城。哟——禁闭里不好盛……"

另外，陕北民歌中有许许多多让人过目不忘的精美歌词，但其主要的、大多数的歌词是以平实的、叙事的词语为主。不要以为每一首陕北信天游都是由"墙头上跑马还嫌低，面对面睡下还想你"、"鸡蛋壳壳点灯半炕炕明，酒盅盅量米不嫌哥哥穷"等等这样撼人心魄的词堆积成的。如果以这样的心态或认识去研究信天游，那你不仅会失望，也不能正确地认识信天游。

还有就是信天游中也有许多有关性的，近似乎放浪形骸的描写和表述，当然也不乏那种"犹抱琵琶半遮面"的含蓄的描写和吟唱。

信天游所唱出的真实意思或感受，只有熟知陕北方言俚语的陕北人才能真正懂得和领会，不懂陕北方言俚语的人，真的不能真正理解或感受到信天游的魅力。比如说信天游中会经常出现的一个词"挖抓"，对外地人来说你不论怎么解释，他也体会不到陕北人所理解和知道的那样有味；再比如说张天恩创作的那首《每人结婚个女学生》的信天游中的那句最著名的："打开榆林西安省,一人恋一个女学生"这一句中的"恋"字本来应该是"挛",不知道当时采风的人不知道这个字还是怎么回事,就在歌里有了这个"恋",许多人也就从这个字的本来意思上入手去理解,就成了"恋爱"、"相恋"。其实这样理解就让这首歌一下子少了七分的韵味了。那个"挛"字陕北人的读法与普通话相同,读"Luan",意思在陕北人这里是占有、得到或者拿来的意思。比如说"拾挛"、"挛柴"、"挛个东西",所以在鼓动战士们的歌中真实的意思是:只要把榆林城和西安解放了,那么就一人给你们一个,或者说你们这些英雄们就一个带走一个女学生吧!而许许多多的文人们在说这句歌词时不知是不懂陕北话还是为了文雅含蓄还是什么,总是按这个字的本来意思,就是普通话中的意思来解释,这样,这句词的意思就成了"每人可以和一个女学生谈恋爱去了",这样就把陕北话中的一个确定的词变成了一个不确定的词了,让那歌的意思也打了折扣。而一些陕北的文化人,不是实事求是地去把那个明显谬误的"恋"更正为"挛"或"挛"字,而是牵强附会地说陕北人就是把"恋爱"说成是"luan爱","恋"字在陕北人口里就是读"luan"的,让人啼笑皆非。

此外,信天游就是属于陕北大山里的东西,有许多歌是不能也无法在众目睽睽的大舞台上演唱的。比如非常哀伤的悲情信天游《小寡妇上坟》、《光棍哭妻》、《揽工调》等,这些歌本来就是用悲腔或哭腔唱的,在舞台上少了氛围,歌者无感觉,听者也无兴趣。2005年6月初的一次关于安塞大型陕北民歌史诗《信天游》的座谈会上,中国音乐家协会主席赵季平先生说1983年冬天,为拍摄《黄土地》寻找素材时,他和陈凯歌、张艺谋三个人在安塞县政府招待所的窑洞里听民歌大王贺玉堂唱民歌,贺玉堂动情地唱了一夜,他和陈凯歌、张艺谋被感动得流了一夜的泪呀。那以后,他觉得自己再也没有听到过那样的歌了,也觉得自己找到了音乐和民歌、信天游的魂魄。而贺玉堂给这几位如今的大艺术家们唱的歌中,就有我前边提到的那三首。

信天游实际上是一种很实用的生活中的歌。如果你站在陕北的一座高山顶放眼看去,那陕北就是一个山的海洋;而你在生活里去看陕北,你就会发现,陕北就是一个歌的海洋、信天游的海洋。在陕北,生老病死、吃喝拉撒、春夏秋冬、日月星辰、喜怒哀乐、扬场耕地、拦羊喂牛、搂柴烧火、打夯抬物,只要你能想到的事物或场合,都可以唱成歌,都有表现的歌。信天游里唱到:"黄芥麻子能出油,信天游里甚都有。蛤蟆口灶火安了一口锅,信天游虽小意思多。"

一个人在陕北的山里行走,自然而然地就想吼几声信天游;亲朋好友相聚,几杯烈酒下肚,脸红了,心热了,人也就不由得想唱上几曲酒曲给大家助助兴;而女人们在父母亲人去世时,跪在灵棚前,不由得就哭唱出哀悼的哭歌了。这时,你就是阻拦也阻拦不了的,只能背过身子擦那被哭唱声引出的泪水了,也应该明白,这时的歌者也真的进入了"癫狂"的状态了,无法自已了。

早些年,也就是20世纪七八十年代,你如果在陕北的山沟里行走,时不时地会听到山顶上耕地,沟洼里锄地、割谷子的汉子们吼唱出的一曲如天籁之音的信天游。而唱得最多的当数那天马行空地在山顶上放着一群羊、吆着十几头牛驴的放羊汉子或放牧的人们;而遇个上坟的节令,那山头上更是哭歌此起彼伏,不到中午真是不绝于耳的。现在虽然时代进步了,陕北人也和其他地方的人差别不是太大了,但在陕北的山顶上,如果你有幸听到一个陕北汉子给你亮开嗓子吼上一曲信天游,那你一定会对信天游这个名词有种新的认识和理解。所以说在舞台上是不能真正领略到陕北民歌撼人心魄的魅力的。

以上是我对信天游，也就是陕北民歌的一些总体上的感受，至于说信天游歌词中比、赋、兴的特点以及详细、常规性的特点和分类等等，由于在众多的有关信天游的介绍、研究性文章中已经有非常多的表述了，这里就不再啰唆了。

陕北秧歌
——沿门子

秧歌,是一种具有深厚历史积淀和群众基础的汉民族歌舞典范,也是汉民族春节期间主要的民俗活动。在民间,人们对秧歌的概括是:锣鼓鞭炮,红火热闹,旗罗伞扇,花里胡哨。说到这里,您脑海中大概已映现了那红绸翻飞、走三步退两步,十字步扭动、跳跃,真正是手舞足蹈的热闹场面了吧!

人们闹秧歌的目的简单说就是求上天保佑风调雨顺、人口平安!

秧歌表演是一支角色分工繁多且明确的队伍,除一两个伞头之外,有彩绸、扇子舞、花伞、腰鼓等小队伍以及装扮成生活中或神话传说中的各种人物的扭家或丑角、酸角,还有旱船、竹马、舞龙、耍狮、高跷、大头娃娃等等部分共同组成。表演时秧歌有大场秧歌和小场秧歌之分,所谓大场秧歌就是这支秧歌队的所有组成部分按照在街上行进时的先后顺序,一部分不少地随着伞头,按伞头带出的规定场子扭秧歌。这时的各组成部分各按各的路数表演自己的常用动作,但走的路线是大家一致地随着伞头走出各种传统的图案队形,这时的所有秧歌队员们心里明白,每人到了伞头按下的角子转角子时,绝不能随意移动角角的位置,更不能撂角子,否则就扭转不出伞头想要的图案。于是,在伞头的引领下,众秧歌队员根据各自扮演的角色和自身的特色,或蹦、或跳、或扭、或摆地随着紧凑的锣鼓、唢呐的伴奏,自由尽情欢舞,使现场呈现出热烈的气氛,站在高处向下看,你就会发现这貌似混乱而热闹的场面中大有文章,真可谓人在画中舞,画随人在变,让人们观赏到一幅幅龙腾虎跃、千姿百态且寓意深刻的传统秧歌图案的生动场面。

陕北秧歌在汉民族秧歌大家庭中占很重要的地位。如果说大场秧歌是"闹"的话,那小场秧歌就是"演"了。其实小场秧歌就是秧歌队里的某一种艺术形式的队伍,或二人、三五人的细节、特色的详细展示了。一只或两只旱船与艄公上场表演一段搬水船,一男一女的骑驴婆姨赶驴汉再出来表演一段风趣诙谐的"赶驴"或"跑驴",还有腰鼓二人斗鸡、四人对打、八人场子,或绸舞、扇舞等舞蹈表演,也有一些就和《夫妻识字》一样的有伴奏、有情节、有教化作用的歌舞小戏或逗趣的小品。

千百年来,陕北秧歌凭借丰富多彩且诡异多变的秧歌阵图,热烈奔放的肢体语言,纯朴优美而感人肺腑的歌唱以及节奏明快鼓舞人心的唢呐和锣鼓乐,让生活在苦难中的陕北人的精神有了寄托,也鼓舞着一代代陕北人走出苦难,迎接挑战,生生不息地走到现在,陕北人也把秧歌这一抒发自己内心情感,表达人们愿望和精神寄托的民间习俗与传统世代传承了下来。到1942年延安兴起的新秧歌运动,以及亿万民众在华夏大地扭着"翻身秧歌",打着"胜利腰鼓",陕北大秧歌在全国风行。陕北秧歌这一原本只是西北一隅的民间艺术,的确鼓舞了亿万民众的革命斗志,也激发了人们建设一个新中国的热情,这是其他民间艺术无法比拟的,也是载入史册、永留人们记忆的奇迹,更是陕北人引以为荣的历史。

随着时间的推移,在人们的认识中安塞似乎只有腰鼓,一些文化书籍中竟然在"陕北大秧歌"的流行区域中把安塞排除在外,这是非常错误的。其实安塞腰鼓在全国驰名之前,它也就是安塞民众春节闹秧歌时的一个节目或秧歌队伍里的一个种类而已,由此可见,陕北大秧歌在安塞也是非常盛行过的,否则也就不会有"安塞腰鼓"和"安塞转九曲""安塞沿门子"等国家级、省级非物质文化遗产。由于"大树底下无杂草"的规律,安塞腰鼓渐渐地掩去了其母体,也就是安塞秧歌的光彩,也使秧歌在安塞逐渐的不引人注目了。

安塞秧歌在民间是与春节祭祀即祭天、敬神分不开的,也是和庙会分不开,而腰鼓又是和秧歌分不开的,它是陕北秧歌中必不可少的一种民间艺术形式,是秧歌的重要组成部分。要往清楚说秧歌、腰鼓在民间的真实情况,不妨先说说"会"。

由于一直处于战争的拉锯之处,所以,除大的战争或战役发生时,自古以来安塞这块黄土地上的人口就不多,而且千百年来由于战争的杀戮和兵匪掳掠,造成陕北人人躲避人,人与人相互之间缺乏信任等等性格,所以,陕北人选择住处时主要选择那些远离官道,人迹少至,近水、向阳、地多的偏僻山沟,而且居住分散。而出于自卫和宗教的双重目的,借助庙、神的神秘和当时人们的迷信心理,"会"这种组织就诞生了。

一般的"会"是几个村或十几个村全体村民围绕一座庙宇产生的组织。也有大的"会",可能是一道沟或一个流域内二十至三五十个村子里千余户万余人共同组织起来的大组织,大帮会。有极个别的"会"则是以同姓同宗的户族形式出现。

当时的陕北，人们出于生存本能，想办法把单个的力量变为群体力量，以便对抗外来的欺辱或掠夺。所以户族之间，兄弟之间抱团，三至五代的同姓同宗者或是兄弟几人以及十几二十个儿子共同生活在一起，以增强自身的力量。这是安塞乃至陕北人几百年间延续的一种名为"同家"的习俗。而比家或村再大的则是"会"。

这种带有浓重的帮派色彩的"会"之所以在陕北地区，特别是安塞盛行几百年的原因，其一是宗教和这方土地上民众的信仰需求，其二是当时的政府由于战争及灾害等原因，无力管理这里的民众。山高皇帝远的民众在弱肉强食的环境里为了延续自己的生命，不得不采取的一种方法。

"会"产生了，但是由于"会"是政府或者朝廷权力之外的民间组织，而且历朝历代的当权者都害怕民众相互抱团、结派，势力强大后就可能造反，就成为统治者的威胁和隐患，所以统治者一直采取一种打压的态度。同时，历朝历代的统治者为了便于统治，都利用宗教教化百姓，统治百姓的思想。于是，在夹缝中的"会"就只好向宗教意味最重的庙靠拢，以一种似有似无的形式隐藏于民间，延续在陕北大地上。因此，几百年来，安塞境内的"会"对百姓而言仅仅是一种心理上的寄托，它发挥的作用也仅仅局限于安慰人心，增强人们生存的信心。震慑敌人的作用就不大了，很少有"会"与"会"之间的大冲突。倒是户族之间因利益而引起的争斗不少，矛盾发展到一定程度，"会"与"会"之间无法调和、化解时，就发展成户族之间的械斗，安塞人称其为"动户"，再大则可能引发动村（庄），但动"会"的冲突还是少之又少。

当然，"会"在几百年的发展中也出现过超出以上形式的畸形，安塞境内最具代表性的当属清末民间秘密结社之一，属天地会的"哥老会"，又称"哥弟会"，和民国八年（1919年）在安塞西川兴起的"红枪会"（俗称硬肚）。其中"哥老会"的口号是打富济贫，会员初入会的目的是为了保护自身生命和财产安全，后逐渐走向反动，被政府禁绝；而"红枪会"的目的是为了对付官方，如抗粮、抗税等，聚集点在今杏子川的招安王沟门村，土地革命后自散。此外，明末农民起义的前期首领，从安塞起事的高迎祥高闯王还有比他晚几年起事，即明崇祯四年（1631年），谭家营的谭雄率领千余人的起义军，攻克县城，驻月余后又被延安总兵王承恩派兵打败。高、谭均利用了"会"这种民间社会形式发展壮大了力量。

"会"既然要以庙为掩护，那么它的活动也只能围绕着庙来进行。每年腊月，各"会"就将自己"会"里的年轻人集中起来进行秧歌排练。秧歌北宋时称阳歌，源于祭祀土地爷的活动也叫热闹或闹红火。是一种载歌载舞的综合艺术形式，内容很多，有"扭"有"跳"有"耍"。"扭"主要是指彩绸队、扇子队，早年主要以眉清目秀的小伙男扮女装，手挥汗巾、红绸、扇子等道具，身着彩服或带云角装的装扮，随大鼓、唢呐、镲、锣的节奏边行进边表演；"扭"还包括跑旱船、骑毛驴等；"耍"主要指蛮婆、酸汉、媒婆等丑角在秧歌队伍中以怪动作、怪相等诙谐形式逗乐为主，又称"丑场子"；而"跳"则指舞龙，舞狮和腰鼓。"敲起来扭（耍）起来，不敲不扭唱起来"是安塞群众对秧歌的形象的描述。

秧歌队员主要以年轻人为主，是会里群众自发的，他们一是为了红火热闹，二也是给会上的神神办事，也有的是来还口愿的。旧时的陕北农村缺医少药、卫生条件差，老百姓生下的孩子的成活率不高，当有的孩子得病后，父母为了孩子能活下去就祈求神灵的护佑，并许愿"孩子好了以后，从十岁或者十二岁开始，给神神闹秧歌"；有的人干脆孩子一出生，为了确保其健康成长，就到庙上求神神护佑，或者干脆求神神"保锁"。在经济困难的情况下，人们只能向神灵许愿，让孩子跟上会里的秧歌队给神神闹秧歌，以谢神恩。于是，陕北农村的孩子从小就开始以虔诚的态度抱着给神灵还愿目的，每年春节时自觉主动积极地参与到秧歌活动中。即便没有许愿的孩子，家长也会让他们参加秧歌活动，因为这样既可以让他们融入社会，也可以锻炼孩子，使其尽快成长。于是，人们抱着给神还愿或者娱神也自娱的态度，都参与到这一民间活动之中，有的成为熟悉、热爱民间秧歌的骨干，有的还成为当地的民间秧歌艺人，这样一代传承一代，极大地促进了民间秧歌活动的延续和发展。

秧歌秧歌，必须有歌。秧歌活动中的敲、扭（耍）、跳实际上都是为唱服务的，唱才是秧歌表演的最终目的所在，而唱者就是"伞头"。"伞头"绝大多数又是"会长"，他在秧歌表演过程中唱出的，是本会对别的会和本会众乡亲的赞美或祝福。而他手中的"伞"是整个秧歌队伍的指挥棒，同时也是神的象征，他本人则是神和本会所有人的代言人。据延安时期鲁艺文学系学员、2011 年时 92 岁的苏菲老人讲，旧时的伞头往往是一手举伞，一手摇扇子，扇子是"风调"，伞则是"雨顺"。

"伞头"是手举一把伞，走在秧歌队伍最前边，起着领头、指挥、协调、唱秧歌、组织秧歌表演和秧歌活动全过程的那个人。他必须是一个见多识广，思维敏捷，头脑清楚，口齿伶俐，通情达理，会逢场作戏，组织协调能力强，德高望重的汉子。新中国成立前一律是男人，新中国成立后也有一些女子担任。

"伞头"手中的伞现在用的就是常见的雨伞,上面装饰一些好看的饰物。旧时用的"伞"则大多是用细方木做成一个上大下小,形状如农村量粮用的斗,四面糊上麻纸,四角缀上彩纸穗,又称"搂子斗"的东西,也有用雨伞的。"伞"是秧歌活动中最高权威的象征。"伞头"手中的伞,有人说象征人类和万物赖以生存的太阳,有人说它象征至高无上的天,也有人说它象征丰收,还有人认为它象征圆满、吉祥。

在"会长"即"伞头"的组织下,经过腊月里紧张的排练,到正月初二,秧歌队便正式出台亮相了。一般是正月初一或初二早上先到庙上敬神,陕北人称其为"谒庙",这是旧时的规矩,现今有些地方也沿袭了这一传统。敬神时秧歌队的全体成员,在"会长"和"伞头"的带领下,和村民们一道组成一支浩浩荡荡的敬神队伍。到了庙前,鞭炮齐鸣,击鼓鸣钟,会长召请神灵,秧歌队在庙门外击鼓奏乐。会长在神像前献上供品,点香烧纸叩头,嘴上念念有词,祈祷神灵保佑。秧歌队全体队员依次进入庙内进行三参三拜,然后退出庙,也可以在庙前全体秧歌队跟随伞头一起跪下,随着伞头的唱词接下音,然后三参三拜后,随伞头起来,在庙前将本队的腰鼓、扇舞、绸舞、旱船等所有排练好的节目全部给神表演一番,然后伞头带领着秧歌队开始沿门子。

谒过庙敬完神之后秧歌队开始在本会领地逐村逐家逐户拜年祝福,陕北人叫"沿门子"。给本会所有的人家拜完年祝福过后,秧歌队就开始翻山越岭,走乡转村,你请他迎地来到会外的领地上闹腾。于是正月里的陕北,到处都是欢乐和播撒欢乐的秧歌队。

秧歌队在会外的村子"沿门子"拜年演出前,也要到该村的庙或该村人敬的庙上去敬神,未谒庙敬神,万不可贸然进村。不过秧歌队只要在村外敲锣打鼓以示相告,会长和村民便不约而同一道上庙敬神。敬神的仪式完成后,秧歌队才可进村沿门子拜年。秧歌队如果贸然进村,"会长"和村民必定会将你驱逐出境。

闹秧歌的作用主要是祈求上苍一保新年"风调雨顺",二保全"会"众人平安如意。俗语说:号响三声鬼神惊,鼓敲三通邪魔遁;还说:秧歌队院子转一转,一年四季行好运。就是具体说秧歌的作用和功能。

旧时沿门子拜年到了家户,主人在土神爷前恭敬地摆上叫贡桌的方桌,献上贡品,中间放一升或一碗米,点燃香火插入其中。沿门子拜年的秧歌队进院后,首先要在贡桌前对神灵进行三参三拜。然后,才能进行各种程序的表演。如果疏忽了对神灵的参拜,那将是主人最忌讳之事,认为看不起他,甚至是对他人格的侮辱。

在沿门子拜年过程中,秧歌队只要进了一个村子,必须一户不遗地沿过去,如果哪个秧歌队在某个村遗漏了一户,那不仅是对该户人家的不尊和污辱,同时也是对整个村子民众的大不敬。俗语"宁免一村,不免一户"说的就是这个意思;新中国成立前"沿门子"的讲究很多、很严格,要按照本村村民所处的地理位置、社会地位、门第高低排次序,规律一般是先富后贫、先官后民、先东后西、先高后低。所以沿门子的另外一个叫法是"排门子",但也只能选定一户人家,然后从这家开始或向东或向西、或从中往外转圈,但必须是依次,不能时东时西,人说过年三天无穷富,秧歌队不能欺贫媚富。现如今沿门子顺序由秧歌队根据实际情况自行安排,但必须挨门逐户的进行,所有人家也都会为秧歌队准备好答谢的赏钱及糖果瓜子烟酒等。只有一种情况秧歌队可免上门，那就是这一家近期有老人过世或亲人出祸事、遇不幸，家人处于极度悲伤时期，不愿秧歌队上门。当然这家人必须提前告知本村的分会长或秧歌队的组织者；于是，秧歌队过这家时，大家都会停止表演，尽量悄无声息地走过后再重振旗鼓。

当走进某家院子，秧歌队表演一番后，随着伞头的指挥所有人都走到场边绕场慢行并表演动作幅度小的动作，伞头走进场子中央开始即兴演唱一些内容吉利且贴切，句式押韵的四句或多句的歌。伞头唱完后在他唱时停下来的所有队员接着他的下音复唱最后一句，陕北俗语称"接下音"、"接口音"或"接口愿"，表示"但愿如此"或"就是这样"的意思。代表神的意志，代神传言的伞头唱的内容丰富，形式多样，应有尽有，包罗万象，真可谓唱古唱今唱中外，唱人唱事唱生活，唱山唱水唱自然，唱喜唱忧唱吉祥，唱得所有人都喜笑颜开，心花怒放，这时秧歌就达到了高潮，也达到了闹秧歌的目的。

"伞头"唱秧歌时是最吸引人的，众星捧月般站在场中央的他，虽然是即兴吟唱，但音域宽广洪亮，粗犷豪放，歌声抑扬顿挫，富有情感。特别是他看似随口唱出的歌词，正如李雄飞先生文中描写的："出门见山者有；娓娓道来者有；波澜起伏者有；一泻千里者有；白描细雕者有；浓墨渲染者有；层层铺垫者有；上下呼应者有；回味无穷者有；戛然而止者有，不一而足。赋比兴被体现得淋漓尽致，更不用说土生土长的信天游了。作品有高雅的、粗犷的、细腻的、豪放的、凝重的、活泼的、锋芒毕露的、雍容平和的、不胜枚举。欣赏它，绝不亚于我们摇头晃脑地去读汉乐府。且时代愈发展，思想愈丰富，语言愈精彩。"如若不信，我摘几段秧歌词你品一品其中滋味：

在农家院里唱的：

进了院子仔细观，这院地方字坐端。

背靠金山面向南，祖祖辈辈出大官。（祖祖辈辈是老富汉）

进了院子仔细观，这院地方修了个宽。

背靠金山面向南，丰衣足食有吃穿。

进了院子仔细观，墙上又贴些戏牡丹。

众位亲朋都来看，这家的大嫂好手段。

进了院子设宴开，秧歌给你送财来。

财神爷送在喜神爷怀，斗大的元宝转回来。

进了大门兴冲冲，粉白墙上挂红灯。

我看那灯笼透亮红，生下个儿子做将军。

一撒金来二撒银，三撒买卖多茂盛。

四撒骡马成了群，五谷丰登转回门。

谁的伞儿圆，我的伞儿圆，伞儿一转撒金钱。

金钱撒在你门前，荣华富贵万万年。

在乡政府唱的是：

乡党委好似一只船，船里群众千千万。

党中央掌握方向盘，书记带咱把船扳。

锣鼓唢呐齐声响,颂歌唱给党中央。

改革开放顺民心,尔格咱过上了好光景。

在商店里唱的:

进了商店仔细观,样样货物都俱全。

服务热心又周到,商品经济搞活了。

在学校里唱的歌词:

教育方针放光彩,三个面向记心怀。

废寝忘食育英才,为祖国培养下一代。

有时,秧歌队沿门子时,当表演完小场,伞头准备唱秧歌时,许多家里有小孩的人会把怀里的孩子递给伞头,伞头接过小孩抱着唱出:

日出东海一盆花,花开四季照万家。

伞头怀抱贵娃娃,文武榜上定有他。

天台地台山羊台,娃娃抱在我打伞的怀。

抱上娃娃转三转,一年四季不生灾。

喜迎开、笑迎开,我看这娃娃好五台(五官)。

前心保满后心平,文武榜上定有名。

主人这样做的目的无非是为多病不好抚养者驱妖镇邪顺时运,或为自己金贵的孩子从伞头口里讨个吉利。这样的唱词,你说谁听了会不高兴呢？

在闹秧歌的过程中，伞头带领的秧歌队虽然是代表会或者一个组织的，秧歌尽量唱得庄重、严肃，但是也可以视主人与伞头自己的关系，适当的开些玩笑，在玩耍、笑骂中求吉利。比如伞头如果带领秧歌队进了自己爷爷辈分的人家的院子，也有人这样唱：

> 满脸圪皱豁唇唇牙，连个米汤也咬不下（读 ha）。
> 偷吃了老君久炼的丹，就像个驴驹在撒欢。

作为主人的爷爷，虽然被人用歌唱着给骂了，但是希望长寿的他心里却非常受用呀，于是笑得合不拢嘴。有一位伞头带秧歌队到自己外婆家沿门子时，就给外婆唱了这样一首秧歌：

> 进了院子我仔细看，嫩格蛋蛋的外婆门上站；
> 红格彤彤的嘴唇刚用过饭，一对对毛眼眼把秧歌看。

这样的秧歌一唱出来，就让满场子的观众们笑得前俯后仰，就连自己的外婆，也笑得直不起腰，嘴里骂着："这龟子孙，连你外婆也糟蹋呀，哈哈。"

在秧歌沿门子的过程中，伞头见什么样的人家就唱什么样的秧歌。大多数人家是家道兴旺发达，光景舒心得意，那么就唱着对这些人家的老者赞其少，少者益其智，男人夸其勤劳壮实，女人赞其人俊手巧；经商者祝其"财源广进、茂盛"，家有为伍者祝愿"立功喜报贴满家"。反正是好上加好，锦上添花。对失意、失火等家中不顺利者，伞头更要使出浑身的解数，使

劲想出好词好句,把不好的光景说一下后,再加以预示和禳解,给主人以安慰和鼓励。比如在一家刚失过火的人家,伞头唱到:

年时大火带来灾,烧了烂袜子露底底鞋;
金银元宝是烧不烂,大火过后就财门开。

还有对一个刚丢了官职的人唱"摘了乌纱一身轻,省事省力又省心";对一刚遇了车祸的人会唱:"谁无三灾和六难,大难不死有后福"。安塞人非常相信"移改",也就是把不吉利的事和话,通过别人的口说出来,把祸说成福,把歹说成好,这样就可以达到禳解的作用;也因为秧歌队是代表会上的神仙们来布福的,又有锣鼓大镲等等响器驱赶邪祟,故此能起到"借口福""随口愿"的心理平衡的作用,所以,在闹秧歌的过程中,最怕的就是唱了上句忘了下句,也就是失场,这种情况陕北人就叫"跌秧歌",也有的地方叫"栽秧歌",因为那样的话,主人虽然不会怨伞头,但是他会认为这是神的旨意,也是自己晦气,会让他一年里没有信心,也没有好心情。

如果秧歌队在表演中因队员劳累或别的原因出现差错和失误,伞头唱出的又是:

太阳下来雾格沉沉,远照近照都是亲朋。
我们的秧歌没排成,众位亲朋多指正。

假如伞头觉得自己到某家时即兴编唱的词不贴切,或者唱的时候嗓子发干,没唱好时他又会唱出:

锣鼓大镲齐声响,高声来把秧歌唱。

歌词呆板调不新,观众面前丢了一回人。

白枝黄蒿长不成材,我这个伞头没才怀。

今日到把师家拜,指出毛病立即改。〈或:指出毛病下次改〉

锣鼓一落我开声,我这个伞头没水平。

不会唱歌乱嘶声,观众面前丢了个人(或:众位亲朋多指正。)

听了这歌唱,谁又会计较这位主动道歉的"伞头"的不足和过失呢?而闹秧歌这种民间活动达到了在一元复始的正月里"动动响气不生灾"之目的的同时,伞头唱的秧歌,又把欢乐美满,吉祥如意送到了千家万户。这正是陕北人闹秧歌的真正目的所在。所以在演唱中,伞头唱出的歌词句式必须押韵,内容必须吉利,绝不能出现一个不吉利的字眼,更不能中途忘句、卡壳,否则也会被主人及观看秧歌的众乡亲视为不祥之兆,有可能影响主人和观众们一年的情绪。

"伞头"中有许多人一生乐此不疲,有些人还比较奇怪,比如沿河湾镇贾家洼村的王殿登,平时说话总结巴,可一举起伞唱起来则字正腔圆,流畅风趣。而个别人到死都痴爱这一艺术。招安有名的伞头胡世山,70几岁上病入膏肓,已不能言语,水米不进了。正月里村里闹社火,家里儿孙们出去看热闹,忘了家中躺在炕上不能动了的胡世山。中午秧歌队分派到各家吃饭,儿孙们回来见老人手中握一根烧火棍,呆呆地坐着,任谁也从他手中拿不走。下午锣鼓家什一打起来,老人一个激灵后春风满面,手中紧握了一中午的烧火棍随锣鼓的节奏上下有力地动起来,直到听不见鼓声老人又才静下来发呆。夜里,这个闹了一辈子秧歌,当了半辈子伞头的老人,面带笑意辞世。而安塞一般人一听到锣鼓声就坐不住了,就身不由己地往秧歌、腰鼓场上跑,这是安塞人的天性,也是秧歌、腰鼓在安塞盛行千百年的原因所在。

秧歌活动中,"伞头"从始至终都是秧歌队的核心。他先组织所有队员排练,在年后的表演中,他要让各种角色都把自己的技艺充分发挥、展示出来,要让整个活动井然有序,要让场上所有闹秧歌的人相互配合,要让各种表演的气氛活跃、自然流畅、多而不繁、快而不乱;整个活动什么时候开始、什么时间结束、到什么地方、安什么场子、布什么图、变什么队形、节奏的快慢都由他决定。

在闹秧歌的过程中,最热闹、最红火的要数大场秧歌了,对伞头而言,最难的也要数在大场秧歌中走大场图了。陕北大场秧歌图号称有七十二种,囊括了祭祀、军阵、历史、人物、衣食住行、鸟兽花木等各种自然、人文图案。秧歌图案和中国传统的建筑园林以及衣服等艺术一样,讲究平衡和对称美。在走大场时,开场必须是"白马分鬃",收场又必须是"天地牌子"。这些场图都是前人传下来的,图案固定,从不同的方面取吉祥的意思,鼓舞民众的精神。走大场的先决条件是必须有一个足够大的广场或者院子,要能把图案摆出来,摆得开;另一个条件就是秧歌队必须要有足够多的人,如果人数不够,大场的图案就摆不出来。所以在一般人家的小院子里,是不怎么走大场的,走也就是走一些简单、明快的小大场,一些复杂的,比如"马方困城""蛇盘九颗蛋""卷白菜心""十二莲灯"等大场子,只能在有特别大院子的人家和村子的广场上,或者到城市的广场里才可以表演。

秧歌队在村道行走时,一般是男女各一队,进了村民院子,就合二为一,一男一女互插成一队,跟在伞头的后面在院子里转场子。开始走场子时,本来一前一后的主伞头和副伞头,一分为二各带一队向相反的方向扭去,各转一圈后又合二为一,一男一女互插成一队,这时,大家就跟着主伞头开始走场子。这开头的场子就叫"白马分鬃"。收场的"天地牌子"就是拜天拜地,希望或者是祈祷天地能风调雨顺,恩赐给人们一个丰收年以及吃穿等生活所需的万物。

走大场时,伞头右手举着伞上下舞动,左臂随着鼓点的节奏在身前舞动,用眼睛的余光观察身后的队伍,掌握行进的快慢。到了一个位置,该向左转时,他就转身向左,再退后一步,接着再左跨一步,待身后的队员从面前跨过,他才迈步向下一个位置行走,走到他认为合适的位置,再重复前边的动作,再安一个角子。后面所有的队员到这个位置都要以他的那样的动作转身,这样一个角子连一个角子,秧歌场子的图案线条的拐角就形成了。伞头的这一步就叫"安角子",伞头的水平主要是看角子安得怎么样,角子安好了,全场走出的图案就齐整,让人看了一目了然,安不好就看不出名堂,还容易走乱。当然,秧歌队的任何人在转角子时,千万不能撂丢角子,撂一个,就会使伞头准备走出的图案无法完成。这时的伞头真是"胸中自有雄兵百万",自己安下的角子转出来是什么图案,他要胸有成竹,也不能在安的过程思考,更不能犯糊涂,必须一蹴而就。在安角子的过程中,伞头要掌控好秧歌队的队形图案的同时,还要和腰鼓手等秧歌队员默契地配合,掌握好场上的节奏,该快时快,该慢时慢,是不是个好伞头,其实也就是看几步走。这本事不是谁三五天,一年半载可以学来的,不经过老伞头的指点,不好好的练是万万做不来的。

当一个大场子转出来了,场子边上看秧歌的人们也会随着秧歌队加入到扭秧歌的队伍,这时场子上就是人流构成的长龙,这长龙线条蜿蜒曲折,川流不息,这时鼓点子越来越快,人们的脚步也越扭越快,男男女女,人人盯紧前边的人,随着人流呼啦啦地扭呀转呀,身前身后都是疾速而过的人流,谁也顾不上谁是谁,也看不清男和女,耳边只有咚咚锵锵的鼓声,眼前只剩点点线线的五彩缤纷,旋转不停。这时,鼓声让人们亢奋,人流又使鼓声激越,人们忘记了你我,忘记了困顿和饥饿,忘记了恩怨,更忘记了忧愁与苦痛。忘记了一切的人们,在自己踢踏起的黄土烟尘中,如醉如痴,如梦如醒,如狂如癫,一个个扭秧歌的男女,如烟似雾,如鱼如水,此刻的人们似乎都融于天地,纵情地宣泄纵情地欢乐,真的是达到了癫狂的状态。这时,你也就可以理解秧歌为什么会在陕北这块贫瘠而苦难的土地上千百年来延绵不断的原因了,你也就明白了秧歌为什么会有那么大的魅力,让一代代陕北人乐此不疲。

秧歌中的唱,除了伞头以外,还有小场子中的小节目,也就是秧歌剧。这一秧歌的艺术形式还有另外一个叫法是"踢场子"。当秧歌队沿门子来到某家院了,进行完程序性的转院、唱祝福、祈福秧歌等表演后,秧歌队绝大多数队员们会在伞头的指挥下,围场蹲坐,或者干脆解散,喝点水、抽支烟休息一会。这时,会有或弹或吹、拉的,少则一名,多也不过三人的乐师伴奏,两个或三四个秧歌队中的男女队员,简单地换一下衣服,拿起小道具走到院子中央,开始表演有故事情节的小剧。大多的剧情是一男一女两个青年装扮成夫妻或兄妹,表演一个剧情短小精悍且有一定针对性和教育意义的故事,在娱乐民众的同时,给人们以启发和教育。剧情故事大多是与现实生活息息相关,但对人们生活危害较大的一些不良习性,比如赌博、不务正业、游手好闲,不顾家中父母、妻儿、喝酒误事等等情节,最后结尾时揭示出"这样不好,会让人看不起,也会让自己的日子过不好,还会影响父母、亲人"等等。群众在这种喜闻乐见,又是自己熟悉的半大小伙女子们表演的小剧中获得快乐的同时,也受到启发教育。表演时场上表演动作的演员大多只做动作不发声,场边有两到三个唱得好的青年或在校学生,看着剧本,和着伴奏的音乐,在场上演员做出动作的同时配唱出歌词或对白,还有介绍或解释剧情的旁白等。演者和唱、说者基本分离,和文艺节目中的双簧有点像,但又不是双簧,偶尔也有在场子里就表演就说唱的。这一原本在陕北秧歌中固有的,以教化民众为目的的艺术形式,启发了昔日鲁迅艺术学院的艺术家们,他们按照这一形式创作出了《夫妻识字》、《兄妹开荒》等红极一时的秧歌剧。遗憾的是,由于这一艺术形式排练繁琐,而且要有一定的导演水平,而目前人们浮躁的心态,怕麻烦求简单等等因素,致使小场秧歌,也就是"踢场子"这一秧歌艺术形式,在延安除延川乡村秧歌中偶尔可见外,其他各县秧歌中已近绝迹,有许多四十甚至于五十岁的中青年人也都不知道有这一艺术形式,以为小场秧歌就是秧歌队中的腰鼓、扇子舞、水船、毛驴或耍狮子、舞龙的单独表演,"踢场子"就是腰鼓手耍威风,往大里踢表演场地,这是非常错误的。就笔者近十年春节期间经常到陕北各县采风时的所见所闻来看,榆林市的绥德、米脂、子洲、清涧等地乡村还留存着这一艺术形式,也有一些县的文化馆还经常为群众编印秧歌剧剧本,并下发到各闹秧歌的村子,以方便群众正月里闹秧歌之需,这是一个非常好的做法。但从陕北各县总体上看,小场秧歌这一艺术形式处于萎缩和消失之中,这应当引起各级文化部门,特别是非物质文化遗产保护机构的重视。

有些秧歌队沿门子沿过正月十五就鸣金收兵,有些可能一直要闹腾到二月二龙抬头后才余兴未尽地卸装归家。

正月十五白天秧歌、腰鼓等上街或在本村大闹一番后,晚上等皓月初上时,秧歌队就会来到转灯场,拉开转灯或观灯活动的序幕。转灯又叫转九曲,是陕北正月期间比较盛行的一种民间风俗。关于转九曲后边专门有一个章节要有详尽地描述,这里就不啰唆了。

过去,大多数地方的最后一场秧歌是正月十五转九曲时的,也有一些地方二月二的秧歌才是一年里的最后一场,但是不多。正月里的秧歌是敬神和祝福人、给人们祈福的,二月二的秧歌则是祭天的活动。

民以食为天,二月二之后大地复苏,一年的劳作和希望又摆在人们的面前。为了祈求上苍保佑一年风调雨顺,庄稼丰收,便打腰鼓闹秧歌祭天。这种活动也叫"公鸡会"。祭天活动在晚上进行。有经验的老农在本村周围选择最高山顶作为祭天地点。夜幕降临,篝火四起,全村男女老幼纷纷出动。高山顶上篝火通红,鼓乐齐鸣。祭天仪式开始,由会长向东南西北中五个方向各摔一颗鸡蛋(或撒一把五谷),俗称打五方。然后,伞头代民众进行祈祷歌唱,鼓手及其他秧歌队员和村民接下音应唱之后,秧歌队围着篝火进行一番扭打表演,用歌用舞虔诚地祈求神灵保佑这一方风调雨顺,五谷丰登。

安塞转九曲

天下没有不散的宴席,安塞秧歌也一样。从正月初二起场的秧歌,也该有个结束的日子,那日子就是转九曲,安塞人也叫转灯。其实,转灯就是安塞人过年或者说是闹正月的结束曲,灯一转完,各方神仙归位,而生活在黄土地上的芸芸众生们也就各归其位,该干啥的再去干啥,转完灯的第二天,人们就从鼓舞人的那些活动中走了出来,还原成了真实的"受苦人"了。种地的,收拾自己的农具,不用想今年的收成会怎么样,按照老辈人留下的规矩,什么时候该干什么就干什么吧;出门在外做生意的,也就告别了家乡,远走他乡用智慧和汗水打拼了。

转九曲是陕北闹秧歌演出的高潮,也是陕北正月天红火热闹的各种活动的落幕。原来的时日一般是从正月十二至十六。最迟的是二月二日。现如今安塞还是这样,但在榆林的子洲等地,日子就变到正月初六,甚至于初五了,原因是这些地方的大多数人在外边做生意,把灯早一点转了,就可以离开家乡,在外边打拼,赚钱去了。而村子里过年闹秧歌、转灯的各种费用,要靠在外边做生意的能人们,人场也要靠这些外边"闹世事"的人们凑,这些人一走,村子里也就剩些老弱病残的人了,没有能力再往起闹红火了。这是近几年才出现的新情况,可见民俗也有与时俱进的一面。

安塞转九曲,最集中的日子是正月十五,也就是传统的元宵节那天。旧时,安塞或者说陕北地区物质极度贫乏,所以在闹秧歌的过程中秧歌队伍里的扭家,也就是安塞人叫的蛮婆蛮汉,总是一个肩头扛一根棍,棍头挂一油瓶儿,另一个手提一只筐子。沿门子到了某家后,拿油瓶的会走到主人面前说:"给我一点油油,生个娃娃吊个溜溜(男孩);而提筐者的筐里也会多出主人放进去的一根粗直的萝卜和两颗圆且大的洋芋。有民俗学家认为:一根萝卜两颗洋芋就是男人最重要的一副笁,就是男性生殖器。所以,人们为了生个男孩传宗接代会高兴地给倒点油,而为了子孙后代生殖能力强,生殖器壮大,家家户户都挑选大且圆溜的洋芋,粗而端直的萝卜给秧歌队。这些洋芋、萝卜就是转灯时用来剜灯盏的材料"。这家家户户添下的油就是要到转灯时用的灯油。众人拾柴火焰高,在安塞转九曲就成了众人添油好转灯了。从这些风俗中能看到中国古老的生殖崇拜的遗风。

到正月十五或各会自订的转九曲的日子,秧歌队白天到街上、村上或庙上大闹一番后,中午一过就休息了。而会长和相关的秧歌队组织及服务人员,则会在村里选好的平坦开阔的空地上,画出大概的图,众人依图用镢头等工具起垄为阵,灯阵总体上是等距的纵横各19行,行与行相交处就是灯位,共361盏灯,再加上彩门上的5盏灯笼,共366盏,意为每年365天,一盏灯代表一天,多出的一盏灯则取吉庆有余之意。

灯垄起好了,村里没有闹秧歌的老、幼人等,把提前用土豆、萝卜削剜成或用荞面捏制的小碗状、内空处添入食用的植物油并置入一根火捻的"灯"一个一个地摆到男人们已起起的灯阵的一个个小土堆顶上，再在这灯上放一个用彩色纸做好的无顶无底的灯笼（亦有播五彩纸做的小三角纸旗的，近年来，许多地方用大饮料筒去底，外边再包上彩色纸做的灯笼），这时，你站在外边看似乎看不来所以然，但其实一个外人看着有点神秘的九曲灯阵已经基本完成了。而男人们这时在同在一处的进、出口处搭一个或简或繁的彩门，这彩门上插上许多松柏枝，五彩小旗，再粘上一些七色的吊子，彩门上面挂五个大红灯笼，最后再贴上一幅大红对联，这彩门就算搭好了。

而在九曲阵外的彩门一侧，用席子或其他物品搭建一个小房子，里边放一张桌子，桌子上放一只盛满米的播香斗，两边放上香、黄表、酒盅、祭品，这小房子就是神台。天色渐晚，开始转九曲之前，秧歌队要随会长去庙上，这时除秧歌队员和会长，副会长等为神办事的人员之外的其他人不能随行去看热闹。到了庙上，秧歌队整好队伍，随鼓乐开始扭转，在神庙前表演一番后，会长到神像前上香，烧黄表，说明来意，而后，伞头带领秧歌队伍进行请神。请神时，所有秧歌队员随伞头一起依原来的队形跪在神像或神位前，伞头跪着唱请神秧歌。

　　　　进得庙门一声跪，槐权树梢挂金牌，
　　　　金字牌、银字牌，诸佛诸祖请起来。

　　　　秧歌谒庙请神灵，烧香磕头心虔诚，
　　　　敬请天地众神仙，同转九曲把灯观。

伞头唱的过程中,秧歌队员们和平时一样接下音,众人一起重复唱最后一句。然后随伞头一起磕头,而会长按照请神的规矩,将神请起,用盘子端着诸神的神牌或神位,在秧歌队的引导下到九曲场前的小房子即神台(旧时因物质条件所限,不搭神台时,就以在九曲阵外点七盏灯代替各方神灵,人们也就拜了七盏灯),将诸神牌神位按规矩供在神台上,如果邻村或其他会的秧歌队也要参加转灯,那么就会在此迎候诸神位,待神位供奉好后,各秧歌队在神台前先为诸神表演一番,而后随主会秧歌队的伞头进行转九曲。

　　转九曲不是直接走进灯阵就开始转,这活动有非常严格的一套程序。这程序依次是祭风、围场、进场、点五方、出场、再围场、祭孤魂、闹秧歌这八个。

　　首先要进行的是祭风。祭风也叫"压九曲",实际也是人们怕起风吹熄灯而先祭风神。这时,秧歌队在伞头的带领下,会长在阵门前燃香烧纸后众人跪拜,伞头唱道:"锣鼓一落定了音,我把风神来谒请,你老把你的风压定,今天晚上好观灯";"推开伞儿一朵云,风施婆娘娘绕在空,七十二路神仙来观灯,你把你的风儿来压定"。

　　唱完祭风秧歌后,在伞头的带领下,以秧歌队为先,所有来转灯的乡亲们随着秧歌队绕九曲外围一圈,将九曲阵围起来,所有要转九曲的人都必须围场后才可从彩门中的右门即入场门进场。

　　进了九曲阵后,秧歌队要照样扭,只是受地方限制,动作幅度小了点。伞头一般进阵时要唱一曲。

初五十四二十三,全体转灯的听一番,

男人观灯不生灾，女人观灯肯坐胎。

　　九曲灯阵共分五方、九城。五方分别是东、西、南、北、中，每方中央或置一比其他灯高，比中央老杆灯低的灯，或置一面旗，领头的伞头每至一方都要唱秧歌点这一方，从东点至中，这九曲也就基本转完了。最后点的是中方，所谓中方就是九曲阵中最中心的地方，这里立一最高的高杆，俗称老杆灯，这里供的其实就是老佛爷，也是除外边的神台之外，最重要的地方，伞头到此时全场停下脚步，随伞头原地下跪，伞头向老杆灯即老佛爷唱上几句恭祝、祈祷的敬神秧歌，众人随会长和伞头一起叩头后，才站起身继续转灯。而九城则是由金、木、水、火、土、日、月、罗喉、计都九个星宿组成。老杆也是"通天杆"，老杆灯是人们敬神最集中之处，人们在此处求财祈福，求儿问女，所以老杆灯周围除放一供众人自愿向神表达心意的布施箱外，还放有若干小灯，求儿女的人们在此烧香叩头，待外边的秧歌队及会长们祭完孤魂后，"抢走"或"偷走"小灯，小心不让灯熄端回家置于锅台，自己再添油让其彻夜不灭，天亮后将灯藏于家中隐秘之处，来年转九曲时再寻出还回灯场；也有的是将家中的馍带来，在转灯开始前将馍置于老杆灯下，烧香叩头，待九曲转完后再将馍偷走带回家，夫妇各半分吃，第二年转九曲时再给老杆前"还馍"。这种合法的"偷灯、偷馍"、"抢灯、抢馍"是大家心知肚明的，但在干的时候还是要小心翼翼地做出"偷"的姿态，而看见的人们也要做到视而不见，更不能说三道四。如果灯场的灯有红色、绿色的灯，则要按红男绿女的要求按自己的心愿选择颜色，偷红灯是想要男孩，偷绿灯者则是祈求上天赐自己一个女孩。

　　点罢了五方走完九城，秧歌队带领众人从彩门的左方出场，

静悟斋散笔
118

走出九曲方阵的彩门时，伞头又会唱道：

> 秧歌出了九曲门，男女老少添精神，
> 家家户户早备耕，争取今年好收成。

> 转罢九曲送诸神，各种神灵都动身，
> 一切灾难送出门，保佑人间常安生。

出场之后在伞头的带领下，秧歌队和转九曲的人们向左侧反转九曲外围一圈，这是"再围场"。

再围场之后秧歌队稍事休整，这时秧歌队员有的清理一下转九曲时落在秧歌服上的尘土，有的整理一下头顶的羊肚子手巾或饰物，等九曲场里的人们基本都转出九曲方阵后，秧歌队再随伞头列好队，祭孤魂送神。

孤魂在陕北是指那些没有埋入坟或那些原本有坟，但后人失散，已无祭奠的故人的阴灵。说白点就是指孤魂野鬼。其实，陕北人转九曲既请神送神，也不排斥孤魂野鬼，完了后祭孤魂有祈求神、鬼都高兴，都离开这红火热闹之地，各归其位，保佑人们一年四季 365 天平安吉祥之意，所以这时的伞头会唱道：

> 孤魂老价在上空，佛爷前来收香灯，
> 虽然你老没神位，把你老送在高山里。

唱完后会长撒五谷，再焚烧黄纸，秧歌队全体人随会长、伞头一起唱完最后一句后，叩头跪拜，就算把孤魂送走了。然后秧歌队站起身来，或在九曲阵外，或是随了伞头来到本会的主庙堂前,把本秧歌队的全部节目再细细地表演一遍,算是送神,也是谢神,到这时,正月里的秧歌就算闹完,陕北红火的正月天也就算闹完了,要想再一次的红火热闹,就要好好地在刚开始的新一年里,认真地干好自己的事,到来年的正月天里再鼓再舞再唱了。

转九曲是安塞人春节期间为驱邪祛病,消灾免难,延年益寿,也是人们祈愿新的一年里能够风调雨顺、五谷丰登、六畜兴旺的敬神祈福的活动,所以,这虽然有娱人成分的活动也有其严肃的一面,比如在转九曲时不能乱喊乱窜,更不能不按规矩行走而跨越坎塄走捷径或者回头倒着往出转,这样会"变驴的";如果乱冲乱撞,不顾规矩胡拥乱挤而撞倒灯杆或踏翻灯盏,让九曲阵中的灯儿油撒灯灭的,会"养没屁眼娃娃"。这些说法虽然恶毒,但也仅仅是警戒之语,是为了让最易在高兴时犯浑的孩子们守点规矩,不给这一热闹的活动添乱,也不给刚刚走进新年的大人们添堵。

转九曲的来历民间有两种说法,其一实际是正月十五元宵节闹花灯、放火的传说。相传很久以前,人们种植的各种庄稼从根底到头顶都结满果实,粮食来得非常容易,于是人们也就不珍惜,任意抛米撒面地浪费。玉皇大帝巡视人间时发现了人们的做法后,非常愤怒,一怒之下抓住庄稼把穗从根部一下捋到顶部,这时,就在玉皇大帝旁边走得狗见状赶快央求玉帝给自己留一点口粮,自己没有浪费,玉帝处罚人是对的,但不能让人连累的狗也没有了食物呀。玉帝听了后就松了手,留下了庄稼顶部的一个穗给狗作为生存下去的食物。当人们发现自己再没食物,庄稼顶部的那么一穗粮食也是狗的食物后,就花言巧语地从狗那里骗来了属于狗的那一份食物,让狗再去和玉帝讨要。对人类非常忠心的狗没有吃的只好又来到玉帝那里央求玉帝再给自己一份口粮,玉帝一听人又骗走了狗的那一份食物,一脚将狗踢出天庭,骂狗:把我给你的食物给了人,那你以后就吃人拉下的屎去吧!

把狗踢出天庭后,玉帝越想越恼火,一怒之下就命火帝真君在正月十五的时候火烧人间,要烧得人犬不留。接玉帝的圣旨后,火帝于心不忍,便派遣手下下凡传话,让人们正月十五到处放火点灯,并绕灯围火而转才可免于一死。得此消息,人间一传十,十传百,很快传遍天下。到正月十五,天下人们为保命到处点灯放火,大人小孩绕着灯火转。十五晚上,火帝依玉帝之命,念咒施法,只见一束火光喷向天空后,向玉帝复命。玉帝来到南天门向人间一看,只看到天下四处火光冲天,烟雾缭绕,火海中人们围着火团团乱转。解了心头之怒的玉帝看完后信以为真,也就不再查究人的死活了。由于点灯放火才幸免一死的天下众生怕玉帝再发怒火烧人间,就年年正月十五点灯放火,应付决定自己命运的玉帝。天长日久,人们就把正月十五观灯放火作为消灾免难的活动,就有了元宵节观灯、放火的习俗。

而转九曲只是正月十五观灯活动的一部分或一种方式、习俗。转九曲的来历是和姜子牙联系在一起的,相传,姜太公领兵伐纣时,遇到了殷纣王的大将赵公明,姜太公帐下无人能敌。无奈之下,姜子牙只好请来野道人鹿牙将其斩首。赵公明死后,他的三个妹妹赶来为哥哥报仇,他这三个名为云霄、琼霄、碧霄的妹妹摆下九曲黄河阵。姜太公的周营中无人能破此阵。元始天尊广施法力,才将阵破解。后来,太公姜子牙封神时封赵公明为财神,封云霄、琼霄、碧霄为送子娘娘、催生娘娘、奶母娘娘,联执人间生儿育女之事,故此,陕北以及安塞的所有地方转九曲时就有了端灯求子的习俗。

也有一些人认为九曲阵是道家阴阳太极图的变化形式,即一个大的太极图,里面又包着九个小太极图,还与太极的九宫八卦互相联系,这一说法亦有其道理,但太过玄乎太过复杂且常人不好理解,在这里就不详细说了。

随着时代的发展和物质的丰富,九曲也有了一些形式上的发展和变化。一些比较富裕的村子在转九曲时,也是一个烟花爆竹的观赏晚会。在九曲阵外安排若干燃放花炮者,从开始转九曲到结束,烟花不断,炮声不绝,这样场面不仅热闹火爆,也多了些乌烟瘴气和由炮、花引起的混乱。有一些村子则在九曲阵外四角用石炭垒四座火塔塔,甚至于四角各一,四个方向的中间位置再各加一座,一共八九个大火塔围着九曲阵,让春寒料峭的寒夜里转灯的人们不管身上暖不暖,起码心里暖暖的。还有随着时代的发展,原本千篇一律地用土豆、萝卜挖空做灯盏的现在也不多见了,而是用蜡烛取代;而灯场也要比原来的更好了,各色彩纸灯罩;或者是一个灯场里一改以往要么低灯,要么高灯,只有一种的传统,变成了一个灯位上有两盏或三盏灯了,地上放一盏,再立一高灯灯杆,杆顶再放一盏,甚至于杆中间再挂一盏。这样一来,原来365盏灯就变成730余盏了,甚至于1100多盏,让九曲阵更震撼人心,也有的干脆以彩色电灯泡取代了油灯或蜡烛。还有些在老杆顶部拉上百余条各色三角小彩布的长线,均匀地斜拉到九曲阵外的地上,远处看九曲阵,有种如一硕大无比的大房大帐一般的感觉,让有些人觉得漂亮,也让有些人觉得不伦不类。除过这些外在形式上的改变外,转九曲的传统程序基本没有改变,只是少了些原有的虔诚与严肃。

最后,当秧歌表演完,人群散去后,会长让人们再放三声炮,这三声在渐渐静下来的午夜里的炮声,是告诉人们:今年的正月就此结束了,不仅仅是秧歌结束了,以后的炮声也渐渐地少了,直到听不到了,一切又要回归正常,因为再红火的正月也要用12个月的辛勤劳动和汗水去创造,没有奋斗,那就不会有这红火热闹……

陕北说书

"弹起个三弦定起个音,众位明公安坐定……"说起陕北说书,听过书的人们首先会想起这句千篇一律的开场词和那抑扬顿挫的三弦音乐。

只要是20世纪70年代之前出生的陕北人,人人都熟悉陕北说书。可以说在此之前的千百年里,是陕北说书陪伴着陕北人走过来的。

近年来,随着时代的飞速发展和一些民间艺术的迅速消亡,各种各样研究陕北说书艺术的文章、书籍也应运而生,许多陕北的有识之士都用心地研究、撰写研究性文章,特别是对这一古老艺术情有独钟、痴爱一生的曹伯植老先生,将一生收集的陕北说书资料做成十几本书,留给后世,这贡献真可谓伟大。认真阅读了关于陕北说书这一民间艺术的研究或追忆性的各种书籍和文章,我有一点遗憾,那就是所有的人都没有把这一民间艺术在我心目中的那一小点感受写出来,那感受就是:

陕北说书,千百年来不仅慰藉着陕北人苦焦、孤寂的心灵,最重要的是这一民间说唱艺术，造就了陕北人独特的秉性！也就是说陕北人身上的许多别人不理解的特点，均与陕北说书有关，是陕北说书艺人们用这一民间艺术在娱乐人们的同时，也教导了人们，使陕北人有了和其他地方截然不同的价值观是非观，有了显明的带有侠义或英雄主义色彩的个性以及敢作敢为，坦率直爽和想象力丰富等等特点。也就是说，是陕北说书铸造了陕北人的秉性！

千百年来的旧时代，断文识字有文化一直是中国一小部分人的专利，与在乡村的农民无关。这些最底层的民众也就无法用文字交流和感知世界，只能通过语言从别人口中了解和感知世界了，于是，那些靠口传心授代代相传的说唱艺术，那些或盲或残的民间艺人们让乡村里目不识丁的人们通过他们的说唱知道了前朝往事和山外的奇闻趣事，同时也通过说唱让人们明白了为人处世的道理，形成了自己的人生观、价值观。而极度闭塞的陕北，这些艺人们的教化作用就更大了，一代又一代的教化中，就有了陕北人独特的秉性。陕北人把请书匠也叫请先生，由此可见说书人在陕北人心目中的地位和价值，由此也可以窥见书匠对陕北人的教化功能。

我个人觉得这一特点之于陕北说书是非常重要的，是我们研究这一民间艺术必须明白的最根本一点，否则，再怎么说，说得天花乱坠也让我觉得是在那里胡说、乱说。这是我对所有关于陕北说书的书籍或文章的一个遗憾。

在众多陕北说书的研究者中，贡献最大的当数曹伯植先生。

我这受陕北说书影响非常大的直率的性格让我这文章似乎跑了题，那么现在我就"闲言杂语我不说，单把陕北说书给各位表一表"。

陕北说书是陕北地区的一种民间曲艺,是一种有说有唱的说唱艺术,主要流行在延安、榆林两个地区。从事这一艺术的艺人以盲人为主。过去,在陕北某村里如果有明眼人在说书,听到有盲人书匠来了,那么他会立即停止说唱,并且要翻窗户离开,不能从地上的正门里走出去,因为他这一做法是与瞎子争食的不道德的行为,属歪门邪道,但是只要他从窗户翻出去,那盲人书匠也就不得与他计较,此事也就到此为止了。

　　说书这一民间说唱艺术在我国已有近三千年的历史,可以追溯到西周时期,在秦汉时,宫廷里已经有了专门管理说书的官,这官称为"裨官",这官是皇帝设立的用来搜集民间"衔谈苞语"、"里苞风俗"的官职。1957年,四川成都市郊的一座汉墓中出土了一个汉代说书俑,这俑上身袒露,左臂掖鼓,右手握锤欲击打,张口垂目,神态自若地在说讲着故事。由此可见,早在汉代,说书就已经很盛行了。就陕北而言,关于陕北说书的史料记载不多,清代《榆林府志》中有以下记载:清朝康熙年间,这里便有刘弟说传奇,颇靡靡可听,韶音巨畅,殊有风情。

　　现在研究陕北说书一般是从韩起祥开始,而关于陕北说书的起源,也多是以韩起祥生前的录音资料中的叙述为主。韩起祥说:师傅亲口对他说是三皇时留下的说书。三皇是姓黄的黄。相传很早以前(约奴隶社会时),有一个老汉生了三个儿子,都给奴隶主赶骡马干活。大儿子叫大黄,让奴隶主把一只手剁了,二儿子二黄的一条腿被打坏了,三儿子三黄侍候太太时被她用锥子把眼睛扎瞎了。这三个残废了的兄弟被赶走后,流落到陕北一个叫青化县的地方,以乞讨度日。一天大黄拾到两块烂木板,一边走一边敲打着,走到一户有钱人家说了些吉利话,吃了些剩饭,比以前光喊叫强了。有一次人家杀羊,他们把人家丢弃了的羊肠子捡来晒干后绷在木板上,弹出点声音来。二黄给这木板配了个头,路过深山时见了一个死蝎子,又把蝎子尾巴用草绳接连到木板上,就成了琵琶了。所以旧式琵琶看上去就和蝎子一样。二黄又挂了两根小木棍让大黄敲,这就成了梆子。后来二黄又想要是大哥去世后,谁敲梆子呢?他灵机一动,就把两块木板绑在腿上自弹自打,这就是最初的甩板。不久,大黄、二黄过了山西临县一带安家落户,娶妻生子,三黄则在陕北成了家还生了五个儿子。兄弟三人后来一个莲花落、一个琵琶、一个三弦,都把各自的技艺传给后人。其中三黄就收了十八个徒弟,徒弟们出师后,在行艺的过程中改编曲调,所以陕北说书有九腔十八调之说。

而民间还有另一种传说也是三黄,说他们兄弟三人被害成废人后流落在到奢延(今横山)县城,腿坏了的二黄跟人学会了钉靴的活,成了一个很好的钉靴匠,挣的钱可以让兄弟三人活下去。大黄心想自己是老大,本应照顾两个弟弟,怎么可以让二弟养活自己,就每日出去乞讨。在讨吃要饭的过程中,他常能听到有人用琵琶伴奏演唱小调,诉说着大漠风情,大黄听了后思量,我何不用此方式将兄弟三人的遭遇诉说给众人,或许也可以换来别人的同情,施舍些小钱供自己生活呢?于是二黄用钉靴赚来的钱为大哥买了一把琵琶,大黄生性聪明,悟性记性都好,很快就学会了琵琶的演奏方法,并且自创了适合演唱兄弟苦情的太悲调,编出了说唱段子。大黄在街头一唱就引起了人们的同情,逐渐有了固定的场所和不少的听众。

话说汉武帝刘彻为了打击屡犯边境的匈奴,率兵亲征,在朔方平定了匈奴后,班师回朝(西安)时途经奢延县,在县令陪同下在街上安抚百姓。正在行走时,见街道一隅围着一群百姓,时而涕泣时而喝彩,便与县令一起来到人群中听起来。原来正是大黄在此处唱说自己兄弟三人的遭遇。汉武帝听完后大怒,命人将大黄带回县府,仔细盘问了情由,命人将财主捉拿来,财主招认后被汉武帝处决于街市。汉武帝为大黄一个无眼之人,能在街头说唱世间善恶美丑,以说唱教化世人,扬善惩恶,有宣传教诲百姓之功,就依据他兄弟三人的状况,敕令天下,唯瞎子可说唱书文,瘸子可以修靴钉鞋,憨憨可以乞讨,其他人不得掺行。又要求大黄以后也要说唱一些经史之事,以教化众人晓礼仪明法度。黄瞎子说我一介草民,一无学识,二又眼瞎,如何讲得了经史。武帝就命人将经史编成唱词,教大黄说唱。大黄又说经史深奥晦涩,说唱起来难免会有乏味无趣之时,怕众人厌烦。汉武帝沉思后就赐给大黄一块三寸木头,命他在说唱之时如遇打瞌睡心不在焉之人时,可猛击此木,以醒世人。

于是,陕北就有了一个约定俗成的规矩,即说书只能是瞎子干的活,钉鞋修靴也只能是瘸腿人干的事,而寻吃讨叫的只能是头脑有病的憨憨,正常人不能进入这些行当,与残废之人争饭抢食,给这些苦命之人留一条活路和一口饭,让他们能在世间活下去。

除以上这两种说法以外,关于陕北说书的起源民间还有众多的传说,这里就不一一列举。但说书对陕北人的教化作用是非常巨大的,这点是毋庸置疑的。

在 20 世纪 70 年代之前,陕北说书的形式是千百年来固定不变的,就如书中书匠自己的说道一样"一人一马一杆枪",一直是一个人就说就唱就伴奏。到了一个村子,村里人把书匠的吃、住安排好,说一天或几天后,村里人给书匠一点钱,能给多少给多少,量力而行,然后再打发一个人把书匠送到下一个村,一村接一村,一直往下传。

传统的陕北说书内容包罗万象,并不是"奸臣害忠良,相公招姑娘"这两句戏言可以概括的。由于陕北地区没有自己的地方戏曲,别的地方由戏曲表现的内容,陕北就都由说书来完成。所以,神话故事、民间传说、历史演义、武林豪杰、绿林好汉、忠臣孝子、农民起义、公案传奇、除奸铲霸、爱情故事等等,反映的思想基本上以善有善报,恶有恶果的因果报应和福禄有命、富贵在天的佛家思想为主,亦有一些天人合一、天道难违的道家主张。书匠的语言全是用地道的陕北方言,而且在一处行艺的艺人说也好,唱也罢,全用这一区域内人们的方言俚语,让听者亲切,通俗易懂。

"说是骨头唱是肉"。陕北说书是说唱艺术,以说为主,但唱占的比重也非常大。而由于说书艺人流动性比较大,在行走的过程中道听途说的家长里短,奇闻趣谈,朝政大事等等,书匠都能及时地编唱出来,所以对于听者而言,书场里不仅可以知道前朝往事,远古神话,历史侠义传奇,百姓故事,还能学到历史知识,听到新闻和乡间趣事。通过书匠极其生动形象的说唱,那些事,那些人活灵活现地出现在听者的脑海中。不论怎么说,唱什么,所有书匠的原则都是对邪、恶、丑予以嘲讽和鞭笞,对真、善、美大加赞美和颂扬。在陕北说书的所有大、小书里,基本没有以悲剧结束的,也没有那种颓废或泄人气的东西。于是,书匠们在娱乐民众的同时,也给这片土地上极其艰辛的民众们信心和生活下去的希望与勇气,同时,在耳听说唱,脑中想象的过程中,造就了陕北人个个想象力丰富,富有艺术气质和那种显明的英雄主义、浪漫主义的个性特点。

陕北人对说书艺人最基本的要求是:"眼瞎心不瞎!"这也

是对他们的是非观和价值观的规范。如果一个书匠,在行艺过程中,是非观、价值观有改变或不正确了,那也就喻示着他日后的路就没有了,所以,所有的说书艺人都不会拿自己的饭碗当儿戏,不会在行艺中宣扬歪门邪道等丑恶的东西。

　　旧时的书匠还有许多手艺,最重要的一项是算命,还有扣娃娃、送鬼等。算命主要是"瞎子滚流星",这一算命方法是把甲乙丙丁戊己庚辛壬癸天干,和子丑寅卯辰巳午未申酉戌亥十二地支,以及由天干和地支组成的甲子、乙丑、丙寅等六十个干支序列背熟,按照被算者报上的生辰八字,推断此人一生的命运。由于陕北许多人认同"人的命运天注定"的说法,而瞎子又没有观音察色的能力,所以许多人都非常相信。另一种算命方法掌握的人就少些,那就是捏骨,就是瞎子把算命者的手握住,用力捏其手上、胳膊等处的骨头,而根据捏骨头的感觉算出此人的福禄等命运。除算命之外,还有一手艺就是扣娃娃。当时陕北地区物质条件贫乏,生下的小孩难存活,老百姓就认为有鬼怪或专捉小孩魂魄的"摊家子"作怪,由书匠说一段书给神来把娃"扣起来",也就是保护起来,使"摊家子"及其他妖魔鬼怪不再敢危害该小孩,使其平安、健康成长。有时,被扣过的娃娃还要拜瞎子书匠为干大。扣娃娃也有的地方叫扣刷娃娃,是说把娃娃的魂魄扣住,把附在娃娃身上的邪门歪道刷去。还有安土神,还愿等等也是书匠在行艺时经常干的活。这类事都是旧时代的一种迷信活动,也是说书人为了活下去兼职的一些技艺。

　　不论怎么说,陕北说书这一古老的民间艺术,千百年来在极度封闭的陕北大地上,慰藉了一代代陕北人孤寂的心灵,也渐渐造就了陕北人率真、乐观和敢作敢为,有浓烈的英雄主义和浪漫主义色彩的性格和秉性。简单用一句话说陕北说书,那就是:陕北说书鼓舞着陕北人走过了千百年的苦难岁月,也造就了陕北人大气磅礴、不拘小节、耿直、敢作敢为、疾恶如仇以及直面困难、乐观向上的独特秉性。

陕北说书之于安塞,那更是不可或缺的一门民间艺术。安塞这一名称的含意就是"安定边塞"的意思,古代一直有"上郡咽喉,北门锁钥"之称,在20世纪80年代之前一直极度闭塞。记得20世纪70年代中期,王震将军到安塞看他昔日的一位对他曾有救命之恩的老部下,当闻听当地政府在镰刀湾乡至靖边县的白于山区修了条简易便道,以方便安塞人与榆林地区来往时,将军愤怒地训斥当地党政领导:"你们是给苏修进攻我国往开修通道呀,你们这些里通外国的败家子,咋敢把这里的路修通哪"。由于从古至今,安塞一直是汉民族防御匈奴等少数民族屡屡侵扰的重要战略要地,所以,这里除驻有重兵之外,一直交通不便,险恶的山形地势本来就是一道防止异族入侵的天然防线。在这种状况下,安塞人一直把"走州过县"之人称为有本事、能力超群的大能人。在这种极度封闭的环境里,陕北说书在安塞就显得比其他县更为重要和不可缺少,除正规的书匠之外,安塞每个村子几乎都有那么几个能讲"古朝"的能人,冬日闲暇或秋日连阴雨时节,人们能聚在某家窑洞里听一天半晌的"古朝",已是很大的享受,如能听上一场带音乐有说唱的书匠说书,那真是大享受,享大福了。所以外县或本地的书匠在安塞是非常受欢迎的,走到哪个村子人们都会热情认真地对待、接承。在这种大氛围下,安塞盲了的或半盲、不盲的人们,都比较喜欢、乐于从事书匠这一职业,乐于当说书的人比别处多。

书匠们给身处苦焦闭塞的安塞人带去了欢乐和继续生活下去的信心,而安塞人也在给书匠应有的尊重与适当的经济或物

131

质的回报,使他们能在生活下去的同时,继续完善、提高自己的说书技艺,二者相辅相成地从古到今一路走来。

一些原本生活在陕北,后来通过自身努力到了省城西安的一些文化人,还有个别本地文化人在写陕北说书时最爱用到"最后的"这个让人感到绝望的词,比如说大师张俊功就喜欢用"最后的民间说书大师"等等词语,其实这一点上是不正确的。我一直生活在本地,也一直没有间断地听着陕北说书。就陕北说书的技艺、技巧而言,我觉得目前这一时期,应该是自从有了这一艺术以来的最高峰和鼎盛时期!说这话的原因有以下几点:其一是在20世纪70年代之前,陕北说书艺人基本都是瞎子,也都是文盲,说书是靠同样是瞎子、文盲的老艺人口传心授,这些艺人中天赋极好者不多,而70年代至80年代,由于陕北太过贫穷,许多在新中国成立后上过学而且也喜欢这一艺术的正常青年人也走进了这一领域,而且这些有文化的正常人也不同于以前的艺人,只拜一个师傅,他们只要遇到自己觉得好的师傅就拜,就认真地讨教、学习。所以这些正常的新生代说书人可谓博采众长,而且他们的理解能力和接受、模仿能力都比老艺人们强,也能在行艺过程中对千古不变的书词进行合适的改动,也有比老艺人更强的创作能力。此外,他们还能自己看书学习一些侠义唱本,也能在行艺过程中舍劣求精,使自己的说唱更有感染力,让听众更喜欢。只是他们生不逢时,当他们艺学精了,开始闯世界时,这原本贫穷落后的世界一下子开始巨变了,不仅收音机、录音机走入了寻常百姓家,就连电视、电影、电脑、互联网等等人们想也不敢想的新传媒工具也铺天盖地的走来,人们的娱乐方式也随之大变,于是,没人耐着性子听陕北说书了。但是不得不说这一时期说书艺人的数量和质量都是有史以来鼎盛的一个时期。只是我们许多人没有再去听书罢了。

目前，就别人认为已近绝迹、后继无人的陕北说书艺人，仅安塞县注册的，可以弹三弦并独立行艺或行过几年艺的艺人，就有120余名，其中中国曲艺家协会会员3人，陕西省曲艺家协会会员20余人，延安市曲艺家协会会员30多人，总体数量虽略少于横山县，但仅有17万人口的安塞，不到横山县总人口的一半。所以，就说书艺人占人口的比例而言，陕西无任何县可以和安塞相比，就是在安塞文联所属的各个协会中，除腰鼓协会之外，即将成立的曲艺家协会的会员数以及国家、省、市级会员规模，都是最大的一个群体；仅现在以此为生的艺人也还有近50人。我之所以说这些不该说的话的原因是这样的：前些日子，与一群说书艺人们聚在一起闲聊时，一位艺人说了这样一番话："兄弟，听书匠给你说，毛老毛主席说过这样一句话，百无一用是文人！真的，我看了一些写陕北说书的文章，大多数还能行，但有个别人实在是让人不舒服呀。如今，社会上的人们倒是不怎么小看我们书匠了，可这些文人骨子里还是瞧不起我们，一写陕北说书，就悲悲戚戚的，总爱说现在的书匠不行了，没书匠了，陕北说书不顶事了，谁谁谁是最后的大师，最后的书匠了，看得我是非常伤心呀。一想到这些，我就想找这个文人，当着他的面骂上他几句……唉，真就跟别人说的那样，一群无聊、自以为是的狗屁文人，成事不足、败事有余呀！"

这位自称书匠的说书艺人所说的那几篇文章我也看过，听了他的话，我又找出来读了一遍。读的过程中我把自己放到书匠的位置去体味，真的有些不舒服。我理解了他的愤怒。真的，在陕北说书现实状况的论述中，一些文人是有点自以为是和不负责任了，他们的言论对许多痴爱这一艺术的艺人们的伤害和打击是巨大的。我觉得，作为文化人的我们，不能自己再不去，也再没有听过书，就自以为是地认为这世界就没有陕北说书了，想当然地写那不严谨的文章。为文，说实在话，对文人而言就是一种谋利赚名的活计。这社会任何人关注陕北说书这一民间艺术本也无可厚非，但不能因为自己没耐心去听一场或三五场说书，就想当然地信口开河。这样的文章貌似关心、担忧陕北说书的命运，但实为对从事这一行当的艺人们和这一艺术的一种打击和伤害。文章千古事呀，不论写什么，我们都应该以严谨的态度去体会，去写，想当然的自负还是少点。

这位半辈子以嘴谋生的艺人，那天最后他这样说："我们说书的时候那些认为陕北说书死了、陕北没有书匠了的文人们——你不在、他不在，就我书匠和听书的在呀！而陕北说书的现状是——虽然韩起祥不在、张俊功不在，可我们几百个以此为生、虽然贫穷困顿，但乐此不疲的书匠还在呀；我想对那些把我们就没当球个人，说陕北没书匠了，陕北说书死了的文人说——再过五十年一百年，你不在、他不在，我也不在，但陕北说书一定还在！

听了这位用《high》歌的歌词调侃文人的书匠的话，我觉得我们真的应该严谨一些，最好不要再伤害、打击书匠们了。民间艺术既然有着千百年漫长的历史，那么，它即使死亡也是一个漫长的过程，我们千万别拿自己的生命的长度与之相比，我们没出生时它就开始死亡，我们死了，或者我们的子孙后代又几辈人死了它还在，而且即便是在苟延残喘着的民间艺术，说不定某个不起眼的因素一激，它就又会活起来，甚至于活的比原来更灿烂更辉煌。基于这一原因和认识，我肯定的地说：几十年或一百年甚至于二、三百年之后，我们都不在时，陕北说书一定还在！

安塞与陕北说书这一民间艺术的渊源很深，陕北地区有名一些的说书艺人，大多都有过在安塞说书行艺的经历。延安革命时期，安塞驻扎着中央二局、陕甘宁边区高等法院、边区总医院，以及难民工厂、被服厂、保育院等20余个中央直属单位，所以那时韩起祥也经常到安塞来说书，到粉碎"四人帮"之后，韩起祥又经常到安塞下乡演出。记得幼年的我在安塞县城的"七月二十四"骡马大会，即物资交流大会上听过两次这位陕北说书泰斗的精彩表演，但当时少不更事的我没有记住老人太多的说书细节，仅仅记住了一句"红五月，五月红，我给毛主席来说书"，再记住的就是一个字"挤"。体育场上，人山人海的，我好像是被大姐还是爷爷引进去的，那是我有记忆以来第一次看到那么多的人挤围在戏台前听一个人说唱，好在那时的高音喇叭很足劲，把他那非常有特色的声音放大了很多倍，让人听得清清楚楚。

而第二位陕北说书的大师级人物张俊功老先生，也和安塞渊源颇深，安塞应当是他行艺说书比较多的地方。那时的安塞群众生活刚刚有了点起色，于是，庙会和新修窑洞及老人过寿，娃娃满月之类的事情多了起来，爱红火热闹的安塞人就把请书匠说书作为首选。而张俊功的说书一改往日"一人一马一杆枪"的局面，五个七个的各色书匠坐下来，你弹他吹，那个又拉，这个说那个唱。既有说书的韵味，又有一台戏的表现力，于是，一时间安塞的各庙会或村户有大事需庆贺时，都把能请来张俊功说书班子说场书当作一种时髦，或衡量这个事情过好没过好的一个标准。一时间张俊功张和平父子一到安塞就一场接一场地往过说。有时半月二十天，有时一个月两个月地在安塞设场说唱。而那时一些在社会传播的"张俊功说书"的磁带，有许多就是在安塞行艺过程中录制的。当然也有一些是一些人偷偷地录下后又翻录卖钱谋利。记得在赞叹张俊功说书的表现力及感染力的同时也和一些文朋诗友讨论过张老改革说书的功与过，记得我这听着三弦独人书长大的毛头小子在赞叹的同时，也有些否定之词，因为我觉得张俊功的确是一位天才的语言和表演艺术家，但总觉他的说书似戏又非戏，是书还又不是书，少了一人说书时的安静与条理，多了几分喧闹与杂乱，但的的确确雅俗共赏，也让绝大多数人喜爱。现在回过头想张俊功大师，那真是一位了不得的说书巨匠，如果那时他不改革说书，那么陕北说书绝不会有他所创造的那个鼎盛时期，也不会使这一民间艺术获得到那样一段时日的精美绽放。

除了以上这两位已故的大师级人物之外，在陕北说书界再要说的一位重量级人物那就是"国家级非物质文化遗产（陕北说书）代表性传承人之一，陕北说书大师，安塞人解明生了（另一位是陕北首位女说书艺术家，韩起祥大师的女儿韩应莲）。

安塞剪纸

以陕西省安塞县为代表的中国民间剪纸,不仅是我国非物质文化遗产中的重要一员,也于 2009 年 10 月入选联合国教科文组织的"人类非物质文化遗产代表作品名录",成为了人类非物质文化遗产。中国剪纸是由千千万万的华夏妇女以口传身授的方式代代承传,内容有民间故事、戏剧人物、花鸟鱼虫,包罗万象,博大精深,表现了中华民族淳厚隽永的民情与民风。由于剪纸所使用的工具就是妇女做衣服用的剪刀,材料是一般的纸,极为简单易得,所以,它是千百年来中国民间,也就是农村妇女中最为流行的一种艺术形式。

剪纸的作者主要是普通的农家妇女,大多没文化甚至目不识丁,但在一次次劳作的间隙,在一次次缝缝补补的空闲,她们就会拿出从小相依相随,也许是妈妈的妈妈传下来的剪刀,有纸就用纸剪一个随心所欲的"花样",若手头无纸,就是一片树叶,也是她们创作的最好材料。她们剪眼前看到的山水花草、五谷动物,剪自己从小听熟了的故事,也剪自己想象中精彩的世界……她们用手中的剪刀剪出自己的喜怒哀乐,剪出自己对生活的热爱,对幸福美好生活的向往,也把冬季少色彩的黄土地剪得五彩斑斓,春意盎然。

30 多年前,即 1980 年之前的安塞乡村,每个妇女都有一把剪刀。一把剪刀,即是妇女生活、生产劳动和避邪祈祥的工具,同样也是妇女们感悟生命和天地万物的途径;也许是剪纸曾经在中华大地上太多、太普遍、太普通了,所以我们对它不以为然,也就看不到剪纸背后的人,想不到剪纸对剪它的女人意味着什么。如今细细去品味,才发现当时乡村离不开剪纸,女人也离不开剪纸。烦琐重复的辛劳生活中,剪纸成为女人人格的实现方式,剪纸也给女人带来了内心的愉悦,使女人心灵深处现实的磨难与苦涩得到了淡化。一幅幅精美的剪纸,在为家人带去心灵和情感上的满足与慰藉的同时,也慰藉着女人自己;在丰富风俗节日、婚丧嫁娶、衣饰环境的同时,也是女人与她的生活、生存的世界的对话和交流。那一把小小的剪刀,毫不逊色于千百年来握在男人、文人们手中的毛笔,那剪刀就是女人们心中的笔,那剪刀剪出的一幅幅剪纸,就是她们的歌,她们的心声。

在中华大地上,最有名、最具代表性的剪纸就是“民间艺术之乡”安塞县的“安塞剪纸”。

1993 年被文化部命名为“中国剪纸艺术之乡”,2006 年“安塞剪纸”被列入首批国家非物质文化遗产代表名录的安塞县,位于陕西省延安市北部,属典型的黄土高原丘陵沟壑区,在过去较长的历史过程中一直处于北方的游牧文化和汉民族农耕文化的交汇处,其传统文化具有多样性,是我国西北乃至全国保留民间艺术最集中、最具代表性的区域。我国几千年流传的民间艺术代表——民间剪纸、腰鼓、泥塑、民歌等艺术形式在此都有集中体现。民间口传心授的传统源远流长,极为普遍。

安塞剪纸艺术,就像黄土高原上盛开的山菊花一样,可爱而美丽,质朴而倔强。过去的安塞妇女都爱剪花,在安塞民歌《迎亲歌》中有一句:"生女子,要巧的,石榴牡丹冒铰的。"安塞人看谁家女子是否聪明灵巧,总是要与剪花连在一起。过去给儿子定亲,也有"不问人瞎好,只要手儿巧"的说法。

几千年来,民间艺术是劳动者的艺术,是贫贱者的俗文化,不被重视,不入史册,因此,安塞剪纸的历史没有文字可考证。但问一问健在的剪花老婆婆:"剪花跟谁学来的?"她们都会同样回答:"妈妈教的"。安塞人现在还称传统花样为"古时花"。从现在整理出来的剪纸作品来看,可以寻觅到安塞历史文化的踪迹。

白凤兰剪的和汉代画像砖如出一辙的《牛耕图》中的树干和树枝组成了鹿头纹样的变形,专家们考证后认为这是我国古代"物候历法"和生命象征的鹿图腾崇拜在安塞的遗存。高如兰剪的《抓髻娃娃》让许多民间艺术专家震惊,因为它是别处早已失传了的商代民俗文化的再现:把头上的两个抓髻剪成两个鸡和故宫博物院收藏的商代青玉女佩完全一样;娃娃一手举鸟(阳),一手托兔(阴),阴阳结合产生了生命,是典型的商代生殖崇拜的遗存。曹佃祥的剪纸作品《鹰踏兔》中,鹰象征太阳和神话传说中的"三足鸟",属阳;兔象征月亮和月中兔(或蟾蛛),寓阴。《鹰踏兔》暗示男女交媾,反映了古老的生殖崇拜信仰。在曹佃祥的另一作品《抱鸡娃娃》中,鸡和鱼象征男性,石榴牡丹象征女性,抱鸡(或抱鱼)的娃娃往往剪成坐在牡丹上的形象,暗寓性爱、孕子之意。安塞剪纸中有许多古代民俗文化的信息，是研究我国北方民族文化与民俗的重要史料。

剪纸不仅是一种独立的艺术形式，也是其他民间美术的造型基础。刺绣、布玩具离不开剪纸纹样。伴随着剪纸兴起的安塞农民画，作者的造型基础全在于剪纸的基本功。有名的剪纸高手，也是民间绘画的高手，这些作者的造型基础形成了安塞民间绘画的"剪纸型"风格。

1985年，安塞县的白凤兰、曹佃祥、胡凤莲、高金爱四位目不识丁的剪纸老艺术家，被请到中央美术学院民间美术系教学表演；2007年4月，中国文联、中国民间文艺家协会在扬州举办的"中国剪纸艺术精品博览会"上，陕西共获11项大奖，名列全国各省分获奖总数第一，而安塞县就占了9项大奖，且高金爱的《艾虎》列金奖第一名，白凤兰的《牛耕图》亦获金奖。可以毫不夸张地说，只要说中国剪纸艺术，必说安塞，安塞是中国民间剪纸艺术有独特意义的县。安塞剪纸艺术家们多次赴世界各地访问表演，引起中外友人的极大兴趣，为中外文化交流做出了积极贡献。20世纪80年代初，当安塞的民间艺术家李秀芳应邀到法国图鲁斯市作剪纸表演时，法国观众为她精湛的技艺所叹服，当地的市长甚至不相信那些精美的剪纸作品是用一把普通的剪刀剪出来的，他拿起剪刀翻来覆去地看，怀疑里边是不是安装了电脑。

经中国艺术研究中心、中央美术学院、与联合国教科文组织驻北京代办处等等各方面权威十几年的严格审查筛选，全国共筛选出向联合国呈报的代表性传承者22位，陕西省有8位，分别是旬邑的库淑兰、洛川的王兰畔、延川的高凤莲、延长的刘兰英、安塞的曹佃祥、白凤兰、高金爱、白凤莲。其实,安塞还有胡凤莲、潘常旺、常振芳、张凤兰也被初选了,但由于教科文组织对代表性传承者中已去世的人员所占比例要求比较严格,所以另外四位已经离世的大师级艺术家只能被忍痛舍去了,其实她们剪纸作品的艺术性和质量让一些入选的传承者也自愧不如。而从就入选的作者所占比例看,陕西占全国的小一半,而安塞县就占了陕西的足足一半。

2009 年 9 月,当联合国教科文组织经认真细致地审核后批复的决定书以中国陕西省为代表的中国民间剪纸艺术列入"人类口头和非物质文化遗产代表作名录",放在代表中国政府最后完成向联合国教科文组织申报的,陕西省非物质文化遗产保护中心首席专家、研究员陈山桥面前时,他说"这话不太确切,我觉得最正确最完美的表述应当是"以中国陕西安塞为代表的中国民间剪纸……"

安塞剪纸造型古朴、线条粗放、寓意深刻、乡土味浓,淳朴、庄重、简练、概括,继承了汉代艺术深沉雄浑的特点,具有很高的观赏价值和收藏价值,被誉为"活化石"和"地上文物"。中国美术馆收藏了大量的安塞剪纸,原中国剪纸学会用安塞剪纸《抓髻娃娃》作为学会的会徽,国内各种向联合国教科文组织申报"人类口头和非物质文化遗产"的文本或大型展览的封面或主题图也都是"抓髻娃娃"。专家赞曰:"安塞剪纸,群芳母亲。民族之魂,陕北可寻。振我中华,无愧古今。"

民间剪纸的文化意蕴

剪纸在人类社会生活中最初出现时,未必就是妇女所创,也不是在纸上用剪刀剪出的。纸、剪刀还没有出现时，工匠或艺术家们就在金箔、银箔、玉器以及砖石上的镂空、刻花工艺应当就是剪纸艺术的雏形。河南郑州商代墓葬中出土的镂花夔凤金箔片，是我们目前可以见到的最古老的与剪纸有渊源的艺术品实物形态，也可以说这一公元前16世纪的金属薄片就是我们目前可以看到的剪纸艺术的远祖形式。剪纸主要应用于民间春节或祭祀等民俗活动中，又由于其是纸质的，因此，难以保存。我们目前看到的最早的实物是20世纪60年代在新疆吐鲁番阿斯塔那墓出土的公元6世纪南北朝时期的几幅残缺的猴、马、蝶形的团花剪纸。这些剪纸比纸的发明年代即公元前2世纪的汉代迟800多年。

在古代文献中对于剪纸的记载或描述非常多，经常被人们引用的主要有以下几则，其一是汉代司马迁《史记·晋世家》中的"剪桐封弟"的故事；其二是晋代干宝《搜神记》中记载的方士以剪影之人慰藉汉武帝思念亡妻的故事；而唐代著名诗人杜甫在安史之乱中，仓皇逃出长安，长途奔逃至白水县彭衙时写下的著名诗句"暖汤濯我足，剪纸招我魂"，让我们从中窥探到剪纸在古代民间巫仪中与现在差别不大。随着汉代造纸技术的发明和其后这一技术的日渐发展兴盛，相对便宜易得的纸渐渐成了手握剪刀的女人们创作的最好材料。

我们都知道，华夏五千年文明是让全世界对中华民族刮目相待的一个主要原因，而华夏文明能够让现在的人们体味到其伟大的最主要因素是汉字对五千年文明的记忆、传播、交流和发展起到的核心作用。我们经常会对自己看到的一件唐、宋时代的墓碑或字画上的文字感到诧异，千余年前的祖先们怎么写下的字和我们现在写得一模一样呢？

我们都知道，中国汉字是一种象形文字，是先祖们在为生存与自然的搏斗中，把自己的情感通过图画表达出来，后来，智者将一些图画总结提炼后，就创造出了字。而随着社会发展，由字组成的文渐渐地成了有文化的人们认识世界感知世界的一个工具，而生发出文字的"图"还是在那些不识字的人群中存在着、使用着。

随着时间的推移，"图"和"字"逐渐分离，让我们觉得似乎没有什么联系，文字就是文字，图画也只能是图画。其实，是时间让我们忘记了图画的功能。在现实世界里，社会上层的有文化的人们是靠文字交流、感知世界的，而在中国几千年封建社会的历史长河里，识文断字历来是少之又少部分人的专利，对绝大多数百姓而言，识文断字是个遥不可及的梦想。但人人都有喜怒哀乐，都有要表达和宣泄的时候。所以在那些远古祖先们之后，还有许多人是靠着一些简单的图画来纪录生活中琐碎事情，结绳记数，有些人在悬崖上涂鸦，来宣泄内心深处的激动、无奈或其他情感；有些部族也在自己的领地的重要的地方，绘出自己部族的一些他们认为重要的大小事件。

由此推想，我们应当明白，识文断字的上层有文化的人们在通过文字来感知世界的同时，也在通过文字告诉人们或世界自己的喜怒哀乐，而大多数的人们是没有机会认识汉字学习汉字的，他们只能通过语言即从别人口中了解感知世界了。于是，在中国，说书、评书等等民间口传心授代代相传的说唱艺术在千百年的乡村里是有着非常重要的意义的，是这些或盲或残的民间艺术家们，让无数的中国乡村不识字的人们知道了前朝和山外的事,也通过这些说唱感受和明白了许许多多做人的道理,也慰藉着一代又一代没有机会识文断字的人们那孤寂的心灵。

而语言和文字相结合盛行于世的同时,使用图画的人们依旧在用图画来表达自己对世界和某一物体或事件的感觉和感受。那些几句话说不清楚或者用平常的语言无法言说的事,他们又不能用文字描述,只好用图来描绘,也可以说,在我们这个国度里,除过语言之外,一直有两种交流或沟通的方式,其一是文字,其二是图画。也就是说从图中蜕变出文字后,图并不是就让字取而代之了,在社会底层,在那些没有文化不能识文断字的人那里,图还在发挥着它的作用,于是在民间在民众中,图这个文字之母的交流符号一直在延续、使用着,在巫仪中,在祭祀中,在农村红白喜事或箱柜等装饰中,在民间的石匠铁匠的各种作品中。剪纸就是一代代母亲们的文字,那幅"花开富贵"的剪纸就是她剪这幅作品要表达的意思,《鱼钻莲》就是男女交合,《鱼戏莲》也就是男儿向女子求欢,看到"蛇盘兔"了,你就应当知道那个剪纸的是给喜结良缘的男女说了句祝福的话,这话是"蛇盘兔,必定富";而"莲生贵子"就是祝这一对新婚夫妇连着生很多很多的儿子,"娃娃坐莲花,两口子好缘法",南瓜的瓜子多,石榴的子也多,老鼠的繁殖能力强,那么这些形象就是祝愿多子多福,其实这和文化人写一副对联或吟几句诗是相同的功效,这剪纸就是女人们、母亲们的文字。

当时代进步到今天,人们在极度发达的信息时代,渐渐向往过那种简单的生活,在识文断字成了绝大多数人都拥有的一种生活基本技能的同时,又有许多人厌烦了通过阅读呆板的文字来获取信息,而是更喜欢通过看那一目了然的图片而获取原本三五页文字才能告知我们的信息，于是，有人说这是一种时髦，是一种进步，是我们这个世界进入了一个全新的读图时代。其实，回过头去认真寻觅，我们才知道，"读图时代"从人类诞生不久就开始了，而且从未间断，虽说此读图非彼读图，此图与彼图的文化内涵或所蕴涵的信息量更大些，我们不好简单评断，但我们应当明白所谓"读图时代"真的不是什么新鲜的事物，那说起来时髦的东西，其实在民间已经传承了几千年了。

"原始的古拙、殷商的神秘、秦汉的雄浑、隋唐的博大"这是学者，原陕西省文化厅副厅长党荣华先生对安塞剪纸的总结和概括。

而单纯、洗练、夸张这些民间图纹最典型的特质，也是剪纸的主要特点，一直是世世代代艺术家们追求的艺术的最高境界。

安塞剪纸的应用和内容

安塞剪纸的应用和内容大概可分为四类：

第一类：春节用于美化环境。春节，家家户户贴窗花，把窗户打扮得春意盎然。剪纸内容多以吉祥如意、劳动果实及牛羊猪马最多，保平安的老虎、镇邪恶的狮子也是必不可少的内容。

第二类：用于嫁娶时装饰洞房、布置洞房。寓意最深、最有趣的是窗子中间的喜花和在新人床（炕）正上方窑顶上的坐帐花。喜花最常见的是《蛇盘兔》。"蛇盘兔，必定富"，这是群众的口头语，意思是说十二属相中，男方属蛇，女方属兔，这样的男女婚配家庭必定和睦幸福。还有《石榴坐牡丹》、《骑猪娃娃》、《娃娃坐莲花》、《鱼儿戏莲花》等；坐帐花也叫顶花或团花、转花，一般是对称的圆形、方形，偶有菱形。内容以牡丹、莲花、龙凤、石榴、贯钱、桃子等为主。这一类剪纸作品,都是祝愿新婚夫妇相亲相爱,生儿育女。

第三类:用于宗教礼仪及祛邪避瘟等活动的装饰。过年都要给神龛上剪个门帘贴上,既美观,又具有"神"的感觉。在图案的内容上,常用贯钱、福连万字、云头、鸡、鱼、猪、狗、马及看门的娃娃等。门神剪纸,镇宅老虎,叫魂的纸人,"扫天婆","扶鹿马",瓜籽娃娃,祛瘟牛等。虽然为宗教迷信服务,但在艺术形式上有着独特的风格,对研究当地民俗有一定的参考价值。

第四类:用于制作刺绣、布玩具的底样。妇女们绣花,必须先剪出花样,然后把花样贴到布上,再用色线绣出。虽然是剪纸底样,但同样是一幅独立的剪纸艺术品。常见的有枕顶花样、鞋花样、针扎(针线包)样、裹肚花样等。

民间剪纸在剪法上分双铰、单铰和零铰。双铰,也就是折铰,剪一些对称图案或局部对称纹饰,都用这种办法,如剪转花、枕顶花、瓜籽娃娃等。单铰,主要用于窗花等动物类或生活场景类的小剪纸,剪一只鸡,一头牛,凡不能对称剪的形象,只能单铰。大部分老年人都喜欢用双铰和单铰相结合,产生了很好的艺术效果。零铰,主要用于大型、复杂的剪纸创作。将一幅剪纸局部形象分开单独铰出,然后摆在纸上安排构图,拼成完整图案。

安塞农家的里里外外,凡是需要美化的地方都有剪纸出现,在什么地方应用,就叫什么花,有窗花、墙花、门神花、炕围花、挂帘、窑顶花、桌围花、鞋花、牌牌花及围肚、针扎花、枕顶花样等。所有剪纸多用红色,偶有绿色、黄色等搭配,所有绣品的底样花均是用白纸剪。用处不同在剪法上也有区别,剪得比较工细,以线为主的是窗花;贴在室内的则以块为主,剪出人形即可。不论是剪细致还是以块为主的大形,安塞剪纸全部用剪刀剪,不用刻刀或其他工具。

窗花:凡美化窗子的剪纸统称窗花。包括转花、喜花、窗角花、窗云子、小窗花。转花一般较大,分开角为四块,贴在窗子中间。四个格子四张,拼为圆形或方形图案,起中心装饰作用。窗角花,农村也称窗角子,是三角形的纹样,安排在转花周围,虽然小,但内容特别丰富。窗云子,是在三十六格窗上精心设计的完整的大型图案。

剪纸门花、墙花:过去农村很难买到年画、门画,农家妇女自己动手,剪一些大幅剪纸贴在门上、墙上,增强了节日气氛。内容有传统的《秦琼敬德》、《大公鸡》、《胖娃娃》、《艾虎》、《狮子》等。这些剪纸不受大小的限制,所以妇女们能随心所欲地剪,能充分发挥出各自的艺术个性。

炕围花:最常见的是把有情趣的故事单个剪出来,连续贴在炕围上,像剪纸连环画。如李桂莲的《娶媳妇》,剪出了一队浩浩荡荡的迎亲队伍;王西安的《秧歌队》,把安塞春节闹秧歌、打腰鼓、赶毛驴的文艺活动表现出来。也有剪成各种连续图案的炕围花。桌裙、挂帘、门帘,是用于窑窝、神龛、桌前碗柜前的遮挡物装饰。

枕花样、鞋花、牌牌花等,是刺绣中的底样,内容多以花鸟、狮子滚绣球为主,剪法上大多只铰出大形即可。

窑顶花、坐帐花,以圆转和方转为主,多用于结婚洞房的窑顶上。

安塞剪纸的特点和艺术价值

正如许多登峰造极的艺术家或艺术品一样,民间的一些东西达到太高的境界时,也一样会出现曲高和寡的境地。安塞剪纸就是这样,不经懂它的人介绍,人们往往认识不到它的美和艺术价值,这就造成了许多在延安或西安旅游景点上表演、销售安塞剪纸的人们,为了迎合顾客的喜好,不得不摆出一些南方或河北蔚县等处的剪纸,自己也不得不改变对剪纸的原有理解和认识,曲意逢迎,把剪纸剪得逼真、惟妙惟肖……这是许许多多研究民间剪纸的专家们非常痛心的,也是安塞剪纸无可奈何的一个痛;而所有有关安塞剪纸的介绍性或研究性文章、书籍中,学者专家们像安塞剪纸本身的风格一样,简练、概括的三言两语的说一下其特点,让普通的游客、剪纸爱好者理解不了,也无法真正认识安塞剪纸的特点、艺术风格和价值。

所有的艺术创作或该艺术的价值,都体现在一个"创"字上,就是说艺术来源于生活,但要高于生活。而这个"高"字就是艺术的真正价值。比如说写作,我们知道,让任何一个具有高中或初中以上文化程度的人用笔墨真实地描绘生活中的一些场景那不是什么难事;比如说绘画,我们让任何一个上过美院的大学生画一尊石膏头像或一个模特的素描、线描、水粉、油画、国画都是很简单的事,甚至于一个准备报考美院的初级学生也可以做到,但这些不是文学作品也不是美术作品,更不是艺术品。这个浅显的道理是大家都懂的,但也是现实中许多人最容易忽视的。于是,人们在读文学作品时觉得自己能看懂的东西就好点;在对待美术作品时就有一些人觉得画得像、画得好看就是好的。

许多人就把"惟妙惟肖"当做一个衡量艺术的标准,对待剪纸时,许多人就是喜欢细致、逼真、惟妙惟肖的剪纸。

曲高和寡是艺术创作永远无法回避的尴尬与无奈!但超越生活与现实又是艺术创作永远的追求。安塞剪纸的第一个特点是神似而形异。这一特点用曹佃祥老人的话说就是:"铰什么不能铰得太像了,铰得一模一样的就没意思了,要铰得让人一看就知道就是那东西,但又不是那东西,又像又不像,但细细一看又比那东西还像那东西,这样的花也才有意思;铰下的花要让人看了长精神,这样的花才是好花。"所以,安塞剪纸首先不是那种许多人观念中的"形象、逼真"或"惟妙惟肖",而是追求意象的内在精神,重神而轻形。有许多老年作者甚至在造型上追求夸张变形。

特点二是安塞那些从未进过博物馆或接触过文物的母亲们创作的剪纸,让人不可思议的有远古文化化石的功能,一些作品的造型与2000多年前的汉代甚至与商、周时代的玉佩或画像石惊人地相似,甚至于如出一辙。这一特点使得安塞剪纸的考古等各种价值超越了剪纸本身的功能,是人们研究古代文化和民俗演化、民间艺术传承的地上活化石。这一特点是安塞剪纸在全国众多的剪纸海洋中被人们发现并脱颖而出、魅力无穷的主要原因。

20世纪90年代之前,安塞还是 处非常偏僻、闭塞的地方,外面的文化等很难被传播进来。而安塞人乃至陕北人有一个特别明显的特点,那就是他们既有循规蹈矩的一面,又有率性随意甚至于叛逆的一面。前一特点使这里的女人们在剪一些用于巫仪或者宗教礼仪活动的传统纹样时,一丝一毫不差地严格按照母亲或前辈们教的或传下来的纹样去剪，不越雷池半步；而在剪一些可以自己发挥创作的剪纸时，又和陕北民歌"信天游"一样，强调"随心走"和"穷乐呵"，随心所欲地创造出自己需要的、喜欢的图案和场景，表达自己的祝福或祈愿。这样就使她们在剪那些她们自己没有见过的花鸟或动物时，比如石榴、牡丹、莲花、龙、凤、鹿、鱼、虎、狮等形象时，严格按照"古时花"的样子去剪，而在表现自己熟悉的鸡、蛇、兔、猫、狗、牛、驴、猪等动物时，神态或动作可以变，但这些动物身上的云勾、贯线、万字等有特定寓意的传统纹饰，又严格按自古就有的规矩来用。

所有的安塞老剪纸艺术家都说自己铰花是跟妈妈学的，于是按照这些规矩，从商或周或汉代开始，母亲按照自己母亲教的教女儿，那女儿成了母亲后再这样教自己的女儿。一代接一代地传，一代连一代地承，口传心授中这些三四十年前足不出村或户的母亲们就剪出了与她们根本没有见过的汉代石刻画像石、故宫藏商代青玉女佩以及氏族公社内蒙古阴山岩画如出一辙的造型。于是，安塞剪纸被学者专家们誉为"活化石"和"地上文物"。

以上两点是安塞剪纸与其他地方剪纸最明显的区别和特点，也是认识和欣赏安塞剪纸必须明白的东西，所以不得不多啰唆几句。

安塞剪纸是这方土地上一代又一代母亲们用千年的时光创造的艺术，作品都凝聚着作者们淳朴、深厚的情感，用粗犷、淳朴、简练、夸张甚至于变形的造型，严整、匀称、饱满、充实的构图，表现出人们最熟悉或不熟悉的花、草、鸟、兽或历史故事、戏剧人物、神话传说等生活中喜闻乐见的体裁或物象，发掘并表现出新奇、深远、不同寻常的意蕴。"剪纸是给人长精神的",所以母亲们用寓意、象征以及夸张变形等等表现手法,颂扬生活的美。她们的作品中没有辛酸、痛苦和泪水等让人伤感颓废的东西,只有让人快乐奋发、积极向上、健康有力的真挚情怀。

简单概括地说安塞剪纸的特点就是:安塞剪纸继承了汉、唐时期深沉、雄浑、大气的艺术特点,造型古朴、线条粗放、寓意深刻、乡土味浓厚,淳朴、简练、概括的表现手法。

安塞剪纸是以其独特的韵味、感染力和卓越的艺术价值,让中外许许多多艺术家、学者震撼的,所以在观赏时切勿以平常心态去评判它,更不要抱着简单庸俗的"逼真"、"惟妙惟肖"等标准去看待或衡量这一神奇的民间艺术,而是在明白以上特点的情况下,细细地去品味,那样,你才能从中真正感受安塞剪纸的无穷魅力,才能理解那些专家、学者为什么会认为安塞剪纸是"地上文物"、"活化石",为什么会被誉为"群芳母亲,民族之魂"。

最后的吟唱——安塞民间剪纸艺术的现实状况

任何一种艺术,其生命力就是她的实用性!如果失去了实用性,也就丧失了其发展延续的土壤,失去了生命力。

像所有的人类口头和非物质文化遗产一样,立足于现实空间的民间剪纸的生存与发展也毫不例外地受到了各种现代化因素的干扰和制约。在经济全球化的形势下,由于民间文化赖以生长和存活的农耕文化及其相关的自然环境和社会环境的变迁,特别是随着现代化和城镇化进程的推移,农民进城务工引发的人口的大规模流动,广播电视的普及使全民信息化水平的提高,负载着丰富的民间口头文学和掌握民间艺术和技艺的艺人日益减少,"人亡艺术绝"的现实,民族的文化记忆出现中断的概率日渐加大,都使民间剪纸这一在华夏大地上传承千百年的优美艺术,渐渐远离我们。在安塞,这些问题也同样存在。

安塞的民间文化极其丰硕。仅仅安塞县文化馆就陈列和收藏了成千上万的剪纸、农民画和泥塑作品。共收藏有农民画1500余幅、剪纸17000多幅、泥塑1300件、文物1000余件、刺绣300幅,而这一切,只是安塞县民间文化的冰山一角。如此丰富的民间文化资源,在市场经济大潮的冲击下,也和其他非物质文化遗产一样,受到了极大的冲击和破坏,其流失速度是惊人的。

不容否认,安塞县的一代代文化工作者和县委、县政府在民间文化的保护开发方面,做出了巨大的努力也取得了很大成绩。但是,民间文化是一个系统的工程,并不能在一时一地得到完全的解决。仔细思考,安塞的民间文化保护与开发,也遭遇了一些问题,这些问题是很多地方在保护开发民间文化时都会遇到的。

30多年前,剪纸在安塞人的春节里还是"铺天盖地"的,家家户户的窑洞里,窑洞的窗户上都是剪纸。陈山桥说:"春节,安塞的每一个村子都是一个民间剪纸的展览会"。而如今,安塞县城基本看不到几孔窑洞了,安塞乡村的窑洞里和农家的窗户上,剪纸也悄然褪色、消失……

首先,生活方式的改变冲击民间文化生存的土壤。随着国家退耕还林政策的推行和西部大开发的深入以及近年来全国城市化进程的加快,社会、科技让人目不暇接的快速发展,使安塞农民和中国其他地方的农民一样,传统的农耕生活方式已经产生了巨大的变化,大多数的农民主要收入来源不再依靠春种秋收了。

其次,大众媒介的冲击带来审美方式的改变。安塞剪纸、农民画,最初的作用是装饰,而如今农户家中还保留以这些传统剪纸、农民画做装饰的几近绝迹。取而代之的是印刷精美的海报、图画等工业品……渐渐地,这些印刷品也落了时,也淡出了人们的视线。物质条件的丰富,社会与人的共同发展,带来的审美方式的改变,对民间艺术的存亡来说是致命的。

第三,民间老艺人的衰亡带来的"人亡艺绝"。民间文化,作为口头及非物质文化遗产,基本上都采取口传心授的方式一代一代传承,安塞所有的剪纸艺人都是从上一辈人身上学习来的技艺,而且他们多数人没有文化,只能够采用口头传授。但是,由于现代安塞农民学习这些民间技艺的积极性不高,很多艺术大师的技艺面临失传的危险,而王占兰、胡凤莲、曹佃祥、白凤兰、常振芸、张凤兰、潘常旺、高金爱等民间剪纸大师的悄然故去,她们天才的文化记忆和技法也随之永远地消失。

还有一个最重要的问题就是有着深厚民间文化底蕴的民俗活动也急速地在华夏大地上消逝。无论是剪纸、农民画,还是泥塑等民间艺术,其鲜活的技艺,都是生长在有丰厚的民间文化底蕴的民俗活动这块厚土上的,这块厚土中蕴藏着中国农民传统的世界观、人生观。安塞境内有很多仰韶、龙山文化遗址。商周以来的文物也较为丰富。汉墓成群,唐宋石窟也有10多处。古时的三个艺术高潮(新石器时代的彩陶、汉代的石刻、唐宋的雕塑绘画)对安塞剪纸曾有过较大影响。老年人剪花,都有一定名堂。高金爱老婆婆曾说过:"不管铰什么,要能说成一句话,才有意思。"白凤莲说:"古人剪花都有讲究,有故事,不能瞎铰。"白凤莲剪的坐帐花《石榴佛手》意为"九石榴,一佛手,守定娘再不走"。高文莲剪的《喜花》中的蝶(音扇)和鱼,"蝶蝶鱼鱼,儿女缠缠",是儿女多的意思。高如兰剪的《娃娃坐莲花》有"娃娃坐莲花,两口子好缘法"之说。其他还有《莲生贵子》,剪一个砖花栏的花边图案,说成"莲生贵子扭个扭,小两口能活九十九"。以及祖先崇拜的阴阳形象,都表示某种吉庆的寓意。但是,随着时代的飞速发展和现代文明的冲击,年轻人的生产生活习惯和世界观已经发生了很大的改变,对这些朴素的世界观和哲学观,没有了兴趣,也对那些在这片黄土地上流传千百年的民俗活动及民俗知识不屑一顾。失去深厚的民间文化底蕴和民俗活动的支撑,剪纸就会失去其实用性和创新的源泉,也就丧失了生命力。换句话说,20 世纪 80 年代时 50 岁以上的安塞妇女,也就是出生在 30 年代之前的那些妇女,全部是文盲,所以她们只能用剪纸固有的符号寓意来表达自己的心意,而这之后妇女识字的越来越多,到如今基本人人有文化,许多人还进了高等学府,上了大学,人们有了更多表达、传递祝福的方法,也就不在意传统符号和民俗知识。

面对这些优秀的、传承了千年的丰厚文化遗产,我们回避不了的一个悖论和尴尬就是生产力水平的提高和社会的发展,农民生活水平、文化水平的提高,带来民间文化遗产的消亡。但反过来思考,我们难道能够要求农民为了保护民间文化,保护某种文化遗产而牺牲自己固守贫穷吗?安塞县具有如此丰厚的民间文化资源,重要的一个原因就是其地处陕北黄土高原腹地,历史上由于交通和文化极其封闭,才得以较为完整地保存了其他地域早已失传的古老民族文化传统。而现在,一个开放发展的安塞,如何很好地保留这些民间文化传统,实在是一个暂时没有答案的问题。

而中华民族农耕文化的缩影、人类母亲们创造的精神财富,承载着我们中华民族几千年文化精华的剪纸,在人们还没有来得及记录和记住它的时候,就要悄然离去,成为华夏母亲们最后的吟唱了,这是任何一个炎黄子孙都无法释然的痛呀!

安塞农民画

安塞农民画是安塞民间艺术中最奇特的一项,它真正意义上的诞生,距今也仅仅30多年,但它却为安塞赢得了最早的国家级命名——中国民间现代绘画画乡(1988年)。安塞农民画也是安塞冲击力最强的民间艺术,它一诞生,就在全国一炮打响,在中国美术馆里,让众多的国内外美术界人士惊叹,继而走红全国。在当时已有50余个县级"农民画画乡"中,没什么资历的安塞,一跃跃上了头几把交椅,尔后又克服大小环境的种种不利因素,不断突破超越,成为中国民间绘画的一面越举越高的旗帜。

就安塞农民画而言,可以说没有剪纸就没有安塞农民画!

一

1979年冬天,陈山桥在对安塞民间剪纸进行普查时,自信而大气的白凤莲要剪一幅大的炕围花,她先拿起一支铅笔,在一整张大红纸上画起了底样。站在一边的陈山桥看着,他没有想到的是没上过一天学的这位当时已经50岁的农村婆姨,在看似不经意的轻描淡写中,一气呵成,画出的底稿线条流畅,构图完美,和自己经常看到的线描画没有什么两样。这时的陈山桥在惊叹之余,还没有想太多,只是觉得这个婆姨不简单。

1980年3月,陕北大地乍暖还寒,安塞县文化馆举办了首届剪纸创作班。3月2日,从全县精挑细选出的75名最优秀的剪纸艺术家中,来了54位,这些人大多是50岁以上的巧手。开班后,大家都全力以赴地剪着自己认为独特的剪纸。陈山桥此时最希望的是这些剪纸艺术家们能创作出更多更好的精品剪纸,因为靳之林老师准备在北京中国美术馆举办一次延安民间剪纸展览。而被安塞剪纸感动,继而又为剪纸跋山涉水,几乎走遍了安塞山山沟沟、村村峁峁的陈山桥,只希望这次在北京的展览中,自己负责的安塞县的作品能够多入选一些。

在创作班进行到一半时,看到了许许多多让自己震撼的剪纸作品的陈山桥,一天突发奇想,这些老婆婆们是不是可以画点画呢?他知道这些人都没有画过真正意义的画,但作为一名毕业于西安美术学院的专业美术干部,他透过这些人的剪纸的线条和她们在自己家里画的锅围画、炕围画上,感觉到她们有一定的造型和绘画基础。他先试探着问几个年龄大点的大娘,能不能画几幅画。

老人们都惊异地说:"我们能画成个画?要画也是瞎画哩,你们看不下的。"他的坚持下,白凤兰老人放下剪刀,拿起不太习惯用的铅笔,在白纸上画了起来。白凤兰貌似笨拙地握着铅笔,不擦不改,一气呵成地画出了一棵大梨树。画面上流畅的线条,描绘了茂盛丰满的梨树和树下摘梨的老汉、抢着吃梨的鸡等。还有其他几位老人也试着画了几幅,都各有特色,最明显的是在画的过程中,很少有人用那画家们用得最多的工具——橡皮擦,不擦不改。

应该说这只是创作班上的一个小插曲。此时的陈山桥也只是又发现了民间剪纸艺术家们的又一个让他觉得不凡之处,此外,还没有想太多的。这次创作班上创作出了许多后来成为中国民间剪纸典范的作品,比如《抓髻娃娃》、《牛耕图》、《蛇盘兔》等等。1980年5月13日,靳之林和陈山桥带着延安地区14个县精选的一千余幅剪纸作品赶到北京。经过几天的忙碌,5月20日,《延安地区民间剪纸展览》在中国美术馆开展,展出的千余幅作品中,安塞县的剪纸就占了百分之六十。

这次展览给中国美术界和艺术界带来了巨大的震动和冲击,但对安塞而言,是这次展览上的另一个展览,让靳之林和陈山桥的思路明晰了,也才有了后来的安塞农民画。

二

"大跃进",大炼钢铁的1958年,是经过那个年代的许多中国人难以忘怀的。也是在这一年,"农民画"这一概念在江苏邳县被正式提出来,是为了配合当时的政治运动而发起绘制的一批由农民绘制的美术品。也是这一年,西安美术专科学校的年轻老师陈士衡来到陕西的户县,在他和县文化馆丁济棠老师的指导和辅导下,当时近乎疯狂的中国大地上,又出现了一个新名词——户县农民画。户县以贫下中农为创作主体的业余美术创作队伍,创作的那种紧贴时代、热情歌颂社会主义新人新事的农民画在狂热的政治热潮中,来到上海巡展。毕业于上海美专的美术辅导老师吴彤章在上海近郊的金山县实验了另外一种风格的农民画,金山农民画。这是一个成功的实验。

就在《延安地区民间剪纸展览》在中国美术馆展出的同时,中国美术馆的另外一个展厅里就展出了金山农民画。在办展过程中,同为美术工作者的靳之林和陈山桥也细细地看了金山农民画展。两位原来经常看户县农民画的陕西美术工作者,看到吸收了西方现代绘画艺术,装饰和构图有了让人耳目一新的变形的金山农民画后,既感到新鲜,又觉得有什么地方不尽如人意,缺了点什么。

一老一少两位美术工作者认真思考讨论后,决定在安塞民间剪纸艺术家中进行一次农民画实验。

陈山桥对靳之林说了自己看白凤莲画炕围剪纸底样和她的姐姐白凤兰画大梨树时的情景和感受,生性实在的他觉得有一些剪纸艺术家可以画一画农民画。

而典型的艺术家性格的靳之林有一个大胆的假设,会剪纸的人也都会画画。

北京展览一结束回到延安,靳之林和陈山桥就开始认真细致地准备自己的实验。

1980 年 7 月,首期剪纸创作班刚刚结束了不足三个月,安塞县文化馆又举办了第二期。这是一期当时让许多人觉得神秘的创作班。

创作班邀请来了首期创作班里剪纸剪得最出众,而且有特点的 30 来个作者。在学习班开始时,谁也不提画画的事,大家到一起还是剪剪纸。进行到一半时,一直守在学习班上的靳之林和陈山桥把大家集中到一个房子里,靳之林笑着问大家:"想不想画画? 要是想画画的话可以画画农民画"。

看着一个个摸不着头脑,呆望着辅导老师傻笑的剪纸艺术家们,陈山桥又说:"想画的可以画,不想画的就剪花,不是要求一定要画,大家不要胡想,也不要有什么顾虑。"

白凤兰、曹佃祥、高金爱、马玉英四个老婆婆接过一张白纸和一支铅笔。

干了一辈子农活,握着剪刀奇巧无比,随心所欲的老婆婆们拿起细细的铅笔却都打哆嗦。用她们自己的话说就是:"陈老师,你看我这手怎就跟抖粗糠一样,这笔比剪子难使唤呀",靳之林和陈山桥不慌不忙地说:"不要急,你们就按你们自己想的画,胡画下也行,想怎么画就怎么画。"

白凤兰还好,在上一期画过一次了,她拿起铅笔看似随意地画了起来,别的人尽管手抖得厉害,但画着画着也就自如了起来。

画了一两天,另外几个人也说想试着画画,共有 12 个人拿起了画笔,开始了她们认为的胡画瞎画。

从第一个人拿起铅笔开始,靳之林和陈山桥两个人就更让当时的人们不理解了。他俩抽时间看一下艺人们画画,但是不对任何一个人的任何一幅画发表任何的评论。主要的时间和精力用来守护创作班这块不大的地盘。他们谢绝任何人进入创作班或接近作者,特别是文化人或者是文化局、县政府和其他部门的官员、干部,是他们的重点防护对象,绝对不让这些人有一丁一点接近农民作者和创作班的机会。就连副县长、县长看望作者也被他们拒之门外了。而他们俩不论看到什么样的画,不论这些画让他们多么兴奋激动,也要想办法让所有作者看不出任何的表情和他们内心深处的想法。直到所有的农民作者们完成了自己的画作,给作者们结了账,送走她们,两个人才开始认真地品味自己的实验。他们知道,自己的实验成功了。

陈山桥从这次创作的农民画中,挑选出了 9 幅作品,在中国美术馆举办的《陕西民间美术展览》中展出后,又到上海等 8 省市巡回展出。1981 年,再次举办和上一次一样神秘的创作班,这次创作班上主要是绘画。这年年底至 1982 年农历正月期间，又有 55 幅农民画在中国美术馆展出，安塞农民画这个名字叫响了，陈山桥的实验成功了。

三

谈起安塞农民画时他说：回过头看，陈山桥觉得自己最成功的就是和勒之林老师一起防文化和政府官员、干部接近农民画作者。因为任何一个人的一句肯定、赞扬或者是否定的话，都会改变一个作者的创作思路和风格。你肯定了一个人，大家会一起模仿这个人，学这个人的风格、构思和色彩应用；你否定了个人，那这个人就把自己原来想好的东西也彻底否定了，就会丧失自身的艺术个性，去学着画你肯定了的那些作者的东西，走那个人的路子。而任何艺术，最重要的是个性，所以，如果我们那时候没有认真防备外来者，那安塞农民画也不会这样丰富多彩，个性张扬……

在第一次、第二次的农民画创作中，最具个性的要数曹佃祥的《大公鸡》了。由于一生操劳，高度近视的曹佃祥在画画之前，先找了块纸用剪刀剪了一个公鸡的剪纸，然后把那大剪纸压在白纸上，一张纸上就画了一个大公鸡。陈山桥看着不错，就让她上颜色。她拿着红颜色先把几个地方点画上了红色，然后拿一些颜色在画面上比一比，很随意地就上了色。画完后陈山桥觉得色彩非常艳丽，而且色彩搭配得也非常好，问她是怎么搭配的颜色，曹佃祥说："这跟绣花一样嘛，你看那个颜色上去了好看，就上那个色呀。"

靳之林看着这个让人耳目一新的大公鸡问曹佃祥："你画的是什么鸡呀？"

曹答："是毛腿子大公鸡，是叫鸣呢。"

靳又问:"你为什么一张纸就画一只大公鸡?"

曹佃祥说:"画大了可威风了,实在威风!"

"为什么画这么大尾巴?"

"老公鸡就要大尾巴!"

"你为什么要画这么大的鸡冠子?"

"老公鸡就要这么大的冠子!"

"你为什么要画这么大的毛腿?"

"是毛腿子大公鸡!"

"你为什么要用这么大的锯齿纹装饰?"

"因为要威风哩!"

这是靳之林当时与曹佃祥的一段对话,还有一段是他和高金爱关于《娃娃和艾虎》的对话。靳问:"你为什么把梨籽也画出来?"

高答"梨该有籽哩嘛!"

靳说:"表面看不见籽嘛!"

高说:"里边可有籽嘛!"

这些一辈子生活在黄土地上的农民艺术家,她们不懂美术专业的什么远近大小等透视关系,直接表现物质的本质。

确定了安塞农民画以作者思维中的意象造型,以剪纸的线条或手法为基础,自成一格的风格后,安塞农民画开始在全国引起反响,特别是在美术界引起了巨大的震动。当时任中国美术家协会主席、中央美术学院院长的江丰对《大公鸡》拍案叫绝,他说:"看这鸡毛和这色彩,完全是夸张,看那鸡爪子太生动了,这绝对的现代派呀!"就连熊秉明等几个油画家,看了高金爱的《喜鹊窝》、《喂鸡》等画后,也赞叹道:"这样绝妙的色彩搭配,印象派也达不到!"

于是,《大公鸡》上了中国美术界权威杂志《美术》的封面。1982 年,《大公鸡》等 7 幅安塞农民画在法国巴黎独立沙龙展出。从中国美术界传出一句对安塞农民画的评价是:"这些民间绘画,和毕加索有一拼呀。"就这样,安塞农民画一鸣惊人地诞生了。

安塞农民画的特点

"农民画"这个诞生于 50 余年前的美术概念,目前已遍及全国,名称也被改为"现代民间绘画"。民间绘画是与专业的学院派绘画不同的美术概念,它的创作群体是农民、工人、牧民、渔民等非专业的民众或民间人士,是这些有主业者的一种业余文艺或创作活动。在我国台湾、香港等地被称为"素人绘画",在国外则被称为"稚拙艺术"。

本来"民间绘画"这一非专业的创作,应该是作者想怎么画就怎么画,想画什么就画什么。但是,在我国由于这一艺术产生在一个特定的历史时期,这一形式被强加上了浓厚的政治色彩,变成了许多非专业人员在专业人员的授意或强迫式的引导下,用非专业人员和他们非专业的手法去表现文化人或专业人士内心的观念、思想,成为一条另辟的蹊径或捷径,也或多或少地有一种哗众取宠之嫌。这一状况随着改革开放的深入和社会的发展,有所改观,但直至今日,还没有完完全全地脱离它初生时的特性,也就是说还没有脱离非专业人员用非专业的手法表达专业人员思想观念或审美等价值取向。这样,就造成了"民间绘画"形式大于内涵,或者作者与自身生活和历史环境的割裂,利用一些与自身环境无关、新颖的、怪异的手法技巧,达到一种标新立异、哗众取宠之效果的倾向。也造成了许多昙花一现的画乡和"农民画家",更有甚者,一些专业院校毕业的专业人士,不遵循艺术规律,耐不住清贫与孤寂,不是从民间绘画里汲取营养,而是回过头简单地模仿民间绘画,断章取义地用专业的手法去制造一些不伦不类的东西。这些状况使得"农民画"鱼龙混杂。

安塞农民画诞生之初,陈山桥就认识到了民间绘画这一领域里存在的诸多致命问题。在此后的辅导中,他给了安塞农民画作者们充分的自由。此外,他对安塞农民画作者是以一种学生仰望老师的姿态和外来者学习、探究的心态来对待,在辅导或指导中,他在充分尊重作者的前提下,想办法启发,让创作者自己去解决画什么、如何画。于是,安塞农民画的造型脱胎于传统民间剪纸,那些原来擅长并剪了一辈子剪纸的艺人们,从自己的生活出发,按照自己的想象和审美创作出有着浓郁的黄土风情和独特的陕北乡土气息的农民画作品。她们画画用的铅笔、毛笔,是与她们一生相伴的剪刀、针线没有什么两样的另一种工具;她们要表现的也还是长期传统艺术的积淀和自己心中对美好生活的向往。只是这些她们自己的情感是从心底迸发的,她们表现的手法也是一代代母亲传承下来约定俗成的,她们不知道也不想知道专业画家、文化人的思维方式和对美的表现方式,只是按照自己的想法和手法,不造作、不扭捏地表现自己内心的情感。这一艺术的表现手法和作品内容非常完美地与传统的民间造型和审美观念相衔接,为专业美术工作者学习民间艺术、汲取中华民族传统文化精髓开辟了一条通道;又为唯美或怪异作品充斥的社会提供了一种新颖且有着丰富的民族本质文化内涵的艺术品,让人们从中体味到纯正的真、善、美。

安塞农民画用的纸主要是麻纸、皮纸、宣纸和水粉纸;笔主要是铅笔和普通毛笔,颜料以宣传色为主,偶尔也有自制色。作者以农村妇女为主。

绘画的程序第一步是起稿,用铅笔直接将自己构思好的画面线描在纸上。

第二步是上色。作者们上色前没有设计色稿的习惯,而是凭借多年的刺绣配色的经验,大概比对后,先上主色调再上次色调。

第三步是收尾的勾线。对完成了上色的画面的边缘或内部细节进行装饰性的勾线,勾线以墨线为主,也有用同类色勾线。

安塞农民画主要有以下特点:

一是"剪纸型"。安塞农民画的造型观念是以剪纸为基础的。在30年以前,剪纸是安塞妇女们必修的女红,从小练就了用剪刀剪纸,用在绘画中就有了造型轮廓极为简洁大气,形象多夸张变形,注重内部的装饰的特点。对画面形象的装饰,作者们称之为"打扮",她们认为打扮"花了才好看"。装饰的纹饰多用有寓意的传统花草、动物和吉祥符号,不但丰富了画面,同时也增强了画面的文化内涵与神秘性,赋予了作品无尽的情趣。

二是刺绣型色彩。安塞农民画的色彩是以刺绣配色为基础的,作者们在长期的刺绣艺术实践中,练就了自己一套特有的配色经验,如"洒粉红,收真红","洒黄绿,收黑绿",她们也非常讲究色彩的和谐,"黄配紫,恶心死"、"红配蓝,狗都嫌";讲究对比色要慎用,"红显大,黑丑差",配色时用绿色时要注意,用不好画面会俗气,还有"色要好,红绿搅"、"红要最红,绿要最绿"。这些她们在现实生活中总结出来的方法经验与专业美术用色的理论比较接近。

在配色中,安塞农民画作者们还将寺庙壁画、神像雕塑和秧歌中服饰搭配等颜色大胆地吸收到绘画中，所以时而灿若朝霞、时而艳如荷花、时而碧如秋水、时而文雅似山菊，使安塞农民画有了强烈明快、和谐鲜活、清新浓艳而不失典雅的艺术效果。

而最后在画面中用自由奔放的墨线勾画出的线条，使得整个画面产生了疏密、聚散、节奏和韵律，使形象活了起来，动了起来。

三是创作理念是以情为上，意为主，神为美。在这些农村妇女们心目中，不论是剪纸还是画画，都要有情趣有意思，让别人看了长精神。画农民画的那些一生生活在贫穷中的老大娘们，评价高金爱画的《伏虎》：老汉眼睛睁得明格炯炯的，胡子翘起，凶狠狠的；老虎的眼睛睁得大大的，让人看了能抖起精神。在她们的心目中，人和动物的眼睛都要大而明亮，娃娃要丑亲丑亲的，谁见了谁爱。她们的审美标准是："画怪样了才好看，太似像了没意思"、"画花画花，就是要画的花花的"、"胡画画，鬼怕怕"这些话都是安塞农民画老作者们经常挂在嘴边的。这里的"胡画画"不是说"瞎画、乱画，是和她们在剪纸创作中的追求神似而非形似"是一个理。是说在画画时不要把什么东西画得太像了，要随意画，要看着有味。于是，她们的作品在夸张、抽象之外，又有了变形。在这种蓬勃向上的观念的支配下，她们在绘画中把世界万物随意地表现进去，以寄托自己对生活、对生命的热爱和对美好明天的向往，于是，她们笔下花笑树舞，鸟唱禽歌，人勤畜旺，龙腾鱼跃；于是一棵树上开出了牡丹花，结出了石榴果，动物身上又有了树木、飞鸟。这一切无不表达出她们对生命的热爱和对自然万物的崇拜与敬畏。大胆的构思，浪漫、简练、夸张、抽象和自由自在、无拘无束甚至于异想天开的表现手法，使安塞农民画得到了许许多多热爱生活的人们的喜爱，成为黄土高原上盛开的一朵绚丽多姿的艺术奇葩。

"你们的艺术是讲理的艺术,我们的艺术是不讲理的艺术"。

这是一位已经辞世的民间艺术大师看过中央美术学院的学生们画画后的一句感慨。

是的,就如这位目不识丁的小脚老太太说的一样,有知识、有文化的人们,特别是学院派的艺术家们的艺术的确是一种讲道理的艺术,而民间那些与知识、文化无缘的人们的艺术是没有什么道理可讲的,但可以肯定的是她们的艺术是从心底生出的,是从生活中积淀的,是从母亲、奶奶那里传承的。作为后来者,我们无法一语道破她们的生活经历与她们创作的艺术品之间的联系,但我深信,她们的生命历程与其作品有着不可分割的关系……

陕北面花

　　"面花"是一项流行传承在黄河流域产麦区的民间艺术,是以这一区域内生活的妇女为创作主体的立体艺术。西周之前,我国北方地区已经有了小麦,但人们还不会将小麦磨成面粉食用,到西汉时期才出现了用小麦磨面蒸的馍。接着,人们在用麦面蒸食馍的同时,以面为材料做成祭品取代杀牲祭天、地、人、神的做法,此后,又发展成了人们维系民间人际关系不可或缺的礼品,因此,也被大多数地区的人们称为"花馍"或"礼馍"。

　　分布在黄河流域陕北地区的面花艺术非常丰富多彩,在陕北,大多数地方的人们称面花为"面花"、"花花"或"雀雀(陕北方言读 piao 巧音)"、"燕燕",陕北南部的富县、洛川、黄陵等地称为"花馍"或"礼馍"而最北部的府谷、神木及榆阳区草滩地区等处则称为"面人人""面花花"。总体风格上,北部及陕北腹地的面花造型浑厚、拙朴、简洁、大气,色彩以面粉本色白色为主,只用豆子或红黑相间的花椒籽做眼睛等点缀,偶尔有以本地特产的大枣镶嵌入面花中点缀,再辅以红、绿的圆点点缀,色彩朴素。而南部原本与北部相差不大,只是比北边多了红色,但这红色也是用干而细碎的辣椒面掺入面中和揉而成,白色多而红色点缀,白红二色互相组合而成,本地人也叫"辣子面馍"或花馍,这种面花虽比北部的多了一些色彩,但亦有让人亲近可食的感觉。但从1980年以后,逐渐有了以颜料和入面中,做出的色彩丰富的彩色面花,好看,但亲近可食的感觉少了。总体上来说,陕北腹地的面花礼品的意味不浓,只是在清明节时蒸给家中孩子食用玩耍,偶有亲戚、邻里互赠,但无固定的礼俗;而南部则与相邻的关中地区相同或相近,一年的春节、正月、清明、端午、中秋以及孩子结婚、生子、小孩子满月、老人祝寿等等时节,有比较繁琐的礼俗,而且互相赠送不同的礼馍,表达不同的祝福和祈愿。最北边的府谷、神木等地又在农历七月十五的中元节,也叫鬼节或麻谷节有蒸制长脖子面人及各种飞禽走兽造型的面花,互赠亲戚、朋友或给自家小孩的习俗,同时,也有在这一节令上坟祭祖,并且用"罐罐馍"或小的花、鸟面花做祭品的习俗。南北共同作为礼馍的习俗是娶媳妇时,要给媳妇娘家带去四至八个比较大的"离母馍",在媳妇离开娘家前的"为儿女"仪式上放置在盘腿最后一次以女儿身份坐在炕头的新媳妇腿上和周围,不同的是南边的或叫"混沌"或叫礼馍,做得比较细致、精巧,复杂巧妙;而北边的比较简单,或者是直接做成较大的大馍,上边简单辅以花鸟,点上几个或一个红色圆点,有的干脆就是做成几个大的馍,点红、绿色小圆点就好了,名叫"为儿女馍馍"。南北之间的面花繁、简上有很大差别,北边的大多是一个单独的面花,如有点缀也是从大到小,依次做好后蒸熟、上色,而南部则大花馍上插接上小的装饰花,大小依次做好,分开蒸熟之后,以竹签或者庄稼秸秆互插组合。

陕北面花最集中出现的节日是清明节。关于清明节要蒸制食用面花的传说是：相传春秋时代晋国君主献公，因宠爱妃子骊姬，就把君位传给骊姬所生的小儿子奚齐，为此，还将已经立了的太子申生杀害。申生的弟弟重耳逃到国外，流亡十九年之后才回到晋国做了君主，即晋文公。晋文公在落难流亡时，历尽了千辛万苦，身边跟他出逃的大多人，都受不了离他而去，只剩下五、六个忠心耿耿的人对他不离不弃，介子推就是其中之一。而介子推在重耳无粮可食，命悬一线时曾割了自己大腿上的一块肉烤熟让重耳充饥。重耳为君主后对和自己一起同甘共苦的人都赏赐了官职或财物，唯独未赏介子推。晋国百姓为介子推打抱不平，编了一首歌谣四处传唱，晋文公听到后感念子推的功劳，便想诏其入朝封官赐爵。介子推与母亲商量后认为还是不贪图升官发财好，就与母亲一起隐居绵山，晋文公多次派人诏他未果后，为逼他下山，从三面放火烧山，希望介子推能从没有火的那面下山，可大烧了三天三夜，全部绵山变成了焦土，仍不见介子推的踪影，后发现他与母亲一起被烧死，而林中鸟儿、燕儿为救子推一层层围在其身边，也都被烧死，同时发现介子推生前用衣襟写下的血书："割肉奉君尽丹心，但愿主公常清明。柳下作鬼终不见，强似伴君作谏臣。倘若主公心有我，忆我之时常自省。臣在九泉心无愧，勤政清明复清明。"晋文公悲痛不已，下令厚葬介子推，并将他隐居的绵山封给他，改名"介山"，还规定介子推被烧死的这天要禁火，吃寒食以表对介子推的怀念。这样就有了寒食与清明两个相连的节日，也有了清明节上坟祭祖和民间蒸制面花的习俗。

总体上，陕北面花南北都是以鸟、小动物、花草形象为主，少有人形面花，但榆林市的府谷、神木等地在七月十五中元节，亦称为麻谷节或鬼节时蒸制的面花却以长脖子面人人为主,为何当地会有捏面人人这一特别的习俗,这也和两个传说有关。

其一是相传在神农时代,我们的先祖们就开始从事农业生产了,由于当时农作物只有麻子和谷子,所以在七月中旬麻谷成熟之际,祈祷天、地神灵保佑多打粮,渐渐祭祀麻谷神成为人们重视农业、发展生产的象征。在这个果熟籽圆的季节,人们用新麦磨面,仿麻谷之形捏出胖乎乎的"麻谷神"将其拴挂在庄稼地里,进行祭祀,这就是捏面人的最初来源,这里人捏的各种面人人,其实就是远古的麻谷神。

另一传说是说在很久前,民间发生了一场严重的瘟灾,那瘟神打算要人间一半人的命才肯罢休。真武祖师为了救民众,化身一妇女到民间,教人们捏吃面人消灾。人们按真武祖师教的办法,捏面人人吃。瘟神见人间到处是人吃人的惨状,认为人间人已死了很多,就不再伤害人了,人们才摆脱了这场灭顶的瘟灾。从此之后,每到七月十五,这里的人就用捏面人这一象征性的死亡来消减灾难。所以这里的人们对这一习俗也非常重视,其中包含了他们对美好生活的祈愿和祝福,也有对冥冥之中神鬼的敬畏,捏面人人已超越了一般食物的范畴,人们更多的是把捏人形面花当作一种与生命、心灵密切关联的神品对待。所以就是在非常现代化的今天,虽然不是每家每户都自己捏制面人人,但自己不会捏的年轻人,或不会捏不想捏的中年人也一定要到集市上去买一些面人人让家人分食或赠亲送友,以达护佑儿孙和亲朋的美好愿望。于是手艺好的民间艺人在中元节前,就大量捏制面人销售,在享受这一技艺带来的愉悦的同时,也有了一定的经济收入,非常有利于这一独特的民间艺术的发展和传承。

南部的黄陵、洛川有典型的中原农耕文化习俗，面花也广泛地应用到各种节令和人生的各个重要节点以及祭祖、祭祀神灵等不同的地方和时间，在不同的节令习俗中，面花造型各异。祭神多采用圆形"花大供"，婚俗迎娶中用制作精美的"混沌"，孩子初生礼馍是双头虎和外圆中空的"曲联"，寿庆用的是寿桃，清明节则是里面包上鸡蛋的"罐儿馍"，端午节是把做好的面花不蒸，而是放入烙锅中烙干烘熟的烙鱼，中秋节是枣馍月饼。造型生动自然，艳丽多彩，千姿百态。各种时节的不同造型的面花，都有着不同的主题和很深刻的内涵。比如老鼠、兔子等动物表示多子多福；桃子花馍寓意福厚寿长，凤凰牡丹花馍象征荣华富贵；给孩子的大老虎或双头虎则祝福孩子虎头虎脑，虎气生生；而将葡萄与老鼠组合在一起，又是表达多子多福，龙凤组合则又成了龙凤呈祥的意思了；面羊是表达祈求家人吉祥如意，美好如愿。清明节的罐儿可分为祭祀罐儿和人口罐儿。祭祀罐儿除了上坟扫墓祭祖的作用以外，还有纪念介子推的意义；而人口罐儿则要按照全家人不同的身份和分工来做，给顶梁柱的男人要在罐儿上捏粮食囤和农具，给孩子要捏上书本笔墨，给女孩的又要塑上剪刀和尺子或者花鸟。端午节烙焙的面鱼，意思是把江河里的鱼烙死，让鱼不能在去咬投江的屈原了。由男女双方亲戚精心捏制的由一龙一凤及其他吉祥符号式的小点缀的"混沌"，鲜艳美观，大方可爱，把制作者对新人的美好祝愿全部倾注在面花中了。

陕北南北部面花制作的工具是相同的，主要有梳子、剪子、筷子、镊子、羹匙这些农村家庭生活中简单而必备的工具，用的面均为发酵的起面。将起好醒到的面反复地揉光揉劲道后，根据所要做的面花的大小，把大面团分成大小不等的若干小面团，用手在小面团上将大形压捏出来后,用剪刀剪出鸟、鱼的嘴巴、尾巴和翅膀;用梳子压出鱼等动物的毛发和花、叶的脉络,用勺子压出龙鱼的鳞片,用镊子取小的豆子或红黑相间红花椒籽给动物们点装上各色的眼睛,这样一个个面花就基本做好可以入锅蒸了,蒸熟出锅略微凉一下,就开始用筷子沾上红绿食用色点染。

　　总体上说陕北面花捏塑的主要形式有单纯捏塑,贴擩捏塑和主体与装饰小件分别捏塑蒸制后互相插联组合这三种形式。其中第三种方式是南部的洛川、黄陵等地仅有的,而前两种方式是陕北地区共同的。单纯捏塑是将一块面团捏塑成一个造型简洁生动的面花,这种花一般较小,造型手法简单,不用太多的装饰,只求神似而不拘泥于细节的刻画,巧手婆姨们随心所欲,信手拈来的捏塑后,往往呈现出粗狂朴素的美。贴擩捏塑是先用大一点的面团捏塑出主体面花的轮廓形象后,再掐出小面团揉成装饰主体的小件,比如老虎的鼻子、嘴,还有老虎肚子上装饰的小花、小鸟,一件一件地堆擩在主体合适的部位,使主体与装饰小件互相粘贴,类似于浮雕,使主体形象更加生动鲜活,动作、神态及细节均呈现了出来,富有情趣。这种造型方法陕北南北部都有,北边的大老虎、双头虎及长勃子娃娃和南边的清明人口罐儿及大老虎等是用这种手法捏塑的。区别是北部的是面的本色,而南部的则是用加进了彩色的面捏塑。而第三种插接组合型是将大的白面木色主体与揉入各种色彩的各色装饰小件面花依次捏塑好后,主体与小饰件分开蒸好,主副件晾凉后用竹签或庄稼秸秆插接组连成一个整体的面花。这种面花除主体是面的本色外,插连的饰件红、黄、蓝、绿占大部分,搭配少量的白色、钴兰,最后用细的黑色线条勾勒,使面花整体色彩缤纷,鲜艳明亮,视觉冲击力很强,有了一种亮丽而神秘的效果,但也少了那种本色面花让人亲近可食的亲切之感。这种彩色面花也是近30年才有的,是社会和时代的发展,人们在物质丰富了的前提下出现的。也是民俗中的民间艺术即有传承性,也有在一定条件下发展变化,与时俱进特性的一个很好的佐证和诠释。

陕北面花南部用在一年四季的各种节日,西北部大多地方仅用在清明节;最北边的府谷、神木、榆阳区等地也仅用在清明节和农历七月十五的中元节,本地称"麻谷节"或"鬼节";南部面花大且造型复杂、细腻,色彩丰富多彩,北部面花相比南部的面花小,而且只有本色的差异,主要是因为南部的主要农作物就是麦子,而北部由于气候干旱,又是土地条件非常差的山区,小麦种植得很少,即便种植,产量也很低,所以做面花的原料在北部很稀罕很珍贵,人们一年四季的主食是由糜谷所产的黄米、小米以及玉米为主,只有过年或遇特别重要的日子才会吃白面,而南部地区白面就是人们平时的主食。所以,北边的人们在一年里除清明之外的节日里多以米为原料的食品来代替馍,比如春节会有糕、油馍、黄馍,端午节则包制粽子,中秋节烙食月饼,而最重要的节日食品是寓意生活、日子步步高的米制食品——糕,而非馍,所以就产生了这些差异。由于长久习俗和物质条件的影响,以致到现在这个处处面粉都很丰富的时代里,北部的人们还是舍不得浪费面粉,要做也一定要让人能吃且吃着舒服,所以面花除用食用红色略加点染外,不追求好看,而是想办法做得即好看又好吃,绝不浪费。

陕北的一代又一代母亲们,在艰苦的环境中,在经常蒸馍烙饼的过程中,为了丰富生活,表达美好的意愿而创造的面花艺术,靠世世代代的母系传承发展到了今天,是无数的母亲们反复创作的艺术结晶,也是悠久而灿烂的中华民族文化的重要部分,其中黄陵面花被列入国家非物质义化遗产代表作名录,神木、洛川面花也列入了陕西省非物质文化遗产代表作名录。随着人们对中华传统文化的发掘重视与弘扬宣传,陕北面花也必将绽放出新的光彩。

陕北布艺

　　说到布艺，首先让我想起的是："慈母手中线，游子身上衣"这句脍炙人口的诗句。千百年来，一代代母亲们为家中的亲人，为儿女们能遮风避雨，时时温暖，在单调的布色上，用一根根针，一缕缕丝线，一把剪刀，想方设法地创造着美好，呕心沥血地用针线在布上倾注进去对亲人们的浓浓爱意和美好的祝愿，于是，在少色彩的陕北黄土高原上，人们身上穿的，门上挂的，炕上铺的，头下枕的，头上戴的，腰间围的，脚上穿的，脚底垫的，母亲们都以艺术家创作一件艺术品的心态去对待，于是，就产生了陕北高原上的又一色彩艳丽的艺术——陕北布艺。

　　四十多年前的陕北大地，当你走进一个山里的村子，经常会看到一棵大树下，散坐着一群婆姨女子们，她们说说笑笑，但手里的针线活不停，穿针引线，悠闲自如。布、针、线在一个个母亲们、一个个女子们的手里，通过缝、绣、拼、贴、缀、撺就变成了或鞋或衣或帕或玩具等亲人们的日用品，也成了人世间的一件件艺术品。细而直的银针、缕缕各色丝线、一把剪刀、几方碎布就是布艺的所有材料，但女人们、母亲们在为了生计的精打细算中，蘸着对亲人们殷殷关爱的蜜汁，在白日里拖儿带女，打猪喂狗抹锅台之后的闲暇里，在夜晚一家人鼾声的伴奏下，就着如豆的煤油灯光，用机智而细密的针脚，诉说着无尽的爱意，也表达着自我。

布艺本来是布类制作工艺的总称，但人们约定俗成的认识中，将最常见最普遍、最实用的缝衣纳裳这一类实用工艺轻轻地抹去，而是将目光投向在完成了裁裁剪剪缝缝补补之后的空闲时光中有坑、乐或自娱成分的以刺绣为主的观赏性很强，但实用性次之的孩童布玩具、老少及儿童枕头、香袋荷包、童鞋帽、肚兜围嘴、针包钱袋及鞋垫等在布艺中占有一定比重，且最具有个性和技术性及代表性，有着强烈的审美意味的布制品类，也就是刺绣为主的布制品。

陕北地区主要是游牧文化与农耕文化的结合部，南部是互相浸渗的过渡地带，对旧时的女子来说，不论是陕北南部还是北部，针线功夫的好坏，是人们评价一个女子的主要标准之一，而刺绣又是针线活中一个最能显示水平高下和个人修养的技艺。陕北人称刺绣为"绣花"，剪剪纸是铰花，画农民画是画花，而刺绣的绣花可以说是陕北人衡量一个女子手巧的最高级的手艺。剪花，画花只能看出这女子是不是心灵手巧，而绣花则不仅能看出一个女子的灵巧，也能看出她是否勤劳、有耐性，因为剪花画花都是一会儿或者半天、一天就能完成，而绣花则是要一针一线地去往出绣，三五天，甚至半月二十天才能完成一件绣品。仅有灵巧没有耐心是绣不出来好花的。

在旧时闭塞、贫困，生活物质条件非常贫乏、文化落后，以自给自足生活为主的小农经济状况下的陕北，不是所有的母亲都会要求女儿会绣花的，一般家境或比较贫穷的家庭反倒是注重学最实用的缝衣纳裳做鞋织袜等技艺，因为对普通人而言，吃饱穿暖活下去才是他们最看重的。所以从小能绣花的女孩子一般是大户人家知书达理的大家闺秀或家境富裕一些人家的女孩。但爱美之心人人都有，一些灵巧的女孩子会在掌握了基本的针线活技艺，没人会用"谁谁谁家的女子捏针不会顺线，搓麻绳不会操捻，笨得连针屁股也摸不上"这种话语评价自己了之后，想法向周围会绣花的奶奶、婶婶及姐嫂学习讨教，因为大家都知道有一手好针线活还会绣花的女孩会受到人们有本事手儿巧等等称赞，特别是在自己嫁到婆家第一天的"亮箱"仪式上，会给自己和父母脸上争光，赢得亲朋和乡邻的夸赞。

陕北女孩一般从四五岁时就开始随母亲学习针线活了，"女十岁，鞋十双"是以前陕北人对女孩子的起码要求，接着就要准备嫁妆。不论谁对自己的嫁妆都会认真对待，在一针一线地为未来的丈夫做鞋缝衫的同时，绣一对枕顶，一方挂帘，一个男人出门背行里的顺顺子，或者一个贴身装银两的搂兜子，还有挑扛东西时护衣服的披肩，往远想一下，就会有给未来将有的孩子做虎头枕、围嘴。这些东西虽不是说样样都得有，但总不能一件没有。于是，能自己绣的一定会自己绣，不会绣的就让母亲、奶奶或者找个手巧的代绣一两件，起码不要在亮箱给所有来参加婚礼的亲人们展示嫁妆时太丢面子。即便是求别人代绣，女孩也一定会认真地看看人家是怎么绣的，如何缝的等自己日后或结婚后有时间时试着绣一下，认真地学一学，慢慢地，陕北大地上又多了一个巧手婆姨，陕北这块荒凉的土地上又多了几幅华丽的色彩。

陕北刺绣不是个富贵的技艺，底料不大，有绸缎好，没有了就一小块自纺自织的粗布亦可,工具就是几枚针,几缕各色丝线,要是没有现成的染好的丝线,那么一把白丝再找些颜料,自己煮染后也可以用。千百年来,盛着一把剪刀,几缕丝线再加几枚针的一个大不足尺的笸箩,会伴着一个个女人一生,而一个个女人化腐朽为神奇,在一方方小布料上,为陕北人的生活增添了无尽的色彩与美好。

陕北刺绣与别处一样,选好底料布后,首先要将要绣出的图案剪成一幅剪纸,只是这剪纸没有细节的刻画,只有大致的轮廓。将剪纸底样在底布上粘贴好之后,就穿针引线开始一针一线地绣了。绣花的关键是各色丝线的搭配,在长期的实践中,陕北妇女们总结出了一套独特的配色经验,如"洒粉红,收真红"、"洒黄绿,收黑绿"、"黄配紫,恶心死"、"红配蓝,狗都嫌"、"红显大,黑丑差"、"色要好,红绿搅"、"红要最红,绿要最绿"。这些经验中,即有色彩如何和谐,又有如何使用对比色,怎样用色才不俗气等等。许多经验与专业美术用色理论相近或相同。

与色彩搭配同样重要,甚至于更重要的就是绣花者的针法,针法决定着绣品的表现效果。陕北刺绣的针法与其他地方大同小异,主要有平针、直针、拾针、套针、捎针、撒针、连针,绞针、抢针、扣针、单双锁、窝针、溅针、悬针、漂针、包针、珠宝针以及单、双疙瘩等。每种针法都有其特殊的不可替代的作用和效果,比如要表现绣品中花瓣等颜色的深浅和层次变化,就得用或上下或左右两种排列的捎针走线,排列的层数越多色彩就越有层次越逼真;绣动物的眉、眼、尾巴及植物的茎和枝,就得用针脚间距小且排列整齐的撒针;在表现弯曲处则用针脚斜靠紧挨,规则整齐的连针。

陕北刺绣艺术主要的使用形式有绣花鞋、老年妇女帽片、儿童虎头鞋、猪头鞋、虎头帽、套袖、胸牌牌，围肚子、兜肚、枕顶、遮裙带、桌裙、门帘、坐垫、香包、针扎、钱包、烟袋、布老虎、鞋垫、耳枕以及一些给小孩的布玩具。

旧时，以榆林、绥德、米脂为文化中心的陕北北部各县，受山西、内蒙古的官商文化及习俗影响比较大，特别是官员、商人以及富裕人家的刺绣接近主题文化，绣品精工华丽，质地高雅细致，而普遍人家在学官商及富裕人家的同时，也融入自身对生命的理解和对生命与生殖的崇拜与赞扬，作品不乏一些从古代沿贯传承下来的富有吉祥祝福意味的题材，如"蝶扑瓜"、"鱼钻庙""鱼戏莲"、"凤凰戏牡丹"、"娃娃坐莲花"、"喜鹊踏梅"、"鹿衔梅"、"狮子滚绣球"等等，多了些古朴厚重之美。

陕北南部的洛川、宜川、黄陵一带，传统文化遗留深厚，又受渭北农耕文化影响，刺绣作品内涵深刻，造型古朴典雅，色彩艳丽奔放，粗细相加，美观且实用性强。

民俗及民间美术专家王宁宇将陕北刺绣称为"针线的绘画，纤维的雕塑"。千百年来，一代又一代的陕北母亲们以针代笔，以线为彩的针线艺术，的确给贫穷闭塞而荒凉的陕北大地增添了无尽的色彩与美丽。而刺绣创作的主体——陕北农村妇女，身处或耕或牧的小农经济环境中，她们不仅要参与到山间地头的农业生产，还要负责一家老小的饮食、家务以及侍奉公婆、丈夫，抚养儿女，经年累月手胼足胝，辛酸劳累。只有通过艰苦的训练磨砺才能进入绣花这种可以显示女人自身才智和创造力的最高境界。刺绣中的自娱自乐的成分极其有限，但在专心致志、提心吊胆的认真和坚持中，消磨了她们的宝贵年华的同时，也培养了她们的想象力和审美鉴赏力，磨砺中也规范着她们的生活观、幸福观，也影响着她们的人生观、价值观。陕北妇女绣花,不同于江南等地的绣女,她们的作品没有任何功利目的,大部分是为自己和自己的亲人而作,作品的纹样含义、用途及效果直接关系着使用者的幸福与安乐。因此,她们在完成作品时专注的心情、持久的毅力、出新的希冀、虔诚的情绪、追求完善和情意表达的目的,与以此为职业的绣女和靠手艺谋生存的匠人的作品不可同日而语。故此,在面对这些民间的刺绣作品,人们能更多感受到浓浓的爱意和母性之美。

陕北刺绣品中最具代表性和作品数量最大的应当是枕顶。旧时的陕北,女孩出嫁时必须有一对"妆新枕头",哪怕是在灾荒年头或者家里穷的缺衣少食也不能免,如果年景不错,生活条件也过得去,那么女方一定会准备一定数量的枕顶绣片,一是显示新娘的手艺,二是作为"结缘法"仪式时赠送公婆、姑嫂、亲人们的礼品。所以,不论手是否够灵巧,多数女子在未嫁前都要精心绣出各式花样、品种的枕头顶。她们根据传统花纹样式,尽全力出奇制胜地发挥各自的创造力,花草为主题,"蝶扑瓜"中的瓜就是"绵绵瓜瓞、民之初生"的瓜,象征生命,蝴蝶又是生育繁衍的重要纹样,意思是"蝴蝶扑金瓜,儿女一铺摊(多)""鱼戏莲"、"钱钻莲""鱼唆莲"、"鱼摆莲"、"鱼闹莲"、"鱼衔莲"这些图案都以隐喻的手法表现男女结合和生殖崇拜的主题,是说"哥是鱼儿妹是莲,恩恩爱爱永不离";"石榴坐牡丹"对应的民谣是"石榴坐牡丹,生下一铺摊";"娃娃坐莲花"是说:"娃娃坐莲花,两口子好缘法。"

另一个留在陕北40多岁以上的妇女心中的绣花物件应当就是针扎了。当时的陕北农村妇女,谁也离不开针线,而随身藏针纳线的日常用品针扎就是每一个女人的必备之物。针扎戴在妇女身上,是个两寸左右的与香包、荷包差不多的工具,由完全包容契合的内核和外套两部分组成,外阴内阳合而为一,象征生殖和生命的根源,其寓意就是生殖繁衍,而外在装饰的纹样多以鱼、蛙、石榴、莲花、牡丹、桃子等象征繁殖、多子、阴性或阳性等隐晦的含义,有直接绣个裸身娃娃则是直白地表达"生个娃娃"的意愿。

60岁以上男女的记忆中应当还有绣花的兜肚这种现在已根本找不到踪影,被衬衫、背心替代了的传统内衣。陕北妇女只给情人、丈夫或儿女绣兜肚,很少给自己绣,自己用的兜肚一般简单地裁剪一块纯色的粉或红布,加上些许装饰性的花边就好了,但绣给情人贴身穿的兜肚,多以神话、传说或戏曲中的爱情故事为题材,很多民间传统吉祥纹样和表现情爱及企求生殖的符号,都想法绣上去,表达自己的爱意和情感以及对情人丈夫的吉祥祈愿。给儿童绣的则以虎、五毒、莲生贵子等护生、繁衍、驱邪纹样为主题。特别是给赶牲灵的丈夫绣制的贴身钱袋,俗称搂兜子的多层腰带,即有保暖御寒,兜肚护腰的功能,又有装金银等钱财类贵重物品的巧妙设计,而上面绣的纹样不论是蝙蝠还是贯钱、宝瓶、祥云、鱼等,都是吉祥的祝愿,拿在手上就能感受到绣制者的浓情厚意。

布老虎枕头或玩具,儿童的虎头帽虎头鞋则是母亲或奶奶希望神兽瑞虎能保佑自己的孙子或儿子健康成长,也是利用民间崇拜镇雅驱魔的神兽瑞兽老虎的神威,守护宝贝孩童,让老虎担当孩子的守护神,因为老虎就是百姓心目中无所不能的神灵。

在陕北的各种刺绣作品中,各种纹样都与剪纸纹样的含义相同,也经常用"谐音传情寓意"的方法,比如竹子纹样,就是祝福,鹿就是"禄",蝙蝠就是"福",而不论是方胜盘长还是四合、万代、梅花、双葫芦盘长,以及蛇盘九颗蛋等等盘长纹,都是"生命永生"，"子孙繁衍，无穷无尽，永续不断"；而盘长与蝙蝠纹样放在一起，又是"福寿双全"。刺绣作品中出现较多的鱼的形象，有时是阳性，有时又是阴性，而鱼图纹则表达出"富贵有余"、"连年有余"、"金玉满堂"等吉祥祝词，羊则有"祥"、"美"以及"三羊开泰"等等寓意。

可叹的是流传千百年的陕北刺绣，在20世纪60年代随着缝纫机的出现开始消亡，到80年代初期，这一手艺和从事学习这一手艺的人基本消失，只有农村不多的女人在绣鞋垫。现在，就连绣鞋垫的人也是越来越少了。倒是原本在绣花过程中或为孩子补破衣服时为了好看而将碎布头剪成好看的图案缝贴在破洞上的做法，用在刺绣中被称为摞花、拔花或堆花的绣花手法，即陕北农村妇女用裁剪衣物所剩的下脚料，不规则的各色碎布块，拼贴成各种图案的艺术手法，反倒有了一定的发展，特别是在延川、安塞等地呈现出方兴未艾之势，渐渐发展成为了陕北地区一个引人注目，深受人们欢迎喜爱的新兴民间艺术，这一民间艺术名为布贴画或布堆画。尽管各方专家对这一艺术褒贬不一，但不论怎么样，也还有其自身的美和价值，故此，我们将其列入陕北布艺之列，不论这一艺术是刺绣艺术的新生、延续或嬗变，哪怕是畸变，都能让喜爱刺绣这一古老艺术的人们那伤心、失望之心得到一丝安慰。

陕北雕塑

陕北这块由陕北男人和女人共同创造的民间艺术热土上，在民间美术这一块，人们比较关注由主内的妇女们所创造的剪纸、农民画以及刺绣、面花等，而千百年来担负着主要的生产生活重担的陕北男人们，他们要在山里野外精耕细作，要建造房屋，修筑庙宇殿堂以及为逝者建陵墓牌坊。"能工巧匠"是人们对这些男人们中某一行的佼佼者的称谓。他们为一切生产生活中的器具日常用品赋予美的造型装饰，虽然他们的作品只是散落在陕北高原的黄土皱折里，没有登上大雅之堂，但是他们用汗水和智慧装点、美化着陕北和陕北人的生活，他们创造的粗犷、大气、雄深、质朴的艺术品，很好地折射出陕北高原博大精深的恢弘气势和陕北人的精神风貌。

陕北男人们千百年来创造的艺术，主要体现在陕北雕塑上，它有石雕、泥塑、砖雕、木刻等。由于篇幅所限，这里只能简要罗列展示。

一、陕北石雕

在陕北人的生活中,一离不开的是黄土,二就是石头了。陕北石雕艺术有着悠久的历史,可追溯到秦汉之前,从现存的汉代画像石能印证,秦汉时期陕北石雕石刻已经形成了独特的艺术风格。所以,要说石雕首先应当从陕北画像石说起。

1952年,在绥德老县城的修建中发现了"王得元汉墓",此后,相继在绥德、米脂县境内挖掘出土了大批形制、内容、风格相同的汉代画像墓石,总计近600块,分别收藏于陕西碑林博物馆。陕西历史博物馆、北京博物馆、绥德县汉画像石博物馆和米脂县博物馆,其中绥德县博物馆收藏360块,精选110块陈列于绥德汉画像石博物馆。这些画像石刻的内容丰富,有狩猎放牧、农耕植禾、楼阁庄园、宴饮庖厨、车马步辇、军事历史、神话传说、舞蹈百戏。因是石质,保存完好,作品古朴厚拙粗犷中透着灵气,简约概括夸张中蕴藏着强悍活力和逼人心魄的气势。这些汉画石艺术,生动地再现了东汉时期上层社会的生活情趣和陕北地区的政治经济、社会风貌、民情风俗、文化艺术。这些汉代画像石是由于汉代奉行"以孝治天下",社会公认的孝子可以由地方推举为"孝廉"进入仕途,因而当时孝道盛行,也导致这方土地上兴起一股重视墓室厚葬,从而产生的一种石刻艺术。不重生前孝敬而死后大事虚夸的厚葬风,延续两百年,直至东汉灭亡之后才消逝。出土的画像石可以看出,这些石材是用本地盛产的薄厚均匀的岩石为材料,墨线勾样,浅刻浮雕,然后使用朱、绿、赭、白等色绘制而成,雕刻技法上总体为平面减地加阳刻法刻制。每一块画像石都根据所要绘制对象的形态、构图或立意,灵活变换雕刻手法,或阳或阳,或浅浮雕或加麻点,或阴刻加凹雕,或粗或细,或直或曲,或纤柔或刚劲,所有的线条都明快流畅,刚柔相济,从中能充分感受到汉代陕北民间石雕工匠们娴熟高超的雕刻技艺和非同寻常的艺术创造力和表现力。陕北汉代画像石被誉为中华民族文化艺术宝库中的珍贵遗产。

陕北最有名的石雕应当是石狮子。而雕刻石狮子最有名的是绥德、米脂的石匠。陕北和中国汉民族居集区域内的所有地方一样,最多的石雕是石狮子。陕北,特别是绥德的石雕狮子主要有镇宅狮子和拴娃娃的炕头狮子。

镇宅石狮子安放在大门两侧,一公一母。公狮脚下踩绣球,母狮脚边或后背有小狮子。如母狮脚边上没有小狮子,则口中含有可转动的石蛋,俗称"火蛋",为母狮腹中孕有小狮。在陕北的公路、大桥、庙宇、原来的衙门、官府,现在的政府机关、公务大厅门前的石狮子大而威武,张牙舞爪,作用是为威震四方,驱邪护佑,保一方平安。一般富裕人家大门前的石狮子小一些,温顺平和一些。而普通人家大门前是不放置石狮子的,而是有因家宅不宁,人口不安等情况的人家在墙头、碛畔、垴畔上安放镇宅、镇山等辟邪石狮。

拴娃娃用的炕头石狮在陕北南北都比较流行,大者尺余,小的三五寸。有些石狮子从爷爷到孙子,用了几辈人,代代相传。生下小娃娃在一岁前拴小的,用五色线绳一头拴狮子一头拴在孩子的脚腕上,狮子为百兽之王,是瑞兽,孩子与其一起在炕上,就有驱邪祟之功效,同时也是孩子的玩具。孩子大一点会满炕乱爬时,就拴大点的石狮子,也有防止无人照看的孩子从炕上掉下去的作用。整体风格上陕北拴娃石狮南北大同小异,北边雕刻细致,南边粗犷一些,绥德、米脂、佳县、子洲的石狮子打雕得端正,有的像猫,有的似狗,亦有似猴的,亲切温顺;而洛川、宜川等南部打制的变形夸张，少了些许温和。南北相同的是都把石狮子当做孩子的保护神，孩子长大懂事后只是过生日时绑一下或将过生日亲戚送的索线绑在石狮子身上。到十二岁，迷信中说孩子"魂全了"才把石狮子上的所有索线收起，到庙上烧掉索线，然后把石狮子放在窑洞里重要隐秘的地方保存起来，以备后用。陕北榆林绥德县曾于1986年在民间收集了一批拴娃石狮在北京中国美术馆展出，在美术界引起了很大的反响和轰动。著名画家，民间艺术专家杨先让评价这些石狮"它们千姿百态，朴素无华，一个个像农家的娃娃，既天真又土气，在艺术处理和刀刻斧凿间，流露出原始情趣的博大气质"。但遗憾的是随着社会的发展与进步，拴娃娃石狮已在陕北很少有人使用了，也再少有匠人雕刻了，民间遗存的也日渐减少。

石雕还有石刻牌楼，大门石门墩、牛槽、香炉、神龛、石碑、供桌等等，最大的石刻牌楼是位于绥德县城南的，称为"天下第一楼"的大型石牌坊，距此处不远的河道上还有"千狮桥"。近年，绥德县在该县不仅雕刻建造了百余米的反映该县及陕北历史风貌的大型石雕群，还建了两个高二十余米的巨型石狮，并在巨型石狮前复制出了陕北历朝历代的各种造型石狮，使这一民间艺术得以发扬光大的同时，也吸引了大量热爱民间艺术的游人。

当然，陕北石雕中还有众多的石窟，榆林红石峡、子长钟山石窟、延安清凉山万佛石窟、富县石泓寺石窟、黄陵千佛洞石窟等等散落在陕北大地上的，从魏、晋、隋唐及宋、元时期的佛教石窟，均有极高的艺术性和研究价值。

二、陕北砖雕

自古以来，人们说建筑材料时都是砖在前而石在后，但陕北地区由于贫穷落后闭塞，绝大多数百姓无力用砖，故此，从古至今，陕北地区多石匠而少砖瓦工。砖瓦工中能雕会刻的更是少之又少。但陕北两个地区的中心城市榆林、延安原来还是以砖为主要建筑材料，建筑也是以房屋为主。榆林的老旧建筑保存得比较好，现在还有百年甚至于几百年以上的砖木建筑的京式四合院，砖雕艺术主要用在房屋和大门楼两边稽首（吉寿）、大门楼装饰、照壁和厦室墙壁装饰上，在寓意吉祥的同时，给人以庄重安稳的感觉，这也是汉民族自古形成的朴素审美观在陕北民间的流存和印证。近年来，陕北的生产力和经济有了非常大的发展，在人们印象中贫穷落后的陕北人也富裕了起来，人们的审美观也变化很大，对那种砖木建筑的房屋兴趣不大，不是建石窑洞就是直接建造现代化的楼房，所以砖雕技艺在陕北基本消失，那些百年左右的砖木建筑也在日渐消逝，所以，除榆林市区保留的老式四合院，分布在陕北各处的庙宇，或一些废弃了的古城、古堡等处偶尔可以见到老旧的砖雕以外，其他地方难寻砖雕的踪迹。

但从近年考古发掘的资料来看，宋、金时期的古墓葬中，时有雕像砖或画像砖出土，且雕像砖远多于画像砖。这些古代的砖雕中不乏精品，除大量的马、羊及仙鹤、虎狮等祥鸟端兽之外，最多的当数"二十四仙孝图"和表现秧歌舞蹈的砖雕。其中表现秧歌的砖雕中有伞头舞、腰鼓舞、舞巾舞、拍镲舞、剑器舞、负长瓜舞、拍板舞、扛火铳舞、火流星舞、划旱船舞、秧歌舞、狮子舞、霸王鞭舞、抱锣舞、村田乐舞、胡人舞、采莲舞等，这些砖雕放在一起，就是一场热闹非凡的大秧歌场面。从中也可以看出陕北如今的春节秧歌活动，有着深厚的历史传统，在民间，这些秧歌活动近千年来一直延续发展着，也说明一些舞蹈形式在漫长的发展过程中逐渐退出了历史舞台。

三、陕北木雕

明清以来,陕北地区总体上林木少,人们比较珍惜木料,旧时尚有善木雕木刻者,除了在棺材上雕刻之外,仅在富裕人家的大门横额、横档中雕刻;在大门横额刻上"勾连万字"富贵不断头、"龙凤呈祥"等吉祥图案;在横档多刻牡丹花或贯钱,寓意人丁兴旺,招财进宝。

经多方寻找,仅在榆林城中的旧房屋以及乡间的　些古旧院落的废墟中,拍到不多的木雕刻,从中可以看出陕北地区也曾经有过不错的木雕、木刻艺人,也可看到木雕木刻所用图纹符号,与剪纸、石雕等传统民间艺术是一脉相承的。

四、陕北泥塑

中国自古有"女娲抟黄土造人"的传说,而泥塑也是一门古老的民间艺术。陕北泥塑在宋代就名声远扬,陆游在《老学庵笔记》中记载:承平时,鄜州田氏作泥孩儿名天下,态度无穷,虽京师工效之,莫能及。文中所言鄜州就是现在的富县,可见陕北泥塑昔日的辉煌。

陕北泥塑的主要用处还是在庙宇中,神圣端庄或面目狰狞的一尊尊神像,均出自民间泥塑匠人之手,而人们衡量泥塑水平,也主要是看庙宇中的泥塑彩绘神像。在陕北泥塑这一行当中,最有名的当数榆林城钟楼下艺名为"万花家族"的艺人,他们就是由原来做彩绘泥塑小挂件,发展到专做大型庙宇泥塑彩绘神像及庙宇壁画的一个专业的泥塑彩绘家族,作品遍布陕北、甘肃陇东、内蒙古、宁夏及山西等地,特别是陕北地区的庙宇中的神像，大多出自这一家族之手。

清末民国时代，彩绘泥塑挂件和彩绘泥娃娃曾在陕北地区流行，绥德县枣林坪乡郝文运家传泥塑十分精美，新中国成立前就名扬黄河两岸，还有米脂县杨家沟刘家祖传泥塑也曾名扬陕北，但均在三十、五十余年前失传。这些大小泥塑均是匠艺所为，虽也有一定的艺术价值，但均脱不出匠气和民间所特有的固定模式。真正在陕北匠艺之外让人们耳目一新的是由安塞县文化馆在 1983 年举办农民画创作班时，试着让创作班上的几个面花捏得好的农村老婆婆用泥捏花花。没有想到的是，这一试探之举，让人们对原本专长陕北剪纸、民间绘画的民间艺术家的艺术天分刮目相看。高金爱、曹佃祥、白凤兰等巧手老婆婆、婆姨女子们，利用泥的可塑性，放开手脚，大胆创作，一下子捏出了各种各样稀奇古怪的人物、动物、飞禽走兽，民间绘画创作班一下子变成了泥塑创作班，几天捏出了 500 余件作品。这些作品参加了在西安、北京、上海等地的展览，在中国美术界产生了巨大的反响，随后，延安地区群众艺馆又在洛川富县等处举办了泥塑学习创作班，先后创作出了 1500 余件作品。这些作品大多被上海美术馆，陕西美术馆及中央美术学院，清华大学美术学院等专业机构和一些画家收藏，目前，除在延安部分书画家的收藏中可见到外，仅有安塞文化文物馆还收藏有 200 余件。

第三辑　百样人生

她生活的那个年代，绝大多数妇女都没有自己的名字。和别人不同的是年过古稀时，因为剪纸，她却有了自己的名字——王占兰

王占兰是可知可查的安塞剪纸艺人中年龄最大的一个，她生于 1907 年。在 1979 年全县的民间艺术普查中，她是 70 岁以上唯一能拿起剪刀剪花的。陈山桥在安塞县沿河湾镇云坪村见到这位远近闻名的巧手老人时，她正在为孙子们缝补袜子。身体硬朗，眼明耳聪的老人，得知这个操一口关中腔的小个子公家人是想请她剪几个窗花后，笑嘻嘻地接过陈山桥为她准备好的红纸，顺手拿起身边放着的大剪刀，利落干脆地剪出外形，然后换了把小剪刀，简单地刻画一下内饰。不一会，老人就为陈山桥剪出了《倒照鹿》、《老虎》、《奔马》等 6 幅造型古朴生动的剪纸作品来。

看着陈山桥对自己随手剪下的 6 幅窗花欣喜若狂的样子，老人又从箱子里拿出一对只贴着白纸剪的花样，还未开始绣的

枕头顶对陈山桥说:"这对枕顶放了十几年了,"文革"破四旧时不让绣古时花,就再没有做,这一放就放到现在了。"老人介绍这枕顶上的绞样是琴、棋、书、画,这种纹饰过去只有书香门第的妇女会剪,也只有她们才懂得其中的意思。

当激动的陈山桥整理好剪纸,要给作品著名时,老人说:"我没名,小时候做女时娘家人叫我猴(小的意思)女,嫁到杨家以后村里人叫我杨家婆姨、杨家媳妇,官府里的人叫我"杨王氏"。陈山桥听明白后着急地说:"没有名字不行呀,这是你老人家创作的艺术品呀! 得著您的名字。"她听了后想了想说:"我哥在占字辈上起名,你是文化人,你看起个甚名字好。"陈山桥想了想说:"那就叫王占兰吧"。老人听了后"嗯"了一声,把头扭到一边。感觉异样的陈山桥发现,激动的老人已泪流满面。

这位时年73岁的老人,在为自己有了名字而激动流泪。

为这位老人的剪纸而激动兴奋的陈山桥,把她的剪纸带上赶到延安,摆在靳之林的案头。看着这些造型高度概括,装饰简洁,刀法流畅严谨,形象生动,粗犷而不粗糙,简练而不简单的大写意剪纸,文化艺术造诣极深的靳之林惊叹道:"这是大师级水平呀,她的剪纸,让我们明白了一个道理,民间剪纸曾经达到过一个很高的艺术顶峰。"他指着《老虎》对陈山桥说:"你看她剪的这个老虎是侧面的,但却剪出了两个正面的眼睛,这一特点和战国铜壶侧面兽、陕北汉墓画像石侧面奔马、宜君县北魏佛教石窟侧面的骑马供养人石刻造像图案相同,是典型的秦汉艺术造型特点呀!"

一生操劳,性格平和文静,话语不多,从未与人争吵过,也不和任何人开粗俗玩笑,爱好整洁的王占兰,是个典型的陕北农家老婆。她没什么文化,但她对艺术的理解又是许多上过学甚至于搞艺术的人达不到的。她说剪纸不是剪得花哨了就好，该停剪的时候就要停剪，不该剪的地方绝对不能剪，不要见空就掏，剪甚一定要剪出精神，剪得活泛。

遗憾的是岁月不饶人！这位天才的民间艺术大师仅参加了一次创作班。在创作班上，她剪花不用底样，也不愿拓着自己剪过的样子再剪。辅导老师陈山桥让她复剪一组骆驼，她把递来的自己原来剪的那些"骆驼"随手放在旁边，拿起纸重新剪了一组，神韵大小和她原来剪的极为相似，不知者完全会认为是拓着前一组剪的。

她剪墙花《倒照马》时，辅导老师在旁边看着。见她剪好外形，刻画出了眼睛就放下了剪刀。辅导老师看着这个似乎有点简单的剪纸，就让她再刻画刻画，她坚决地说："再剪马就俗气了，就没有尔格的精神了"。她不和其他剪纸艺人一样喜欢让辅导老师引导着剪剪纸，她能看出自己剪纸的不足与欠缺，凡是没有剪到位，没有达到自己想达到的那种精神或境界的，她不满意的作品，她不是两下撕了就是另放起来，辅导老师要也不给，她说："那没剪成，不能让人看，看了就把剪纸糟蹋了。"

在剪纸创作中，她喜欢用大剪刀，有时剪细节部位也不换小剪刀，剪起来行云流水，准确自如。

遗憾的是，在1980年的创作班中，一生热爱剪纸艺术，刚刚有了自己名字的王占兰仅仅剪出了20多幅剪纸作品后，就由于感冒，高烧不退，不得不提前离开创作班。两个月后，老人又中风瘫痪在床，再也拿不起剪刀。1985年，这位民间艺术大师离开了她眷恋的这片黄土地，享年76岁。

1980年，王占兰创作的全部剪纸，共计22幅精品剪纸在中国美术馆展出时，引起了专家们的普遍关注，22幅作品全部被中国美术馆收藏。

　　有位作家看了她的作品后,深情地说:"我看到的不是剪纸,是魂,是黄土地上妇女爱美的魂,勤劳善良的魂,慈祥淳朴的魂。"

爱剪纸胜过生命的曹佃祥

有些人，天生就有股子大师气质，曹佃祥就是那种人。

当有人告诉你，你的手指患了骨癌，把大拇指或手截掉，你就可以多活几年，一般人的选择是显而易见的，可曹佃祥说："不截！我什么都做够了，就是花没有剪够。如果剪不成花，也就没什么活头了。我还想剪花、画画呀！"

于是，被感动了的医生截掉了曹佃祥大拇指的第一节手指。伤口没痊愈，县文化馆又办剪纸学习班，她似乎知道自己的时间不多了，一点时间也舍不得浪费，不停地剪、不停地画。第二年，她的大拇指又开始疼痛了，而且又长出了两个肿块。医生又要截她的手，她流泪了，还是说："要是没有手了，剪不成花了，那活着也就没什么意思了。"为她的这份痴爱而动容的医生，改变了手术方案，为她做了刮骨手术。经过化验，医生知道，这个刚强、利落的老婆婆的恶性骨膜癌癌细胞已经转移，她的时间是不多了。手术的第二年，即 1987 年 8 月，县文化馆举办绘画创作班，刚强的她又来了。在创作班里，她病倒了，昏睡三天后，倔强的曹佃祥又坐起来,完成了《扳旱船》、《十二生肖》、《两个娃娃》等十一幅绘画作品,还剪出了《说书人》、《拉胡琴》、《捻线线》等多幅剪纸作品。

回过头去看,曹佃祥生命最后的两三年里,她如凤凰涅槃般地将自己痴爱的剪纸、农民画艺术推上了一个高峰。她的名字和中国剪纸、安塞剪纸紧紧地联系在一起,她不仅成了安塞剪纸这座小金字塔的塔尖,曹佃祥也不仅仅是一个人或者一个人的名字,而成了安塞这片民间艺术王国里的一个最有代表意义的文化符号。可以说,知道点中国剪纸知识的人必定知道安塞剪纸,知道安塞剪纸的人也一定会知道曹佃祥,她也是靳之林、杨先让、吕胜中、左汉中等等文化人、艺术家们在各种关于民间剪纸艺术、人物或论述中写过最多的一位艺术家。她是众多喜欢民间剪纸艺术的人们心目中真正的大师,这不是吹捧,而是因为她的作品令人心动、令人震撼!

曹佃祥乳名福香,1921 年 8 月生于榆林横山县艾蒿峁村。8 岁时随父母"走南路"、"奔南老山",也就是逃荒来到延安县的麻洞川,靠父亲给财主家揽工挣钱粮维持一家人生活。从小心灵手巧的福香是曹家唯一的孩子,天生爱剪纸的她只要见到好花样就收集下来,帮娘把活干完了,就拿起剪刀,跟外婆学,跟村里村外十里八乡有名的民间巧手学剪花,掌握了所有的传统花样,她又开始剪院子里跑的、天上飞的,剪什么像什么。穷人家的活计太多,白天里小福香没时间,就只好在夜里老麻油灯那如豆的灯火下剪,她的眼睛近视了,但她剪什么像什么了。

暗自得意的小福香把自己认为剪得既好看又和真东西像的剪纸拿给一个从米脂逃荒下来的老婆婆看,没想到的是这个剪花能手老婆婆看了她的花后说她:"你铰得太像了"。她不解地问：“铰得像了不好吗？”老婆婆说："铰花是要往出铰精神哩，不能铰甚就像甚，要让人看了觉得就是那东西又不是那东西，细看之后才是比那东西更像那东西，要让人耐看，越看越有趣，越有意思，越长精神那才是好花……"

福香把老婆婆的话想了好长时间，她想明白了什么才是好花。

她们那时把剪纸都叫花，不管是窗花，还是墙花，那都是她们心里开出的花。

15岁的福香长成大姑娘了，个子又高，又有一根长辫子，辫子上还扎着红头绳，福香像朵花一样，让许多后生看上了她，于是，上门提亲的一个又一个，就连父亲揽长工的那家财东也看上了她，要福香给他儿子当婆姨，还送来了不少的财礼。

福香看不下财主家的儿子，她父母也不满意，重要的是曹家就福香一个孩子，她父母想给她招赘个上门女婿好延续曹家的香火。可是财主家也是惹不起的呀。思量再三，那年冬天，曹家一家三口在夜里背起铺盖卷，悄悄地离开麻洞川，在大梢林里深一脚浅一脚奔波了好几天，逃到了安塞南边梢沟里地枣树台。精明能干的父亲很快在新地方立住了脚，还受经常在这里活动的刘志丹红军的影响，父亲、母亲都加入了共产党，父亲继而又成了村长，母亲也成了村妇女主任。福香也看上了揽工后生白凤杨，白凤杨被曹家入赘，成了她的上门女婿，也成了共产党员，还被任命为乡指导员。

福香成了婆姨，开始生儿育女了，也和父母一样山里洼里的劳作了，但只要一有空，她最爱做的事还是铰花。方圆十几里，不论谁家要花花，她从没有让乡亲们失望过。

1947年，胡宗南率部占领了延安，接着对延安的大后方安塞进行疯狂的清剿。一次清剿中,曹佃祥和乡亲们在逃跑途中遇上了国民党兵,她的一个包袱被国军士兵抢了去,里边有许多她珍爱的剪纸样子,她不依不饶地和那个国军士兵争抢包袱。被她惹怒了的国民党兵就把一挺机关枪架在她的双肩上,打了两梭子子弹。这惨无人道的做法没有把曹佃祥吓哭,也没有让她屈服,她拿回了自己的包袱,但她的耳朵被震聋了。

1979 年,陈山桥在民间剪纸普查中发现了她。此时,由于丈夫在革命时期玩命的工作积劳成疾,为给丈夫治病,曹佃祥变卖了家里所有值钱的东西,家里只有炕上的一块破席和两只红箱子,再就是地上的两口腌菜缸和锅台上的锅和碗筷,但她家破旧的土窑墙上,贴着一圈精美的剪纸。

在缺吃少穿的日子里,在丈夫被病痛折磨的呻吟中,在孩子们无奈的叹息中,心烦了她就摸出剪刀剪一幅花贴在墙上,铰花成了她的精神支柱。

1980 年 3 月 1 日傍晚,年近六旬的曹佃祥步行 20 多里地,又坐车到延安,接着又倒车去安塞。在车上晕得呕吐了一路,天快黑的时候终于来到了安塞县城。穿得烂,满脸满身全是灰尘的她问街道上的人哪里是文化馆,没有人搭理她,人们都把她当讨饭吃的乞丐了。文化馆的干部到街上遇到她才把她带到了地方,可是她穿的衣服太破太旧,再加她耳聋,眼睛不好使,个性又强,比她早来的学习班的农村老婆们谁也不想和她一个房子里住。

第二天一开始剪,她身上的美和大师之气就显现了出来。

身高马大,膀大腰粗的她,把各色纸裁成小块,五六层一剪,五六层一剪地钉好十几剪,然后盘腿席地而坐,把备好的纸压在腿下,点上一根烟,有滋有味地吸着。视力本就不怎么样的双眼不看别人,凝神着外边的天空,认真地思谋一会。想好了,把烟一掐,拿起剪刀,一口气把所有备好的纸张的外形轮廓全部剪出来,再把那些内容各异,已有了外部形象的纸块逐一剪出内部纹饰。不同于别人的是,她就用那种又笨又大的缝衣服的大普通剪刀剪。外形大刀阔斧,简洁、概括,深沉雄大,有陕北汉代画像石刻之感,具象纹饰与意象纹饰相互运用,有情有势。

剪着剪着,剪到兴致上她不由地哼唱起了信天游"骑个鹿,唱石榴,石榴花开溜溜红,让你盛来你不盛"。她这歌儿唱的就是自己年轻时最喜欢剪的喜花《骑鹿拿石榴》的内容,于是,那些原本没把她当回事的老姐妹们,一下把她围起来:"呀,曹老婆铰的花花丑亲丑亲的,人的、虎的眼睛明格炯炯的,谁见了谁爱,谁看了给谁长精神呀。"

1980年5月,延安地区的一千余幅民间剪纸艺术品在北京中国美术馆展出,曹佃祥一个人的就有《爱虎》、《鸡》等45幅作品入选,展览完后又全部被中国美术馆收藏。

1980年7月,又办剪纸创作班,办了一半了让几个老婆婆试着画画农民画,别的老婆拿上画笔手抖得不敢画,为了引导大家,文化馆还叫来个画箱子的画匠让画,曹佃祥看着看着说那画匠,你画的那是个甚呀,应该这样画,说着拿过笔来自己画了起来。

她画的《大公鸡》让原本自以为非常现代、非常新潮的中国美术人大吃一惊,让大画家、中国美术家协会主席、中央美院院长江丰和中央美术学院教授杨先让等人赞不绝口。

1985年11月,曹佃祥和另外几位陕北民间剪纸艺人一起被请到中央美院为师生进行教学表演。

1986年,和她相伴一生的老伴去世了。埋葬完老伴,她为自己收拾出了一孔窑洞。把窗子上糊上雪白的麻纸,贴上自己最喜爱的窗花;炕围上有节奏地裱上大小不等的花儿、鸟儿、家禽等剪纸,历年的获奖证书和奖状她也全部裱糊到墙上,还专门到县城做了三个大镜框,把自己在天安门前和中央美院教授、学生在一起照的彩照全装进镜框,高高地悬挂在窑洞最显眼的地方。

1987年剪纸创作学习班上,身体状况非常差,又做了第二次手术的她还是来到学习班上。刚开班,她就病重了,昏睡了三天三夜,就在文化馆的组织者准备往回送她或送她去医院之时,她又爬起来开始创作,而且不听任何劝阻,哪里也不去。有人问她为什么,她说:"我是个眼瞎、耳聋、家穷、衣破的灰老婆子,县上这样抬举我,我都不知用什么谢人家哪,能铰几剪子花是几剪子,我死在这里也心甘情愿呀!"

在生命的最后时刻,曹佃祥也没有离开自己心爱的剪刀,就如一位搞民间文化组织和研究的老师说的那样,曹佃祥的一生都在超越着自己,她生命最后的几个月里创作的作品又是一个新的突破。弥留之际,曹佃祥请人代笔给县文化馆的老师写信,信里她说:"自从咱们分别以后,我每时每刻都想到你们,常听见你们对我说话的声音,也常能看到你们的笑脸,我是多么想见到你们,因为咱们相处的日子很长,你们对我恩德很多,我常常回想起来,不由得流起眼泪,我很想回文化馆来剪花,但是不能……你们工作都很忙,不要思念我,请把你们的精力用在工作上,我也就高兴了。"

她留给这世界最后的话语是对自己培养多年的外孙女白库女说的:"你要下心学铰花,我这辈子就喜欢铰个花,我死后,你每年记着给我送些铰花的纸来,我还要铰花……"

中国文化学者,著名美术家、美术教育家、原中央美院民间美术系主任杨先让教授在他那本由黄永玉作序,被中国美术界权威人士盛赞的大型文化著作《黄河十四走》中名为《安塞曹佃祥的剪纸》一文中这样写道:专业画家所追求的艺术是重、大、拙三者的结合,这恰恰就是民间艺术最大的特点。曹佃祥的剪纸艺术起码也具备着沉重、大气、朴拙的含量,就是一个最好的例子。她在中国剪纸艺术园地上是颗明珠,以她内涵丰富的作品做出了可贵的贡献。

倒在剪纸堆里的白凤兰

人生在世,难的是选择如何活,更难的是选择怎么个死法。之所以难,是生也好死也罢,我们谁也别无选择。

作为一名晚辈,我不敬地说:如果人对自己的死法可以选择的话,白凤兰定会选择自己那如传说般、如画卷般、如诗似词的死法的。

1990 年,久病的丈夫去世一年了,为丈夫为儿女为生活忙碌了一生的白凤兰明显地感觉到自己的活什和要操心的事少了许多。腊月如期而至,左邻右舍的乡亲们像往年一样,拿来了好多的红绿彩纸,请她剪窗花。牵挂着娘的大女儿也趁着腊月的空闲来坐娘家,见娘又开始剪花了,也和娘一起盘腿坐在热炕上拉着可心的话,也拿着剪刀和娘一起铰着花。姑娘和亲娘之间的话是说不完说不够的,不知不觉间,时间已过了中午。白凤兰笑着说:看咱娘俩憨的光顾了拉话铰花了,把吃饭也忘了,说话间放下手中的剪刀和铰好了的窗花,用手撑着炕准备起身下炕给坐娘家的女儿做饭去。忽然一阵头晕目眩,这位刚满 70 岁的老人一头倒在一上午剪下的上百个花花绿绿的剪纸丛中，再也没有醒过来。

她那精美绝伦的剪纸，她用心铰出的仙鹤、艾虎和倒照鹿拥簇着这位善良、慈祥的老人，把她送到天堂去了，但她留给世界的却是让人回味不尽的精美和厚重。

1920年，白凤兰降生在安塞县沿河湾镇侯沟门村，父亲虽然不识字，没进过学堂，却是一个远近闻名的讲古朝能手（讲古时的故事），所以在白凤兰的记忆里，每遇阴雨天或者冬季，自己家的炕上地下，总是坐的人满满的。本村的、邻村的庄稼人津津有味地听着父亲绘声绘色的讲述，而坐在父亲怀里的乖女女——白凤兰听的是最多的。母亲是个远近闻名的巧手，特别是她剪的窗花，是村里村外乡亲们最喜欢的。幼小的白凤兰经常学母亲的样子，剪这剪那的。腊月里，母亲也忙里偷闲地手把手地教教她，教她剪石榴坐牡丹，剪鱼儿戏莲花。平时，她也想剪剪花，可穷人家，哪里来的纸让她浪费呀。秋天里，小凤兰看见金黄火红的梨树叶子平平整整的，就一片一片地捡起来压在家里的炕席下，没事了就把母亲缝衣用的剪刀拿出来，把梨树叶儿当纸片剪一会儿花。忙活完了的母亲也不时地指点指点她，教她学会了好多传统花样。

白凤兰是个听话、守规矩、言语少的人，不仅周围的乡亲们夸赞她，父母也非常满意她喜欢她，但为了学剪纸，她却经常让父亲发火。她在中央电视台的一个民间艺术专题片中回忆说："那时小小的就要帮大人干农活，白天上山受苦（劳动），晚上学着剪花。太想剪太爱剪了，一剪上就忘了时间，我大（父亲）就骂，嫌浪费灯油了，为学剪花，不知挨了我大多少骂。"

跟娘学剪花的同时，白凤兰自己也琢磨着剪一些牛呀、羊呀、鸡呀的新东西。十来岁上,娘就把自己家的窗子交给了白凤兰,经常剪梨树叶子的白凤兰每年过年时,把一张大红纸剪得尽尽的,连个小角角也不浪费。过年的那天,她把自家小小的窗户全贴上自己剪的花,娘细细地看着、笑着,小凤兰回过头,见蹲在碹畔上口里刁着烟锅的大看着花花的窗子,也笑得合不拢嘴,一向沉稳,话语少的小凤兰也高兴地笑出了声。

十六七岁,白凤兰出落成了一个俊女子,众多的人上门提亲,她被父母嫁到距村子不过 10 里地的茶坊村,丈夫是个老实厚道的好后生,名字叫王凤翔。

人,是没有办法选择如何活的,因为命运有时候很让人无可奈何。

生得美,手巧,爱美也向往美好生活的白凤兰没有想到的是,丈夫本来壮壮实实,人也勤快厚道,但和自己结婚几年后,20多岁的王凤翔就得了慢性胃病,身体也一天天地瘦弱了。白凤兰默默挑起家庭的重担,家里家外,老的小的和丈夫都要她一人打理照顾,她料理地里的庄稼春种秋收,服侍年老体弱的公婆和病病歪歪的丈夫,照顾 4 个年少的弟妹,她在忙碌中,艰辛里还又生了 7 个儿女,她也要一个个哺养。在生活的重压下,与艰辛的命运抗争中,她最快乐的时光就是剪花。她剪母亲教的传统花古时花;她回忆幼年和少年时在娘家快乐的生活,回忆父亲讲的故事,她把"天仙配"、"牛郎织女"、"孙悟空"、"毛野人"都剪成剪纸,她把自己套牛耕地,收割庄稼,山里背背子,喂猪扬场等等生活场景也剪成窗花。

当陈山桥找到她,看到她的剪纸后,为她剪纸的内容和构思、构图、剪法震撼了。大画家徐悲鸿、吴作人、李可染的弟子,中央美院的高材生,后来的画家、民间艺术专家、学者靳之林看到她剪的《牛耕图》拍案了，"这才是真正的民间大师呀！在她的每一幅剪纸中都能找到陕北古老文化的踪迹"。

白凤兰的作品在对传统文化承传和记忆上非常有价值。她的许多剪纸作品和陕北榆林的绥德等地出土的汉代画像石在艺术风格和叙事方式上非常接近，从没有见到过画像石《牛耕图》的她剪出的剪纸《牛耕图》与前者如出一辙。她的许多作品中的纹饰的造型就是早期文化图腾崇拜形象的遗存，为人们研究中国早期文化的流传变化和陕北民间文化的承传提供了弥足珍贵的信息与例证。

白凤兰不仅会女人们干的活什，剪纸、画炕围画、捏面花、刺绣以及缝衣做饭，就连男人们会干的耕地、扶犁、春种秋收、铡草施肥她也是行家里手。于是，不幸也成了她的财富，她成为了一名艺术修养全面的民间艺术家，特别是父亲讲的那些"古朝"，其中丰富的口传文化积淀，使其作品中蕴涵着鲜明的民俗象征意义，一生苦难的她内心深处对生命繁衍，吉祥幸福的祈盼和歌颂，在她的《蛇盘兔》、《鱼戏莲》等剪纸作品中得到了充分的阐释。

这样一个一生与苦难、艰辛相伴的女人，她从不剪表现悲伤内容的剪纸，她和所有的陕北剪纸艺人们一样，认为剪花就是要剪让人高兴，给人长精神的东西和事。1982年，她为县文化馆编民歌集成时剪的《走西口》是她剪的第一幅也是唯一的一幅悲情作品。

白凤兰的绘画作品保留了她剪纸淳朴的风格。画画时，她先把各种形象用纸剪出来，放在画稿纸上构图，然后用铅笔描出外轮廓，画面构图饱满，气势宏大，在用色上，也和她的性格一样，沉稳、单纯，与其他人那种色彩艳丽、花哨的风格截然不同。

在绘画的题材上,除反映生活外,还喜欢画上古时的传说、民间故事。

1980年她的25幅剪纸作品在中国美术馆展出并被收藏,1982年,她的绘画作品《六畜兴旺》参加法国独立沙龙美展并入选《中国现代民间绘画精粹》大型画册,1985年,白凤兰应邀进京为中央美术学院师生表演授课。

个头不高,长一副"福相",外表和蔼、亲切、言语少的她,谁见了都觉得她就是自己的亲人,因为她能把温暖、温情全部传递给你。

一生艰辛的她,在70年岁月里,把好吃的全给了公婆、丈夫、儿女,把苦累全一个人吞了,她看着给自己公公的小叔父婆过了媳妇,再给公公的小弟娶了媳妇成了家,又帮着给几个兄弟娶了媳妇,帮他们成了家立了业。当公婆扶上山了,自己的5个儿子两个女儿都成家立业了,和自己相伴一生有病的丈夫也离去了,本来该享几天清福的她,却在铺天盖地的剪纸丛中升天了。

用剪纸慰藉生命的
常振芳

只要见过常振芳,并知道了她身世的人,就没有谁能忘掉这个苦命的疯老婆了。因为她的命太苦太苦了,苦得让你听了都打颤、周身发冷。如果没有剪纸的慰藉,我们真不知道这个苦命的母亲36岁以后的生命能不能延续,也不知道我们这些后人是否能看到她那些在安塞剪纸中另类、怪异但又蕴涵着一种神秘色彩的剪纸绘画艺术品。

"苦命苦命我实苦命,鸡爪爪黄连苦菜根。"这句信天游用在常振芳身上是再贴切不过的。

常振芳祖籍榆林横山人,1929年,四五岁的她随父母逃荒来到安塞县西河口。心灵手巧的她10来岁就跟上母亲学剪窗花和刺绣,16岁时,她和自己比较喜欢的姨表哥结婚。举行婚礼时,十里八乡的亲朋看着她自己绣制的枕顶花、花鞋、针扎儿等陪嫁,无不称赞。她绣的花好看,手法好,剪的花漂亮让人喜爱等话题成了周围村里人们议论了多年的话题。人们知道,西河口村有一位巧手手有本事的好媳妇。

谁曾想,这赞叹声,也是常振芳万劫不复般苦难的开头。

　　从 16 岁结婚到 30 多岁,常振芳和自己的丈夫恩恩爱爱,一两年就生一个孩子,男孩女孩都有,可就是存不住,孩子刚生下来好好的,过几个月半年就不行了,有些好好的长到 3～5 岁了,可突然就不行了、有病了、夭折了。在婆家人的不理解和乡亲们的议论中,她坚持着,和命运抗争着。可是一个又一个怀胎十月的孩子,都在常振芳祈盼的目光中死去了。生到第 10 个,当一岁多的孩子又莫名其妙地死去时,无法接受这残酷无情现实的常振芳精神近乎崩溃了。一次又一次刻骨铭心、撕心裂肺的失望中 36 岁的她又生下了第 11 个孩子。可是还和前边的所有孩子一样,又出现了她担心的症状。家里人请来了当地本事非常了得的阴阳先生。这个阴阳先生细细掐算后说:"这个孩子是保不住了,要想保住下一个,娃娃的娘必须亲手把这个娃娃摔死,而且要见血。"

　　为了下一次希望,常振芳将那个离开自己身体一个来月,仅有一口气的男婴抱起来,哭喊着摔在墙上,再拎起来摔下去⋯⋯嚎骂着老天的不公⋯⋯

　　他丈夫抱上已经死去的孩子,准备往山上送时,极度虚弱的常振芳忽然从丈夫手中抢下孩子,狂奔而去。几天里,这个伤心欲绝的母亲时而抱着死去的孩子坐在山坡上往孩子的嘴里塞自己鼓胀的乳房,时而拍着孩子的后背狂喊狂叫。她想让孩子活过来,想听到孩子的哭声。时而用一只手抓着孩子的两只脚,倒提着,神情木然地走着,时而摔打着孩子嚎着、唱着、吼喊着⋯⋯这个巧女人得了阵发性精神病,成了人们口中的"疯婆姨"。此后,不论是高兴还是悲哀,只要一受刺激一激动,她就无法控制自己,不由自主地唱起陕北小调。歌声有时凄婉甜美,有时又凄凉哀伤,唱完了就骂天咒地,骂上几句吼喊上几声又恢复了正常。

这个苦命的老人也是一个非常善良的人,她犯病后有时头脑也清醒,也知道自己在干什么,于是,吼唱或嚎骂声中,她也会满脸歉意,低眉垂眼地给身边的人们说:"不要嫌弃我,我是苦命人,不由我呀……"

常振芳的丈夫是个赶牲灵、走西口的赶脚汉。新中国成立前,经常赶着骡马拉着骆驼走三边或出口外。走三边还好,十天半月的就回来了,上包头出口外就少则一月多则两三个月才回来。在黑暗的窑洞里数着手指头算日子等待、盼望丈夫回来的常振芳,就是用剪剪纸来打发自己的孤寂与苦闷的。因为子女的夭折让她变"疯"之后,常振芳也没有放下手中的剪刀,没有停止剪花,剪剪纸反倒成了她安慰自己的一剂良药。心情烦躁时她便拿起剪刀,即便那让她讨厌的精神病发作了,她开始唱了、吼了、骂了,可她手里的剪刀仍然不停地剜剪着,红的绿的纸屑洒落着。当她清醒后也许会问这是谁铰的,是我铰的吗?我怎不记得了,但往往在犯病发"疯"时她的作品更神奇、更迷人。

常振芳的剪纸大多是动物,而最多最传神的当数骆驼和牛马,特别是她剪的赶牲灵或拉骆驼的单个剪纸或大型墙花《赶牲灵》是最传神最动人的,用高金爱老婆的话说就是:"常老婆就是铰他老汉哩,那个拉骆驼老汉跟他老汉一模一样的"。

常振芳独特的剪纸艺术早在 1979 年就被人们发现了,但由于担心她犯病影响别人等原因,直到 1988 年她才被邀请到县文化馆参加县里的剪纸大奖赛。她第一次参赛就获得了二等奖。随后,她以极大的热情投入到剪纸和绘画创作之中,也许这门从她十来岁就开始伴着她的手艺,让她那苦难艰辛的生命得到了一丝的放松与慰藉,也许是通过创作让她又回忆起了生命里难得的那份甜蜜与温馨,剪纸这从千百年前走过来的民间艺术浸润了她那绝望干枯的心扉,她的阵发性精神病有了明显的好转。原来她一天会三五次发作,开始参加县文化馆的创作班之后,有时一天只发作一次两次甚至不发作。

常振芳的作品表面看是动物或植物,但她心里想表现的是世间万物。"天人合一"、"万物有灵"的道家思想,在她作品中得以充分体现。她在剪纸内部装扮纹饰的处理上,没有程式也从不重复,各种东西在她手中都被变形,赋予了作品一种强烈的视觉冲击力和神秘感。

由于一生的操劳与艰辛,从文化馆邀请她参加县里的创作班开始,她似乎从中得到了极大的快乐,在1991年的创作班上,她在剪了大量剪纸的同时,一个月时间,竟然画出了九十余幅农民画草图。在这个被生活被命运折磨得时而清醒、时而混沌的老人笔下,和她密切相关的周围的一切都似乎不复存在,特别是山里院子里随处可见的花花草草,这时完完全全地变成了另外一个世界里的东西,没有了本来形象里的一丝一毫的特性;她剪花、画画就是在剪、绘自己的感觉或者自己意象里的东西。她把放牛人画的站到牛的耳朵上去了,别人提醒她,她看看说:"你说这样画不对?画是瞎画哩,我看站到牛耳朵上好看,我就让他站在牛耳朵上。"

1993年的创作班正遇到正月十五,馆长就安排剪纸艺术家们看了一天的秧歌。这一天常振芳的心情非常的好,也没有犯一次病。回到住处,别人都在谈论着白天看到的情景,常振芳却一个人跑到画室里画起了画,一直画到天明。第二天一大早,她给辅导老师送过来三幅画稿,画稿上虎、牛、鼠像人一样打起了腰鼓,吹起了唢呐。三天后,她画出了《12属相闹红火》的系列农民画,画中动物的眼睛分别用蜂、蝶、甲虫等小昆虫变形而成,远看是眼睛,细看却又是昆虫,并且互不重复,特别是画面上打鼓或扭秧歌的动物们挥舞的绸带,她画出的是与生活里我们看到或感觉到的截然不同,让人看了觉得很是神奇。

2003年,79岁的常振芳离开了这个世界,在去世前,她除病重期间,一直没有停止剪剪纸、画农民画。她创作的大量神秘气息浓郁,动感十分强烈,震撼人心的剪纸、农民画,成了安塞民间艺术中重要的一部分。她的剪纸作品被中央美术学院收藏,在《人民日报》(海外版)发表,农民画《放牧》在文化部等单位主办的全国民族文化博览展中获一等奖;《鹿鹤虎》、《山头上》等作品获1993年、1995年由《中国日报》社、中国文化活动中心等单位联合举办的全国民间绘画大展三等奖。

常振芳生活了一生的西河口是个地处交通要道上的小镇子。有许多喜欢剪纸等民间艺术的采风者或美术工作者、美术院校的学生都到常振芳家去过,都感受过这位民间艺术家作品的神奇,也知道这位苦命老人的人生故事。常振芳是位非常慷慨大方的人,凡是和她讨要或求购剪纸的人们,人人都如愿以偿。

苦难和不幸往往会孕育出震撼人心的艺术!老人留下的艺术品是弥足珍贵的,细细回望这个一生共生了12个儿女,有过11次肝肠寸断的失望,只留住一个孩子的老人,我经常假想:如果生活或生命可以重新来过,如果艺术品与她的命运可以任选其一,那么我甘愿没有艺术。

活在歉疚里的高金爱

安塞民间剪纸艺人中，当下最高寿的当数高金爱了。89 岁的她一见到能开玩笑的人还是要笑骂几句，还是能把自己的所思所想用山西味很重的话语简洁地道出来，但近两年，她基本剪不动了，那只和她相伴了快 90 年的眼睛已看不清东西，手也抖得拿不稳剪刀了。

这个让人感觉天天笑嘻嘻乐呵呵的老人，其实是个内心藏着许许多多的愁苦，一生活在歉疚里的苦命人。

一段时间，许多人都把高金爱当奇闻怪谈地传，说这老婆一辈子一个人就有两个老汉（丈夫），更有甚者，甚至说这个老婆婆一辈子有两个男人，一个月到这家住，下个月到那家住。和老人相处久了，我这个经常被她骂作"碎驴日的东东和我的猴孙孙一个名呀"的小辈，直言不讳地问了这个问题，老人笑笑说："屁哩，我三个也有过。"老人说完这话后立即有种愧疚之意。但略略停顿后，她又笑笑说："尔格一个也没有球了，我把那狗日的三个老汉都扶上高山埋了，我比他们都活得时长哩！"

20 多年的相处后,有一天在县文化馆剪纸、农民画创作学习班上,得了重感冒的高金爱半躺在床上,细细地给我说了她的一生和她的三个男人的事。

1921 年,高金爱降生在山西临县一户贫苦人家。3 岁时,母亲病逝,父亲娶了后娘后,她受尽了虐待。无奈之下,父亲只好将 7 岁的她送到舅舅家。到了舅舅家,由于家穷,她又是个挨打受气的主,每天拦牛放羊,还要山里屋里的帮妗子干农活做家务。舅舅和父亲虽然心疼她,但谁也无法从根本上改变她的处境。由于贫穷,12 岁时,她的右眼因得眼病,未及时医治而失明。14 岁上,父亲将她嫁给了同村李家做童养媳,16 岁上圆了房。圆房后的高金爱觉得生活还有点意思,起码丈夫对自己知冷知热,还有公公婆婆也把自己当亲闺女一样待。

天有不测风云,就在高金爱为自己和丈夫圆房几年未生一子一女而着急时,丈夫因意外而亡。丈夫去世后,婆家还是待她非常好,但高金爱心里有了歉疚,原因是自己和丈夫生活了 5 年,未给李家生一个养一个孩子。在这种心情之下,她把李家公婆当亲生父母一样待,家里门外的活她没明没黑地去干,不让公婆受一点累。公婆也舍不得高金爱,老话说:“女大不中留”,何况她还不是女儿。为了她一生的幸福,公婆给高金爱瞅了个从三五九旅退伍的老八路,这个叫陈汝民的退伍军人比高金爱大 12 岁,是个实在且敢作敢为的汉子。

和陈汝民结婚后,尽管依然是贫穷、清苦的日子,但夫妻两个都是能吃苦、会过光景的人,而且不几年高金爱就生下了一个儿子两个女儿。

在虽然清苦但夫妻恩爱,儿壮女乖巧的和睦与欢乐中,高金爱一家走进了 20 世纪 60 年代。三年困难时期对刚刚从战争创伤中走过来的中国民众的伤害是许多人不堪回首的。高金爱的丈夫被抽到一个距家较远的工地去搞农田水利建设，高金爱领着3个孩子在家吃了上顿没下顿地苦苦度着时日。家里断了粮，高金爱给丈夫捎书带信地催他赶快回家想想办法，同时，自己只能舍下脸面，到乡邻、亲戚家借点糠、拣点野菜、挖点草根苦苦地熬着。丈夫也知道家中的危机，无奈一而再，再而三地给工地领导说情况请假得不到批准。实在着急，牵挂妻儿的陈汝民就和另一个和自己在一起干活的朋友商量偷跑回家。谁知人算不如天算，二人成功地从工地逃跑后，在搭车返乡的路上那个朋友从车上摔下去摔断了腿。陈汝民是个有情有义的人，深知妻儿家中没有吃的，随时有饿死的可能，但他也不能不管自己动员起身逃跑的工友。就这样，在家中苦等丈夫不见人影的高金爱和孩子们把周围树上、地里可以充饥的东西全吃了，但孩子们已经饿的站不起、走不动路了。

也许再等三五天就是另一个结果，但她实在等不下去了，因为孩子们已经是命悬一线了。绝望中，她家门前走来了一个老大不小的男人。这男人是安塞的一个光棍，他家里因为地多自己又吃苦耐劳，所以，虽是三年困难时期，但还有吃有穿，就是没有娶下媳妇。他听说山西大旱，就专门过黄河来山西寻个女人来了。当时的物质非常匮乏，出远门的他背上就背了自己这一路的干粮，他到了饭时，准备进高金爱家讨碗水好吃点干粮。

为了孩子们能活下去，高金爱放弃了对丈夫等待，跟着这个安塞姓武的男人拖儿带女地走了近一个月，来到安塞县砖窑湾的深山梢沟村——庙湾村。

山西老陈把朋友安置好后，马不停蹄地回到家，可家里已人去房空了。这个王震将军昔日的部下，发誓要找回婆姨儿女。

经过一个多月的苦苦寻觅,他找到了高金爱,但木已成舟。陈姓老军人和高金爱办了离婚手续,只要求高金爱和她那姓武的男人把自己的孩子照顾好,自己挥泪回山西老家。就在前夫回山西一年多后,小女儿不幸患了脑膜炎,到镇卫生院检查后,医生让她和武姓男人回去料理小女儿后事,孩子夭折了。

在山西的陈汝民得到这个消息,别人当时得八到十天的路程他硬是三天四夜就赶了过来。但一切已经成了事实。从此,这个曾经在这块土地上枪林弹雨浴血奋战过的老军人,像一只护崽的狼一样,在志丹、吴起打一段时间工,过来到村里看看自己的一个儿子一个女儿,而且从此再不和高金爱说一句话。

高金爱和武姓男人结婚后,她虽然全身心地照顾自己的孩子,但讲情义的她也希望能给武家生一两个孩子,但怀胎十月,生下来夭折了,再生一个又夭折了,直到她腰干了(绝经)也没有给武老汉生下一儿半女。无奈之下,为回报武姓男人在自己和儿女绝路时救命的恩情,她只好将大儿子的名字改为陈秀武,一子顶两姓。

随着时间的推移,陈汝民也老了,干不动活了,高金爱就作主将他接到庙湾村,让他和儿子生活在一起,自己和老武生活在一起。她是一家之主,操持着全家人的衣食住行。家里有点好吃的,她提着送到前夫那里,前夫有病不舒服了,她就过去照顾几天。就这样,在别人的各种传言和议论中,高金爱把前夫和后夫两个都比自己大的男人,一个一个地照顾到无疾而终。而她自己,为了帮儿子,疼孙子,直到80多岁时,还是山里、地里的全劳力。

从小时候放羊开始,高金爱就仔细地观察自己身边的一草一木和所有的动物,没有事了就用手指、小棍棍在地上画。长大了,孩子们开始上学了,生活也好了,她有了自己的剪刀,过年过节她用红纸剪点花,平时给家人缝缝补补之余,也找点废纸剪几个花。她是个娘死得早的苦孩子,爹也没有怎么管过她,所以她的意识里没有任何的传统概念,也没有传统造型的约束,又因为生活在苦难里造成了她幽默开朗的性格,她能在生活中随时随地发现有趣的创作素材,并且起稿特别快,创作速度惊人。她在画农民画时,充分发挥剪纸造型的功力,在形象内部的刻画上,又一反剪纸简练明了的特点,大胆运用各种抽象纹饰进行艺术处理,手法多变。可以说,高金爱的剪纸、绘画作品在安塞民间艺术中独树一帜,有辅导老师问她,你这么多这么好的剪纸、绘画作品是如何想出来的,她指指脚下的大地说:地里谋的。

从中年开始,特别是 1979 年民间美术普查之后,不论农话有多忙,高金爱总忘不了自己深爱着的剪纸艺术,只要一有空,她就不停地用手在地上画,画出自己满意、喜欢的作品了,她立马拿出剪刀和红纸剪下来,文化馆的艺术辅导老师每次去她家,她总能拿出厚厚的一摞新创作的剪纸让老师看。县上举办剪纸、绘画创作学习班,高金爱老是跟在那些她非常敬慕,有传统技艺的老婆婆们身边,虚心地向她们讨教学习传统花草技法,并将学到的东西用在自己的创作之中,使她创作的剪纸更加丰富耐看。

每次创作班上,高金爱都是最受大家欢迎的红火人。一次辅导老师让大家搞民间泥塑,七位老婆婆一组。休息时,高金爱一个人专心地捏塑着什么,大家谁也没在意。一会儿,她把那东西神秘地递到丈夫去世不久的曹佃祥手里。高度近视的曹佃祥看不清,把那东西凑到眼睛前细看时,引的大家一阵大笑。那是一个非常逼真的男性生殖器。在大家的笑声中,高金爱说:"我给你捏了个好东西,你拿上黑夜就不想你老汉了"。绘画创作班上,高金爱画了一幅《王贵与李香香》。陈山桥过来看她的画时,她扭过头笑着说:"我这画可画好了,这个李香香可像你婆姨了,你婆姨就这个样,扭着个大屁股。这王贵画的是你,你拉住个婆姨的手不丢手,还想亲口口哩。"

高金爱有非常好的艺术悟性和天赋,凡她看到的好的纹样都能默记在心里,而且对剪纸传统语言的把握很到位,在应用中灵活多变。她最喜欢剪动物,想象中的老虎、狮子,生活中的鸡、兔、狗、猫都是她表现的内容;生活中的乡亲们有情趣的老汉对烟锅、捣石块的石匠在她的剪刀下,都成了有强烈艺术感染力的艺术精品。

高金爱最擅长剪的是老虎,她剪下的《下山虎》八面威风,啸撼山村,《艾虎》温顺恬静,憨态可掬,让看了的人无不喜爱有加。由于从小有拦羊放牛的体验,她剪的牛造型简约、夸张,形态生动多变。她剪出的牛和人一样,你能感觉得到牛的喜怒哀乐,也能看出牛的休闲和紧张。高金爱的剪纸作品稚气逗人,简单明了,以阴剪为主,多用打牙纹和螺纹装饰,不经意间她会在适当的地方装饰上一朵小花,整体上深厚有力,拙中带巧,这一切与她生性幽默,爽直率真的秉性是一致的。

高金爱不但剪纸铰的好,画农民画、捏面花、塑泥塑样样出手不凡。1979 年至 2008 年,她一共创作了千余幅剪纸和绘画作品,300 多幅作品被中国美术馆、中央美术学院等收藏,多幅作品在《人民日报》《人民画报》以及《美术》杂志等发表出版。

高金爱的剪纸、绘画作品在安塞不是获奖最多的,但是她的《艾虎》2007 年获得了中国文联、中国民间文艺家协会颁发的民间文艺最高奖——山花奖金奖。而她的绘画作品《娃娃和艾虎》1982年春入选法国巴黎独立沙龙美展,《多喜》1983年入选全国农民画展,并入选出国巡回展,1988年《伏虎》荣获首届全国农民书画大赛二等奖,时任文化部部长的王蒙还接见了她。她曾当选陕西省农民画家协会副主席。她还是安塞县首届"十大杰出人物",也是首批国家级非物质文化遗产"安塞剪纸"传承人,也是我国向联合国教科文组织申报"中国剪纸"为"人类非物质文化遗产"时的16位代表性传承人之一。

2009年春,笔者第10次去家中看她时,在5个多小时的闲谈中,当听到儿子陈秀武说起她小女儿得病去世一事对她的埋怨后,老人说了这样一段话:"哎,东东,人留儿女草留根呀!你看我一天嘻嘻哈哈的,其实,我一直活在歉疚里呀。我山西的老汉和儿子为小女儿的事埋怨我一辈子,这只是我的一个歉疚,先头里的李家、后来的武家我都没有给人家留下一儿半女,我还让自己的小女子生生的在我面前疼死了呀……"

老人说到这里摇摇头,再不说话了,但我似乎听见她在心底说,我又该去怨谁呀!

2011年4月29日,这位安塞民间艺术家中年龄最大的老人,度过那个近年来少有的寒冷的寒冬,但却在春暖花开时闭上了眼睛。安塞四位被靳之林邀请到中央美术学院讲课的老人中最坚强的她,在胡凤莲(1987)曹佃祥(1988)白凤兰(1990)离开人们20多年后也离去了。惋惜之余,我又为老人终于可以放下那折磨她一生的歉疚而释然。

公元 2009 年 12 月初，白凤莲老人突发脑溢血，出血量达 35 毫升。我写这些关于她的文字时，她正在医院的病床上不省人事，4 天后她又醒了过来，但还不会说话。我希望老人能站起来，以她一生敢想敢为的性格来看，她应该能站起来！

白凤莲的乳名叫"曲"，1931 年生于安塞县招安镇后招安村。乳名叫"曲"的她一生也就如一首大气但不俗气的曲子，这首曲子的旋律最主要的特点是"敢想敢为"。

在安塞县杏子川这条总长近百里的川道里，"花匠曲"的知名度可不小。

小时候，曲就是个爱红火、爱热闹的人，她最爱往人多的地方跑，也喜欢坐在父亲怀里和乡亲们一起听父亲讲的"古朝"。当曲五六岁时，安塞就全县解放了，生活好了许多，社会环境也有了一定的变化。长大成人了，曲也出落成了一个远近有名的俊女子、巧女子，她嫁到了本村的另一户无血缘关系的白家。

由于 10 来岁上她就可以剪出一手精美的花，所以，在没有任何装饰物得那个时代，十里八村谁家娶媳妇迎新人时，都把给新娃娃绣一对枕头顶子，再剪点喜花打扮一下新房当作一种流行或固定的形式。于是，请她绣花剪花的人越来越多。陕北人把在某一领域，某行当里做得最好的人称为匠人，但匠人一词一般仅限在男人身上用，和文化人口里的"先生"差不多。可白凤莲绣的花，剪的剪纸太让大家喜欢了，于是，杏子川里渐渐地有了"花匠曲"的称呼，而且这称呼慢慢地取代了她的真实姓名。

1979 年隆冬，喜欢剪纸，被剪纸感动的美术工作者陈山桥到白凤莲家拜访。推开虚掩的门，就看见一农村婆姨盘腿坐在热炕上，一只手举着酒瓶对着瓶口喝着白酒，面前的炕桌上有两盘下酒菜，旁边放着剪了一半的剪纸。正是为本村出嫁女儿的乡亲剪花的她，品着请她剪花人家送来的酒菜，听了陈山桥的来意后，她没有一丝一毫谦虚地说："我七八岁跟大人学剪花，十来岁就能冒剪枕头顶花样，大人们都说我手巧心灵，见个甚就能剪个甚。我给你说，不是我能（炫耀）自己哩，我能不重样地剪出一百个蝶，不重样地剪出一百种枕头顶花样"。说话间，她拿起剪刀三下五除二地剪出两个蝴蝶。陈山桥细看了那两个造型独特、刀法利落的蝴蝶剪纸后，叹一声"真是名不虚传呀"。

白凤莲心灵手巧，在生活中也是个爱好爱美的人，她自己常穿戴得整整齐齐，也把丈夫孩子打扮得漂漂亮亮，窑里门外也收拾得干干净净的，不论贫富，她在生活上非常讲究。

她爱唱山曲，爱扭秧歌，还能当伞头指挥腰鼓、秧歌队。也有人说她爱显能，爱出风头，她听到了不否认不辩解，只一句："我爱呀，我爱我就做，我就想这样活，我才不憋屈自己，怎样高兴舒畅我就怎样"。

在她家炕上，面对着陈山桥，要剪一幅大炕围花"狮子滚绣球"的她把一张整开红纸折好,拿起铅笔在纸上画底稿,画的过程中,她一笔下去,准确无误,从始至终不擦不改,把个陈山桥看得目瞪口呆。惊奇之余,陈山桥问她:"怎能画得这样准确哪",她哈哈一笑说:"你不看是谁画哩,我是花匠曲呀!"

由于喜爱剪纸,从小聪明灵巧的白凤莲,经常挤在巧媳妇、巧女子堆里看人家剪花,学人家剪花。爱学好问的她把传统婚嫁、年节、宗教应用的各种纹样都烂熟于心,不仅能叫得出名字,说得出寓意,还能剪得出纹饰。但在做人处事上,白凤莲又不和其他陕北女人一样。她不识字,但什么事姁也敢想,想好了她就敢干。

1990 年,她听说县上有几个剪纸艺术家在西安涉外宾馆剪花卖剪纸,而且销路不错,她说:"我剪的不比她们差,她们能在西安给外国人剪,我也能。"于是她独自来到西安,毛遂自荐,在一家五星级涉外酒店表演起了剪纸,效益也非常不错。

正在西安挣钱挣得不错的时候,她又听到许多知道点安塞剪纸、陕北剪纸的客人一说安塞剪纸、陕北剪纸,就要说曹佃祥等那些曾在中央美术学院表演过的人们,好像去中央美院表演了就数这些人剪得好。她说我也去一回中央美院。她离开西安,只身来到北京在中央美术学院表演销售,作品供不应求,比在西安还火。

1994 年 7 月,应法国东方博物馆邀请,她远渡重洋,赴法国表演了 3 个多月,1995 年,又应邀去美国表演。

1998 年底的"英特网",也就是我们现在叫的互联网在中国还是个新生事物,就是大都市里的人们也对"上网"这个现在人人知道的词比较陌生。但白凤莲这个目不识丁的陕北老太太却干了一件让许多人目瞪口呆的事。偶尔听了一个到她家采风的文化人说了英特网的作用和功能后,她不顾家里所有人的反对,专程来到陕西省政府互联网中心，按要求缴了当时一个国家干部两个月之和的600元进网费，把自己的艺术简介和代表作品全部制成网页，成为陕西第一个触网的民间艺术家。有人说她："自己掏钱，把自己的作品毫无保留地让别人看，会影响你挣钱的，你这样做图甚哩？"她说："不是图钱，就想让全世界的人知道我老婆，让全世界的人认识我，就图扬个名！"

在安塞的所有剪纸、农民画艺术家中，白凤莲是正儿八经地收徒弟最多的一个人，她给所有人教的时候都是倾其所有，从不藏一点留一手，让自己的徒弟们赶上和超过自己，是她最大的心愿。

白凤莲从开始学习剪纸到她脑出血之前，从未间断过、停顿过剪纸，就连"文化大革命"破四旧期间，她也在夜深人静时悄悄地剪一会儿窗花，绣一阵枕头顶子。20世纪70年代农业学大寨，村里年年搞农田大会战，她也经常以有病等为由躲在家里为嫁女娶媳的乡亲们绣花、绣枕头顶、剪喜花。权威人士对她剪纸的评价是：白凤莲的剪纸风格、纹饰，完整地继承了传统纹样，并渗入了现代人的审美意识。她的作品甜美轻快，不拖泥带水，布局得当。她有驾驭大幅剪纸构图的能力，构图繁简得当，风风朗朗，而且韵律感较强，达到了雅俗共赏的境界。

从1981年1月1日，她的剪纸作品《闻鸡起舞》在《人民日报》头版发表起，她的炕围剪纸、神龛挂帘、坐帐花、大团花等多幅作品在十余家报刊、画册发表，并被选入多种选本出版，五十多幅剪纸作品在中国美术馆、中央美术学院陈列馆展出，并被收藏。多幅作品在全国各类民间艺术大赛、展览中获奖。

就在她病倒前的2008年，她还参加了奥运会期间在北京举办的"中国民间艺术绝技表演展出"，也就是在2008年初，搬进县城楼房里的她,将自己家的大客厅全部布置成了展室,也把新楼房当做自己的剪纸工作室。

好一个大气磅礴、敢想敢说敢为的白凤莲,希望这个国内在世不多的几位被联合国教科文组织授予"民间艺术大师"称号的白凤莲,能战胜病魔,将她这一"曲"优美、让人荡气回肠的民间艺术之歌,为我们这块本民族声音与旋律越来越弱的土地再延续些时日,让喜爱剪纸艺术的人们再多享受享受她的剪纸带给人们的美。

2011 年 4 月 29 日高金爱去世后,白凤莲这位我国向联合国教科文组织申报"中国剪纸"为"人类非物质文化遗产"时的代表传承人之一的老人,成了安塞唯一的一位国宝级"民间艺术大师"的剪纸艺术家了。

吉人自有天相,老人在上次的脑出血中,用她的意志战胜了死神,又活了过来,但是老人无法逃避脑出血的后遗症——半身不遂,她的右手和左腿瘫痪了,说话也不像原来那样字正腔圆、干脆利落了。于是,吐字不太清楚的老人现在主要是用左手揉搓着右手,骂儿女们:"我死得好好的了,你们为甚要把我又救回来,让我受这动不了、说不好、走不稳的罪哪,唉,连个花也铰不成了,我就不是我了呀,活着有甚用了,把我救过来就是让我活受罪哩嘛……"从老人的表情看,她对现状非常不满。

用剪纸寄托情思的

胡凤莲

　　胡凤莲是一个非常典型的陕北老婆，在生活中她不论做什么都替别人着想，宁可委屈自己也要让别人舒服些、如意些。在对待艺术，也就是铰剪纸绘农民画时，她又是一个有主见、原则性很强的人。

　　胡凤莲小时候赶上物质极度匮乏的时代，但爱剪花、绣花，还会自己扎染花布，长相和善俊俏，见人一面笑，尽管穷，她也把自己身上的旧衣服穿得齐齐整整，穿着自己扎染的花布做的可身的袄，自己绣的红花鞋，总是让婶子大娘嫂子大姐们夸不完赞不够，而方圆十里八乡的好后生们更是把她当做自己找媳妇的标准。结婚生子后，也是方圆有名的好后生的丈夫，为了一家人能过上幸福的日子，挣着命的在山里洼里劳作，不注意自己的身体，慢慢就落下了病，刚刚人到中年，就一病不起，丢下了胡凤莲和四个孩子。胡凤莲用柔弱的身体撑起了这个家，含辛茹苦地把孩子一个一个地拉扯大，成了家。儿女们都成家了以后，不愿给儿女增烦添乱的她一个人守在自己的土窑洞里，寂寞时就拿起剪刀剪几个花,剪好了把花夹在一张发黄的旧报纸里,放到手边的 个小箱子里,不让任何人看。她怕别人从她的剪纸里看出她对丈夫的思念,怕别人知道她心里的那些不愿告诉别人的秘密,更不想让别人知道她的寂寞、失落和烦忧。

在县文化馆剪花的几年时光,是胡凤莲心情最舒畅、快乐的几年。创作班上,不仅有吃有喝,还有一群同龄的老姐妹在一起拉家常、说说笑笑,在家的苦闷和孤寂就都没有了。胡凤莲一直是以一种感恩的心态对待参加剪纸农民画创作班。由于心里太看重每一次机会,每次刚开始创作时,她每剪下一幅剪纸都要悄悄地走到美术辅导老师跟前,小声问行不行,生怕别人听到。当听到肯定的答复后,老人就又放心地剪起来。

胡凤莲特别喜欢剪《蛇盘兔》、《鱼》。有一天创作班上,正在剪一条鱼的她小声地问对面坐的老姐妹:"前天你老汉来看你了,他是全脸胡,你黑夜跟他睡觉脸扎不扎?"这个也爱说笑的老姐妹哈哈笑着说:"吃辣子为辣,和男人睡觉就为扎,我看你爱铰鱼,就知道你想汉了。"这一下把胡凤莲说成个大红脸,不好意思了半天。

鱼在民间是寓意男性、情偶,也是民间生殖崇拜重要的表现形象,《鱼戏莲》、《鱼唆莲》都是最典型的表现男欢女爱的喜花。一些鱼的造型特别是头颈部具有男性生殖器的特征,而胡凤莲剪得鱼更加人格化,鱼鳍剪得像披着的大衣。而她爱剪的《蛇盘兔》也是在民间流传几千年的传统喜花,寓意着爱情和幸福,民歌中唱道:"蛇盘兔,必定富"。

创作班的生活对胡凤莲而言是非常幸福和快乐的,在创作中,她认真地把自己心里的美好的形象剪出来,就是起居生活,她也做得一丝不苟,不给任何人添一点烦乱,是学习班里人人夸赞的"好老婆"。但她的好许多时候是自己将委屈吞咽到自己的肚子里,用笑脸面对所有人换来的,也有例外的时候,那时,她也只是让咽不下去的泪水尽情地流。

一次创作班的结业大会上,胡凤莲来得迟了点,馆长前面讲了什么她没有听到,就按要求高高兴兴地结完账准备回家。可回到自己住了一个多月的宿舍里,同房住的高金爱等老婆还在剪花,没有回家的意思。她不解地问道:"你们怎么不回呀?"爱开玩笑的高金爱严肃地说:"你今天开会迟了吧!人家陈馆长说了,下次剪花不要你了。"她也知道高老婆子爱逗笑,可是人家几个还在剪,为什么让我把账结了呢?真的以后不要我剪了?我哪里做错了?除了今天来迟了一会再没有什么呀?

老婆越想越伤心,越想越觉得委屈,就躲在另一个没有人的房子里哭了起来,不出声的痛哭。一个文化馆职工发现她在哭后叫来了陈山桥。清楚老人为人的山桥着急地问她怎么了,是家里有了什么事啦还是身体不舒服?问了一会老人才说:"是不是以后办铰花班不要我了?""没有呀,你听谁说的?""那几个老婆子都这么说呀!""瞎说,她们是手里的那几幅大团花还没有铰完,让她们几个留一两天铰完了再回去呀……"听了这话,老婆笑了。

胡凤莲的剪纸以鸟、鱼、动物为主,造型简练明快,古朴大气。装饰上她一般不用打牙牙等简单的具象纹饰,而是用传统意象的云勾、贯线、花草、水滴、月牙、梭纹等纹样,作品纹饰大多简练统一,部分作品的装饰丰富而不杂乱。1980 年,她的 20 余幅剪纸作品就在中国美术馆展出并被收藏,《人民画报》、《美术研究》等 10 多家报刊发表了她的剪纸作品。绘画作品《春暖》在中国美术馆展出后,选送参加了法国沙龙美展,《植树》、《喂蚕》在《人民日报》、《中国农民报》上发表。

1985 年冬,胡凤莲与曹佃祥、高金爱、白凤兰等人一起被邀请到北京中央美术学院为师生们表演授课。一次课堂上,胡凤莲示范剪了一只公鸡,有美院学生问她鸡背上的那个勾是不是鸡翅膀,她说不是。学生们临着她剪的样子把鸡剪出后,有的人把那个云勾给省略了,老人看了说:不能没有那勾勾。学生们说不是翅膀的话就没有用,就应该去掉了呀。老婆说:你去了那勾勾就不是公鸡了……争执不下,惊动了靳之林教授,他一看笑了说:"老人家说得对,是不能去! 鸡没有生殖器,传统表现手法就给鸡背上多一个云勾代表生殖器,所以,那东西真去不得呀,去了就不是公鸡了……"

北京授课回来后,国内各地美院的师生们纷纷向安塞涌来。胡凤莲家也一年接待了好几批。许多学生为了体验到民间真正的东西就和老人同吃同住。1987 年初春,陕北大地还是乍暖还寒,胡凤莲家里又来了几个浙江美院的学生,老人像对待自己的儿女一样,想方设法让学生们吃好、住好。晚上,学生多,她住的那孔窑洞里挤不下,老人就让学生们睡在一直烧火的暖窑里,自己到放粮食、杂物的仓窑里去睡……几天下来,学生们从老人那里学到了他们想学的东西,满意而去,但老婆却在仓窑里受了风寒,从此,一病不起。儿女们抓药、找医生,带她到乡里、县里的医院,也还是没有留住她,1987 年夏天到来时,老人离开了这个世界。她留给儿女们的是她剪的和收藏别人的一小红木箱剪纸,那剪纸里有她对这世界的爱和她对万物的理解,也有老人那善良的、丰富的、深埋在内心深处的缕缕情思。

睡不着觉的潘常旺

剪起花就

夜深了,丈夫孩子都睡了,潘常旺仍沉浸在剪花带来的快乐与惬意中。此时,人世间的各种艰辛与愁苦,生活里的种种无奈与失落,内心深处那可以和别人说的和不可说的企盼,全随着剪刀的张合,随着红纸屑、绿纸屑洒落的沙沙声,幻变成快乐与安逸,自己似乎成了这世上最幸福的人。

鸡叫几遍了,剪花的人还没有一丝的睡意,她知道,自己必须放下手中那冷冷的剪刀了,因为天亮以后,这双现在为自己剪花的手还要为一家老小操持家务洗衣做饭呀。

在潘常旺一生的两万余个日子里,这样可以无牵无挂地剪花的夜晚是难得的,但也不少,因为这是她最快乐的时光。用她的话说就是:"一剪起花来就咋的也睡不着,鸡叫上几遍也不想睡。"

1924 年,潘常旺降生在安塞砖窑湾一户家境比较富裕的忠厚人家。尽管她家地处偏僻闭塞的深山里,因为父母均是远近有名望懂礼仪的人物,她从小受到良好的传统伦理道德教育。

长大后,忠厚、贤淑、手儿巧的她嫁到另一个家境也不错的家庭,丈夫是个典型标准的陕北汉子,受人尊敬,并被推举为周围几个村的会长,成了会里各种活动、过年闹秧歌打腰鼓的发起人和组织者,也是名声远扬的民歌手、腰鼓手和伞头,是这片土地上男人们的中心,也是这偏僻之地人们闹红火、寻乐趣的组织者。

潘常旺是村里女人们的中心,因为她的花剪得最好。每年的腊月,她家那在远近都比较漂亮、阔气的窑洞的几架大门窗上,贴上她剪的花花绿绿的窗花,引的村里的女人们都聚到她家。最让周围村里的女人们羡慕的,是她能剪各种不同的"窗云子"。"窗云子"是陕北剪纸中最难剪繁杂的一种系列花,就是在36格方窗上,按照自己构想,剪出一个一个的小窗花,然后贴上去组成一幅完整的大图案。每年的腊月里,村里的女人们围着她剪窗花,剔花样,她也把自己剪好的各种窗花给这家几十幅那家一摞子,尽管贫困,但热爱生活的女人们用五彩的剪纸,把偏僻的小山村装扮一新,剪纸给深山里营造出了热烈而欢乐的氛围,丰富着人们热爱生活的情感和激情。

由于潘常旺居住的安塞砖窑湾镇井坪河村太过偏远闭塞,陈山桥对全县剪纸普查中没有发现这位巧手的剪纸艺术家。但痴爱剪纸的她却从亲戚曹佃祥那里知道1979年冬天县文化馆要举办民间剪纸创作班的消息,她实在是羡慕曹佃祥,也实在想去参加创作班,于是,她连夜剪了十几幅花样,步行十多里送到曹佃祥家里,让曹给她捎给文化馆的老师,看人家看下看不下她剪的花,要不要她参加。但当文化馆通知让她来参加时,她却因家里的事太多,实在离不开而无法成行。

一年又一年,这个事事考虑家人,一切以丈夫、子孙为中心的老人，都无法从繁杂的家务里抽身去参加自己梦想中的剪纸创作班，在幻想里苦度了9年之后，1988年，65岁的她硬着心放下家里的事赶到安塞县城，参加了安塞县首届民间剪纸艺术大奖赛，并获得了二等奖。此后的创作班上，这位迟到了9年的老人是全班上最能下苦功的人，她每天白天剪一天，夜里还要剪到十一二点，每天早上还起得很早。文化馆的干部们担心她的身体，让她多休息一会儿，不要急，她说我也没办法呀，一剪起花我就不想睡了，也睡不着了，家里也是这样呀。

潘常旺的剪纸作品写实，单纯明快，内部装饰多用写实的打牙牙表现。剪纸的各种类型里，她最喜欢剪的是窗花，她的窗花剪工严谨精确，小巧精美，对于各种传统花草图案，她烂熟于心，可以信手剪出。她创作的《十二属相》、《打场》、《门神花》等作品是安塞剪纸的代表作品。潘常旺不仅花剪得好，也是镶嵌锅围画、画炕围画的能手，她还是所有剪纸艺人中不多的几位画过箱子画的人。1993年安塞民间绘画创作班上，这个剪起剪纸睡不着觉的老人，画上画也一样睡不着了，白天黑夜不停地画，20来天，她创作出了50余幅作品，让文化馆的干部和同伴们为之感动。她的《牛姑娘》、《爷爷孙子》等农民画，一反自己剪纸写实的风格，造型夸张，生动有趣。《十二属相闹红火》则用拟人手法表现了十二种动物的不同神态，再加艳丽的色彩，为人们创造出了一个亦幻亦真童话般的世界。

晚年，老人经常住在西河口女儿家里，也经常和同在西河口的常振芳在一起，因此，两位老人成了喜欢民间艺术的人们经常拜访的对象，也使得西河口的名声远扬。2003年初，老人无疾而终，与常振芳同年离世。也许，在天国的她们还在一起剪着、画着……

用现在的词形容张凤兰,那词应该是:阳光。而张凤兰让人叹服的是从小到老到去世前,一生都是阳光、快乐的!这是让和老人在一起学习、创作过的同辈、晚辈以及采访过或和老人在一起共过事的乡亲、亲人们印象最深的。

老人不是个生活多么富裕的人,但率性乐观、爱唱、爱说、爱笑的她,快快乐乐地度过一生。20世纪80年代中期,随着安塞民间艺术在国内引起的重视,众多美术工作者都来安塞学习采风。在一次创作班上,前来学习的中央美术学院老师问她叫什么名字,没有想到她高声唱着回答到:"高桥川,川不宽,我的名字叫张凤兰……"

虽然当时老人已是60来岁的人了,而且长年累月地为生活劳碌,使她中年时就有了气喘的毛病,唱起歌来上气不接下气,但她的信天游唱得韵味十足。不论在家还是在学习班上,老人都是爱说、爱笑也爱唱,因此,创作班上的剪花老婆们给她起个"喜鹊"的外号。她听到人们这样叫她不仅不生气反而笑得合不拢嘴,问她为什么,她说:"这外号我从小走到哪人们都给我起,我就是叽叽喳喳的多嘴喜鹊。"停了停她又说:"喜鹊总比乌鸦好吧,我真的喜欢这外号,哈哈……"

张凤兰1925年生于榆林横山县,幼年时父亲就去世了,母亲带着她来到早些年逃南老山落户在高桥乡南塌湾村,而且还有了不少土地,过上好光景的大伯家。她就给大伯家拦牛喂驴,一个人村前村后、山里洼里拦牛放驴时,她就对着山峁和上面的牛、驴唱信天游。忙完了回到家,窑洞里院子里又是她的说笑声。手巧的她从小就会剪花,是个家里和村邻们人人喜欢的快乐天使。

张凤兰个子不高,但圆脸大花眼的她很富态,符合陕北人的审美观念,再加上她那人人喜欢的性格和巧手,是个许多人都喜欢的俊女子。16岁时,大伯做主把她嫁给在自己家揽长工的后生张四。张四是众多长工里不论是人品还是能力都让大伯赏识的一个有本事后生。聪明能干的张四不几年就把光景过得红红火火,也是周围有名的说大事了小事的能人,新中国成立后还在村里当了30几年的村支书。所以,张凤兰应当说是在一个和睦温馨富裕的家里过了一辈子无忧无虑的快乐日子。

张凤兰剪剪纸喜欢用那种农村现在不多见了的,乡村的铁匠手工打造,婆姨女子们用来做衣服的大剪刀,剪花时随意性很大,就是剪大幅剪纸也从不用铅笔起稿,而是先大刀阔斧地剪出主要部分,边上余的纸也不剪掉,随形就势剪成所需要的装饰形象。剪出大体外形后,再进行精细的修饰,作品灵巧多变、虚实相间、浑厚有力。她最擅长剪枕顶、花草等传统纹样,但最喜欢剪《抓髻娃娃》、《艾虎》、《鱼》,作品造型稚拙,像孩童般稚趣、甜美、可爱。《人民日报》(海外版)、香港《新晚报》、《人民画报》都发表过她的剪纸作品。

1988年，县文化馆要举办一次剪纸大奖赛，把艺人们招集到县里创作。别人都在争分夺秒地创作，可她不，剪一会唱几句，再放下剪刀出去在外边转悠转悠，和外边的文化馆工作人员或其他人说笑说笑，转尽兴，回来再拿大剪刀风风火火地剪一会儿。就这样不经意间，她剪出了《二龙戏珠》、《犁牛》等等作品。所有创作出的作品布置出来评选完后，她的作品夺了魁，获大赛一等奖。有记者采访她让她谈感想和心得，她直率且谦虚地说："我的花我看就那么个，我就看见人家老婆婆铰得好，铰得齐齐价儿，掏得细细价儿，比我日鸡慌忙铰下的好得多……"话没完她又被自己的话逗得哈哈大笑起来。

　　张凤兰画农民画可没有她铰剪纸那么容易。开班几天了，她怎么也画不出来，急得要回家去，不画了。也同样着急的陈山桥想了半天后说她："你能不能用剪刀起草图呢？"她听了拿起大剪刀一会儿就剪出了所要表现的内容，然后在画纸上用铅笔勾出来。山桥又将她勾下的铅笔印擦模糊，再让她重新画出来。她在模糊的草图上重新勾画出了轮廓，画成了第一张农民画。画好了，看陈山桥满意地笑了，她哈哈大笑着说："唉！我笨呀，原来在家里镶嵌锅围画就用这办法呀，先用纸铰上个大样样，按在泥好了的锅围子上画出来，再就只管把泡软了的鸡蛋壳壳碎片片往上贴。"找到了方法的她很快画出了一批有自己个性的农民画作品，其中《赶鸡》获陕西省现代民间绘画展一等奖，《骑驴婆姨》获文化部主办的中国民族义化博览二等奖，她也成了安塞农民画"剪纸型"造型的代表人物。

　　如果说张凤兰一生中还有过一段比较不快乐，少了笑声、歌声的岁月的话，那就应当是她丈夫张四去世的那段时光。1993年初，丈夫去世不久她来到了创作班，年近七旬的她在班上和原来不一样了,不笑不说不唱了。就在许多人觉得创作班上的气氛由于她的变化而变得没有生气和活力的时候,一天早上,她突然又变回去了,精神特别好,见了人就说:"我娃他大夜黑里看我来了,给我托梦了,她说让我好好价在文化馆铰花,不要想他,我说'嗷,我听你的话'。"从这天起,她又说开笑开唱开了:"擦着个洋火点着个灯,放下个枕头短下个人。白日想你上不了炕,黑夜想你睡不着觉;你叫我唱来我就唱,咱俩个死死活活相跟上……"

2002 年正月 17 日,我和陈山桥来到张凤兰家,78 岁的老人家身体状况不错,山桥要她铰的传统花草、枕顶子剪纸她已全部剪好了。晚上吃过饭我们和她及她的儿子一起聊了起来,除过说剪花画农民画之外,她不时地提起自己那已去世快 10 年了的丈夫张四。我逗她:"你老一辈子就没有恨过张四吗?"老人笑了笑看了儿子一眼说:"也没怎恨过!"

她儿子回自己的窑洞去睡了,我们和老人在她的炕上睡下后,我又问了前面那话,老人长叹一口气说:"在一搭里过了几十年日子,怎能没恨过呢?"我问她为什么事恨,她说:"唉,他当了几十年的村支书,人也有本事,他出去怎么样我从来不管,可他不应该……尔格再想想,他说的也不是没道理,好男霸九妻哩,男人家么,也不是个甚大事。"

我一直以为那是老人受到的最大的伤害,一次和一位文学前辈聊她时说了这事,那老师听完后否定了我的认识,他说:"你不觉得她是在变着法儿夸自己男人有本事吗?"

这位阳光了一生、幸福快乐了一生的老人在我们去过后的第二年去世了,去世前是否得病等详情我不知道,但我知道率真乐观的老人应当是无憾而去的。

李秀芳：一把剪刀剪春秋

在安塞县众多的民间艺人中，1941年出生的李秀芳是最早见过世面的一个。20世纪80年代初，受法中友好协会的邀请，她作为陕西省的第一位民间艺术家远赴法国，以一张张鲜活生动的剪纸，赢得了那些金发碧眼、文化观念截然不同的法国人的阵阵赞叹；20世纪90年代初期，她又来到还未回归祖国怀抱的香港、澳门，一把剪刀几张红纸，几番轻翻细剪，动物、花鸟便活脱脱地展现在人们面前，赢得了受西方文明熏陶的港澳同胞的啧啧称赞；2007年夏天，李秀芳又受邀赴美，虽因突发疾病而未能成行，但李秀芳的名字不管是在中国还是国外，在所有热爱民间艺术的人们心目中，都有着深刻的印象。

李秀芳也是因为剪纸而获得政治待遇最多和最高的陕北民间艺术家。她先后当选两届陕西省人大代表，一届陕西省政协委员和两届安塞县政协副主席；她还是全国三八红旗手，陕西省农民画协会副主席，她既是中国文联命名的"中国民间艺术杰出传承人"，也是国家文化部命名的首批"国家级非物质文化遗产代表性传承人"（安塞剪纸）。

我经常去安塞县城马家沟李秀芳的家中拜访这位具有传奇色彩的陕北民间艺术家。她屋内的光线比较暗，2007年夏天，在北京参加一个全国性的民间艺术活动时，李秀芳老人突发脑溢血，此后身体大不如以前健康硬朗。可茶几上那些一直在变化的一沓沓剪纸和那把黑色的剪刀，却总能把人们带进她的剪纸艺术世界。

　　李秀芳出生在宝塔区井家湾村，几十年前嫁到安塞县沿河湾后，成了当地远近闻名的剪纸巧手。和大多数的农村妇女一样，她的"作品"起初也只是窗户、炕围上的色彩点缀，虽然柔婉、细腻、惟妙惟肖的剪纸让人们爱不释手，但却没有登上大雅之堂的机会。20世纪70年代末80年代初，在县文化馆全力挖掘民间艺术的大背景下，李秀芳和她的剪纸渐渐走进了艺术的圣殿。人们惊讶地发现，她大脑里装着永远剪不完的奇花异草、百龙千凤。1982年，受法中友协的邀请，李秀芳来到了法国。每到一处，李秀芳的剪纸总是吸引着人们的目光。法国人对她在几分钟内把一张红纸"变幻"成各种动物花鸟的举动百思不解，有的竟认为她的剪刀里藏了什么"机关"，在亲自验看剪刀后，更是啧啧称奇。一次，法国人要求她剪一只猫头鹰。在陕北，猫头鹰是凶鸟，平时老百姓见了避之唯恐不及，更不要说剪了。但在法国，人们却把猫头鹰视为吉祥幸运和智慧的象征。应法国人的要求，李秀芳凭山里劳动时"惊鸿一瞥"的印象，剪出了猫头鹰，这一剪更让法国人称奇，现场的人们纷纷出钱收藏，一时间李秀芳剪的猫头鹰成为最受欢迎的珍品。

　　有心之人做有心之事，这句话用在李秀芳身上十分恰当。1999年年底，面对即将到来的新千年，李秀芳构思创作了一幅盘龙剪纸"2000"，龙啸长空，跨越千年，喻示着中国这条巨龙跨越世纪走向新的征程。这幅剪纸一诞生，便被多家文化、印刷公司采用，人们都为这幅剪纸精巧的构思和浑然天成的线条构图而叫好，却不知道，这幅作品出自一位山村妇女之手。其实，李秀芳的剪纸艺术总是在超越，此前，她就构思创作了130多幅神态各异的龙形剪纸，后经延安著名画家艾生的倾力编排，出版了精美的《百龙图》。

用著名民间艺术辅导者，陕西非物质文化遗产保护中心首席专家、研究员陈山桥的观点来说，李秀芳是安塞老一代艺人里创作能力最强的剪纸能手。我们从曹佃祥、高金爱等艺人的作品里能看到浓浓的汉代文化遗风，而李秀芳的作品却非常现代，同样是一个题材，她可以在短时间内变换出各种造型，线条细腻，造型精致，雅俗共赏，非常受人们欢迎。因此，她的剪纸、农民画作品屡屡获得大奖，被国家级、省级美术馆、文化馆收藏了百余幅，她个人也因此赢得了各种荣誉。

生活中的李秀芳，比常人有更多的痛苦体验。她出生在一个贫苦的家庭，父亲是个老八路，因为在延安革命时期的战争中落下了病根，回家几年后就病逝了，去世时才38岁。从小和李秀芳一起玩耍的哥哥，是延安时期的一个共产党军人的孩子，因为那八路军两口子要去前线打仗，就把出生几个月的孩子送给了她们家。她妈妈含辛茹苦的把那个男孩子养大成人了，可刚解放不久，那个已经是中国人民解放军高级将领的父亲找来了，她母亲流着泪，把那个将军当年写下的契约撕了说："孩子，跟你亲大亲妈到京城里享福去吧。"

当苦难太多的时候，人就想和别人说说或者吼唱几句，李秀芳嘴笨话少，坐在家里难受就到半山腰的大树下闷着头给去世的父亲铰，给走了的哥哥铰，给苦日子铰，给自己的命运铰，她就用手里的剪刀把自己心里的话说出来，就用剪刀和纸排解着自己心灵深处的愁苦和无奈。

长大成人了,她嫁给了自由恋爱的丈夫。丈夫也是个苦命的人,亲生父母为了照顾年轻轻就去世的哥嫂丢下的三个孩子,家里太过贫穷了,就狠心把自己的三个亲生儿子送了人,改了姓,一心一意的抚养哥嫂丢下的三个孩子。李秀芳非常满意自己的丈夫,他们的日子也过得红红火火的,她一口气生了6个孩子,三个女儿,三个儿子,真的是睡在炕上一溜溜,站在院子里一伙伙。但是谁能想到此时已经70多岁的娘家妈妈又有了大难,李秀芳37岁的弟弟,因为忍受不了村里人欺负,上吊自杀了。而李秀芳的大儿子从小害青光眼,看不见东西,给找的大儿媳妇得了小儿麻痹,娶到她家不几年就瘫痪在床,吃喝拉撒都要靠李秀芳料理。二儿子在学校踢足球时因意外眼底出血,曾在西安看了三年病,求医期间母子俩因烧蜂窝煤煤气中毒差点丧命。2007年在北京,她本人也突发脑溢血,而她那至爱的丈夫,也多次脑溢血。过去是农村困顿的生活,现在虽居住城里,衣食无忧的她却因为至爱亲人的疾病交加,生活的重担似乎永远不让人喘息,但李秀芳已学会了勇敢面对。料理好一家人的生活之外,她又进入到了她的艺术世界,这是一个能让老人轻松、快乐的境界,也是她面对生活的精神支点。

因为有剪纸来排解她内心深处的苦痛,李秀芳用她那柔软的身躯,扛起了所有的苦难与艰辛,就在与命运的抗争中,李秀芳用自己的心和手里的那把剪刀和画笔,为世界创作出了许许多多让人们精神振奋的艺术品。

一把剪刀,一个艺术世界,我们祝愿李秀芳能创作出更多的艺术珍品,也祈盼她生活里的苦难少点,难道一个给世界许许多多甜美的母亲,不应该享受一点甜美吗?

张芝兰与樊晓梅

——山丹丹到牡丹花的嬗变

1977 年 2 月出生的樊晓梅，是目前安塞剪纸艺术家中年龄最小的。但在国内外剪纸艺术界，她可是个名气不小的人物，特别是在台湾人眼里，她就是中国传统剪纸或者民间剪纸的化身，被誉为"剪花天使"。她从 2002 年起，每年都要去台湾，有时一年去几次，一去就是两三个月，于是，台湾媒体干脆把一个当时让樊晓梅本人也惊诧的称谓给了她——"大陆剪纸皇后"。

艺术本身不存在"最好"、"最差"或最怎么样，因为艺术的本质是只有更好，没有最好！但在某一个艺术的小圈子里的艺术家却是另一回事了。在安塞所有的剪纸艺人中，樊晓梅身上的确有许多"最"。

她是经历最具传奇色彩的一个女子，也是安塞剪纸艺人中出国表演次数最多的人。仅 2012 年，她就先后四次出访了美国、瑞士、意大利、法国、土耳其、韩国，还去了一次香港、澳门。

她是对民间剪纸艺术理论懂得最多的安塞剪纸艺术家。

她也是一个前后反差最大的女孩，被台湾同胞作为一个给青少年励志的榜样,而仅仅读过半年初中一年级的这个山里女孩,现在是吉林大学、长安大学、西安老年大学的客座教授,为这些高等院校的学子们讲授剪纸艺术课程。

她也是目前安塞最能正确地给剪纸艺术家或者她自己定位的人。

她虽不是从剪纸艺术中得到最多荣誉与财富的人,但她却是因剪纸改变最大的人。

还有她是最早被以一本图文并茂的书介绍到全国的安塞、乃至陕西的剪纸艺术家——《樊晓梅,一个安塞姑娘的剪纸故事》;也是最早编著个人剪纸技法的安塞剪纸艺术家——《樊晓梅剪纸技法》。

她是安塞剪纸艺人中变化最大、最快的人。这一点就是我的个人感觉了。还有,她也许是安塞剪纸艺术家中烦恼最多的一个人,因为她懂的、知道的太多,她想达到的目标太远太大……

樊晓梅既然已经是一本书的主人公了,那她的故事一定是非常吸引人的。人,所有的一切都是有机缘的,樊晓梅的所有机缘和别人一样,都是与她的母亲无法割离的!

她母亲叫张芝兰,在生晓梅之前,已经生了两个儿子四个女儿。母亲希望她是男孩,却生下了她。于是,体弱多病的母亲将她扔进尿盆里。在炕头忙活的二姐听着晓梅的哭声,看着这个胖乎乎可爱的小生命,就把她从尿盆里抱出来,又找了件衣服把她包起来。极度虚弱的母亲,看着年纪小小的二女儿在那里笨手笨脚地摆弄着刚刚出生的小女儿,似乎理解了自己已经去世的母亲30多年前的无奈与埋在内心深处的痛楚,她用被角掩住了自己的脸,默许了二女儿。晓梅就这样活了下来,也迎来了属于她的酸甜苦辣。

张芝兰是当时安塞众多剪纸艺人中的一名比较优秀的剪纸艺术家，是安塞南川楼坪川的代表人物。她出生在内蒙古乌审旗，因为旱灾3岁时和奶奶母亲一起逃荒要饭来到安塞比较偏僻的梢沟楼坪乡洛平川村，16岁时招了位上门女婿，然后又和丈夫一起搬到现在的张新窑村。

在张芝兰内心深处有一个让她痛恨自己母亲的痛，因为这个痛，她一直很少与母亲说话。那是从内蒙古往安塞逃荒的途中，靠野菜草根充饥，烈日下，极度虚弱的母亲抱着3岁的她在毛乌素沙漠里艰难地走着，渐渐地和负担比自己还重的婆婆及丈夫的距离越来越远了。母亲非常心急可无能为力，于是，咬咬牙掏出两根麻绳，把3岁的小张芝兰的裤管扎起来，然后一把把地抓起沙子往女儿的裤子里装。两个裤管都被沙子撑得鼓鼓的了，泪流满面的她揽过女儿，深深地亲了几下后，站起身来头也不回地追赶婆婆及丈夫去了。被沙子的重量压得只能小步移动的女儿哭喊着，可母亲却越来越远了。当婆婆看到只身一个人赶上来泪流满面的媳妇，问明情况后，婆婆说：尽管为活命许多人这样做了，但我们一家人就是死也要死在一搭里。说着，婆婆又折身跑回去在沙漠里找到了小芝兰，并把她抱了回来。

我们现在看这事觉得不可理喻，但在当时，这其实是许多无可奈何的父母们都采取过的办法。这点，就连张芝兰也是明白的，但她一直无法原谅母亲。张芝兰从小就和母亲学习了带有蒙古族草原文化特色的剪纸，也入乡随俗的吸收了大量陕北剪纸的艺术特点。草原文化与陕北传统的有机融合，使她的剪纸、绘画作品绽放出别具一格的艺术风格。

陈山桥对她的剪纸作品特点的总结是：一是作品整体感深

沉庄重,造型原生态味强;二是作品内部装饰变化丰富,没有固定的程式;三是喜欢对造型的各个局部用各种有生命力的动物装饰。

张芝兰是安塞民间艺术走向全国、走向世界的众多功臣作者之一,有众多作品在中国美术馆、中央美院展览馆展出、收藏;《鸡》、《牛》等20多幅剪纸作品在《人民日报》、《中国日报》、《延安剪纸》等十多家报刊、画册上发表。而她的民间绘画作品一点也不比剪纸差。

在绘画创作时,张芝兰能充分发挥自己剪纸造型的特点,喜欢用多种色彩在画面中穿插,使一只老虎、一只山鸡或猴子的画面看上去五光十色,美丽而协调。1982年,法国独立沙龙美展时,中国美术馆精选了七幅安塞民间绘画作品参展,而这七幅作品中竟然有《谷林间》、《孵小鸡》两幅作品都是张芝兰的。同年的《中国妇女》英文版选发了五幅安塞民间绘画,竟然又有两幅是张芝兰的,这在安塞民间绘画史上可以说是非常奇特而让许多人感叹的。1988年文化部、农业部等七个单位联合举办的中国农民书画大赛上,她的《毛猴吃烟》荣获三等奖。这幅能代表黄土高原艺术特色的作品也入选了文化部出版的大型画册《中国现代民间绘画精粹》。《人民日报》、《人民画报》、香港《新晚报》、《文艺报》也刊发了她的绘画作品。

1990年7月,张芝兰在县文化馆参加农民画创作班,看到薛玉琴、朱光莲等人都带着自己的女儿帮着上颜色,就向馆长提出自己家也有一个女儿,正放暑假,也想带来锻炼一下。得到许可后,她就给家里捎话,樊晓梅一个人换了几次车来到了学习班,也走上自己现在又爱又为其烦恼甚至痛苦的民间艺术之路,也开始了一朵陕北背洼洼上的山丹丹花向国色天香的牡丹花嬗变的那充满艰辛与痛苦的过程。

一个时代有一个时代的特点，一个时代也有一个时代的痛楚与无奈。张芝兰是一个非常优秀的民间艺术家，而且她的丈夫、儿女也是非常能吃苦、勤劳善良的陕北人，但她的一家无法超越那个时代所特有的贫穷与无时不在的病痛。

1992 年 7 月，患心脏病多年的张芝兰，不顾丈夫和儿女们的再三劝阻，抱着自己刚刚获得的全国大奖奖杯，带着晓梅以凤凰涅槃的姿态来到县文化馆的剪纸创作班。开班没几天，张芝兰的心脏病复发了，馆长几次劝她休息她都不肯。馆长杨宏明和辅导老师陈山桥为了让她有个好的创作环境，想方设法为她和她女儿晓梅倒腾出一间房子。由于病情加重，她的手开始颤抖，剪子也不听使唤了，只好拿起铅笔画剪纸大样、画农民画线描稿，指导女儿晓梅剪、画。当馆长和指导老师再次劝她不要剪了，快点回家时，心里明白自己病情的她双眼含泪，用近乎哀求的口气说："我知道我的病，一时半会死不了，你们不要担心，让我多铰两天，我想把我会铰的花全铰出来，铰出来我心里就安稳了。"喘了口气，她又缓缓地说："下次我肯定来不了啦。"说这些时，她的眼里虽然满含热泪，但语气和神态是淡定而超然的。

面对着这个把铰花看得比自己生命都重的民间艺术家，馆长和辅导老师只能在心里默默地为她祈祷。手颤得厉害了，她休息一会或用铅笔画一会，好点了，能拿住剪刀了，她就开始剪自己最擅长的鸡。这次学习班上，张芝兰一气剪出了几十幅神态、造型各异的《鸡》，即将告别人世的她似乎在借"鸡"抒情，借形寓意。她的这些作品，整体看上去是一只充满生机的鸡，但细细看去，不同的鸡眼睛又变成了一朵朵俊美的花儿，鸡尾却又变成了鱼。不同的动物、昆虫、花草都融进了不同鸡的造型之中，这些剪纸艺术绝唱式的作品，成了她与这个世界的最后对话。

创作班结束3个月后，心脏病和肺气肿并发的张芝兰病情一天天恶化。1992年腊月初八夜里，张芝兰拉着小女儿樊晓梅的手说："以后不要铰花了，这活儿太累人了，也改变不了你的生活，别指望它能给你带来什么，今后找个人家嫁了算了。"弥留之际，张芝兰紧紧拉着晓梅的手，满脸泪水地说："我走了，你怎么办呀？哎！当初不要你多好……"此时的张芝兰，似乎在自己痛苦的同时，也更理解了些自己的母亲。

这位先知先觉的母亲，似乎在20年前就知道自己的宝贝小女儿今天的境遇和在民间艺术之路上的艰辛，其实设身处地地想一下，人们也不难理解在晓梅出生时张芝兰把她扔进尿盆的举动，只是面对生命的丰富多彩和其中的艰辛，我们无法说什么是对的，什么是错的，但母亲对小女儿晓梅那种刻骨铭心的爱是真的，而女儿在自己离开人世时还没有长大成家，她的将来会是什么样子，会不会幸幸福福一辈子，会有什么样的苦难与不幸，这是母亲最大的牵挂。这牵挂是撕心裂肺的，张芝兰带着这撕心裂肺的牵挂，紧紧拉着晓梅的手走了。

时至今日，我们可以说樊晓梅是张芝兰留给这个世界最好的作品，但我们更惊异母亲对生命的感悟，也许，她在世时已经知道了爱女往后的路和这路途的艰辛与无奈。

母亲的逝去，也是爱的离逝。只上过一年初中的樊晓梅和父亲相依为命，用心照顾年过60的父亲。在日常的生活里，失落了母爱的她不知道自己该何去何从，同时也急着寻找方向，十几岁的她竟然时常一个人步行60余里的山路到甘泉的三姐家。不久，她又到了黄陵的大姐家里，帮着贩卖小米的大姐做饭，打理家务。后来大姐夫又把她送到自己在西安的表妹家。母亲离去两年多的日子里，剪刀和红纸始终伴着樊晓梅，也许她将剪纸当作一种在苦闷徘徊的日子里的慰藉。从 8 岁起就随母亲学剪纸，13 岁时独立创作，14 岁时随母亲走进县文化馆创作班，她已经和剪纸有着无法割舍的情缘了。重要的是剪起剪纸，就好像母亲又回来了，就坐在自己身边。

在大姐夫的表妹家里，樊晓梅剪一些剪纸，让姐夫的表妹拿出去卖，以补家用。两个多月后，她借了辆自行车自己骑着在西安城里转，希望找到一份工作。一天中午，转累了的她想休息一卜，坐在一个公园门口草坪上的她看到旁边有一张别人丢弃的报纸，就随手拿过来翻了起来，她看到这张报纸上刊登的一则"西安市秦王宫招聘民间艺人"的消息，其中有剪纸项目。

也许是冥冥中母亲在帮她，也许是皇天不负苦心人吧，晓梅的这一翻，翻开了她人生新的一页。

她顺利地在秦王宫上了班。在大型旅游、影视基地秦王宫民间艺术村的陕北窑洞里，她认识了形形色色的朋友。1995 年10 月，在陕西省群众艺术馆美术部陈山桥的推荐下，她走进了陕西电视台一台晚会，在晚会上剪"陕西八景"。此后，她的作品在国内一些民间艺术大赛上获奖，也有了许多为电视剧、大型晚会剪制剪纸道具的机会，她对剪纸艺术的理解和技艺也在突飞猛进。

在她认识的各色朋友中，山东青岛警察都卫东（艺名鲁汉）应当说是她的贵人。这位山东大汉对她的帮助非常大，特别是在她对剪纸艺术产生动摇准备放弃，回延安过轻松日子时，侠骨柔肠的鲁汉用书信开导她、安慰她，使她走出了人生的低谷；也是这位山东大汉邀请她参加了陕西之外的第一次艺术节——青岛糖球艺术节。还是鲁汉向著名民间美术研究编辑家左汉中推荐，才有了《樊晓梅，一个安塞姑娘的剪纸故事》一书的出版和她知名度的提升。

在自己的不断努力和各方朋友、师长们的帮助扶持下，樊晓梅迎来了她艺术生涯的春天。1998年6月25日，20来岁的她成为安塞剪纸艺术家中出国表演访问年龄最小的人，她还没有从日本访问表演42天的喜悦与激动中走出来，又迎来了在西安古城墙上为当时的美国总统克林顿和夫人希拉里表演剪纸的机遇。

她被安排在克林顿走上城墙的第一个展位。晚上7点左右，克林顿一行踏过一阶阶石台阶，一走上城墙，迎面樊晓梅那些琳琅满目的剪纸就吸引了他："这是什么？这就是剪纸吗？真漂亮呀！"在克林顿的赞许声中，樊晓梅的手尽管有些颤抖，但她还是非常娴熟地为克林顿剪出了一只王气十足的老虎，同时送给他一套12生肖剪纸。看着现场剪出的老虎克林顿一家全乐了。事先知道克林顿的共和党与民主党的"驴象之争"的她，又把一幅自己创作的《老汉牵驴》送给克林顿，克林顿更高兴了。问她要不要钱，樊晓梅说："不要，是我送你的。"他连忙竖起大拇指说："OK，我回去一定留着它，中国剪纸真是了不起！"樊晓梅还送给总统夫人希拉里一套十二生肖剪纸，最上面的是一只乖巧可爱的兔子。非常喜欢剪纸的希拉里也高兴地大加赞许。

日本、加拿大、马来西亚、新加坡、古埃及、德国、伊朗、美国以及中国台湾、香港、澳门等等国家、地区，她飞来飞去，有时，一年就要去台湾几次，一去就是两三个月。出国如今对樊晓梅而言不是什么大不了的事了，她也没有了昔日出国的那种激动和兴奋，她在思考如何更好地学习，提高自己的技艺和艺术修养，创作出更好的剪纸作品。尽管她到国外去是办剪纸展览、剪纸表演和教学活动，尽管她在日本、加拿大、中国台湾等地的许多高等学府和国内的中南大学等处多次举办了专题讲座，而且台湾一家文化公司还为她策划出版了一套《樊晓梅剪纸技法》，别人把她当专家、称她为"大陆的剪纸皇后"、"来自黄土地的剪纸皇后"，但已著书立说的她知道仅上过一年初中的自己的水有多深，缺什么东西。

2006 年 9 月，经过争取，她自己花费 8 万余元来到中央美术学院非物质文化遗产与民间美术系进修，一年的时间里，她在中国非物质文化遗产中心主任、中央美院教授乔晓光的门下，认真系统地学习了有关民间艺术和美术造型等知识，使自己的思想观念和对艺术的感悟能力，有了质的飞跃。

2008 年，她因自己在民间剪纸艺术中的突出成就和成绩，光荣当选 2008 年北京奥运会火炬手。她还有多幅作品在国内的各类大奖赛上获奖，但樊晓梅一刻也没有放松学习、进修。她知道自己本是一朵山丹丹，要想成为自己更喜欢的国色天香的牡丹花是艰难的。

如今的樊晓梅，早已不是西安秦王宫里的那个陕北俊女子了，她现在在西安有了属于自己的房产，也有了自己的民间美术工作室，并且这个原本只上过初中一年级的陕北山里女孩子，现在是吉林大学、长安大学、西安老年大学的客座教授，给这些高等学府的大学生们讲授民间剪纸艺术。但已年过 30 的她，如今还形单影孤地一个人在异地他乡奋斗着，个中滋味别人不好想象，但她自己心里明白。樊晓梅有过辉煌，也有过灿烂，但辉煌与灿烂背后的汗水甚至于泪水别人没有看到，而且她那感染力强、让人过目不忘的大方而率真的笑容后面那些为民间艺术、为生活、为自己明天而思考和生活中只有她自己能感受到的痛楚与无奈，是谁也无法知晓的。

比如说乡亲或哥嫂、姐姐或侄儿外甥，似乎怪她不经常回老家，而谁会想到母亲弥留之际拉着她的手泪流满面的形象；父亲脑溢血病危后，她和哥姐赶回家，7 个子女面对一个需要 4 万元就可以救过来的父亲，却没有一个人可以救得了他，眼睁睁地看着父亲在自己面前痛苦了四天四夜后永远的离去。这些影像总是缠着她。加拿大温哥华一位北京籍中年妇女要她给自己 88 岁的老母亲剪一幅大寿字，她用两天时间剪出那幅自己也喜欢的由许多牡丹和蝙蝠组成的"福寿"大团花，交给那位顾客后，她泪流满面。这些影像让这位貌似坚强有力的弱女子那失去母爱后异常柔弱的内心无法承受，于是，故乡在她心里成了一种可怕的恐惧。

心怀感恩之情的樊晓梅心里装着太多太多的东西，她对所有帮助过她的人一直有一种希望回报的感恩。而她对自己最满意的品质是：能及时地向对方表达出自己的感激和感恩的心情。

追寻着如明明净净的蓝天一样的剪纸梦，希望自己嬗变的樊晓梅，虽然还没有成为一朵国色天香的牡丹，但她也绝不是陕北山沟里背洼洼上的那朵山丹丹花了。

樊晓梅的路还很长，这路上的故事与传奇也一定不少，我们不敢嗜望今后的她只有顺利没有坎坷，只希望她能完成从山丹丹到牡丹花的嬗变。

苦难孕育的独立与大气——朱光莲

每次看安塞农民画,都会看到朱光莲的作品,或者想起她和她的作品,她那大气的《领头羊》、《金鸡展翅》、《大公鸡》等画作,都是让人过目不忘的精品。透过她作品所特有的那种自立、孤傲、倔强和蓬勃的生命张力,我们不禁会惊叹这种大艺术家所特有的气质,怎么会在一个陕北山沟沟里的苦命婆姨身上展现得如此淋漓尽致呢?

朱光莲是安塞剪纸、农民画作者群里在世时间最短的一个人,在她短短 52 岁的生命中创造的,绝不仅仅是在国内外屡受好评、赞誉的剪纸作品和农民画作。

1940 年,在那个给陕北人带来无限荣光和与之相伴的苦难与灾祸的革命战争年代,朱光莲出生在延安大后方安塞坪桥东沟村的大户人家。这个村的朱氏家族是远近闻名的务实、精明、勤劳、善良的一个大家族,虽不是太过富裕,但耿直、自立、自爱、自强的朱氏家族,不仅在陕北革命初期多次帮助过谢子长的革命队伍,也有好几个热血男儿参军革命或者在村里、乡里、县里为党工作。朱光莲的父亲就是个走进革命队伍的汉子。天有不测风云,就在朱光莲7岁弟弟5岁时,父亲因在部队作战时受伤回到家,不久就离开了人世,丢下了年轻的母亲和她及弟弟。过了几年,看这母子三人生活太清苦,开明的朱家让她母亲改嫁到另一户老实本分的人家。从父亲去世起,朱光莲就像一下子长大了,她人小心不小,在照顾好弟弟的同时,山里地里跟在母亲身后帮着干一些力所能及的活。母亲改嫁后,她和弟弟也一起随母亲到了继父家,母亲在继父这里又生了三个孩子,都是朱光莲一个接着一个地帮妈妈带大的。从小就要给弟妹们以爱,在呵护着弟弟妹妹成长的那漫长而艰苦的日子里,养成了朱光莲独立、倔强、勤劳、吃苦的个性。弟弟妹妹们一个个长大了,朱光莲也出落成了一个通情达理、俊俏手巧的大姑娘,她被嫁到谭家营郭塌村老实本分、耿直且勤劳吃苦的秦家。

在郭塌村,朱光莲是个老老少少人人夸赞的好媳妇,她白天跟着丈夫山里沟里的劳作,丈夫休息了她又在煤油灯下为儿女们缝缝补补,收拾家里家外。尽管在那个物质极度匮乏的时代,她家也好不了多少,但同样的旧衣破裳,经她的巧手一收拾,每一件穿在孩子们身上,都让人觉得舒舒服服。她先后生了6个孩子,两个儿子和四个女儿,其中最后一胎生的那对双胞胎女儿,是她的最爱。她把儿女调教得个个和自己一样,在村里尊老爱幼,知情重义,兄弟姐妹间互助互爱,她家的那院地方,总是村里最干净、整洁的院子,就连柴垛也垛得齐齐整整,窑洞那尽管陈旧的窗户,总被她那美妙而传神的剪纸装扮得五彩缤纷,分外亮丽。儿女们的衣服、鞋子和她家里所有的枕头上,都装扮着她绣的花。还有丈夫的兜肚、烟袋上，也是她一针一线绣出的浓浓爱意。

她用自己一生的辛劳，让母亲、继父和自己的公婆、丈夫及所有儿女在浓浓的爱意中快乐，但自己却过早地积劳成疾，身体每况愈下。

朱光莲心灵手巧，也从小喜爱剪花、绣花，但自立、倔强的个性使她遇任何事不愿求人，就连看到别人剪下的好剪纸，她也从不和别人替样子、要剪纸，而是认真地看，记在心里，回到家里自己找来纸反复剪，直到剪出的花样了和自己记在心里的一样了才罢休。所以她的剪纸作品简练概括，喜欢用细致传神的打牙牙办法装饰形象，作品透出一股强烈的生命张力。这一特点，使她在绘画创作时，在手法上常常出新，而作品中浓浓地透出她的个性。

1991年是朱光莲最后一次参加农民画创作班。在这次创作班上，病很重了的朱光莲似乎知道自己没有多少时间了，她强忍着病痛，用手中的画笔，展现自己对生命的热爱和对世界的留恋。画第一幅画的草图，她就画了一只领头羊，着色时，她一反老婆婆和大多民间艺术家的方法，以自己在家画画时经常用上学的儿女们的蓝墨水色调为主，只是把蓝墨水换成了水粉颜料，画出了安塞农民画中与其他画家风格截然不同，卓尔不群的《领头羊》。而《金鸡展翅》是她生命中的最后一幅画。画这幅画时，她病得很严重了，气喘得厉害，跟她一起来文化馆帮助并照顾她的小女儿小玲要替她着色，她拒绝了。画一会儿休息一会儿，反复多次，直到把这幅画画完，她才不得不返回家里，从此一病不起，再也拿不起剪刀和画笔。1993年，年仅52岁的她离开了她深爱着的丈夫和儿女。

老家延安的美籍华人，哈佛大学教授、哈佛大学派至北京大学的访问学者李忠和女士在安塞就剪纸、农民画进行了一段时间的研究后这样评价《领头羊》，她说："这真的是一幅非常美的美术作品，细细地看了这幅画后，我感觉虽然她画的是一只羊，其实她是在借羊来表现自己，这幅画我觉得就是朱光莲给自己画的一幅自画像。"

她去世后的 1994 年，《大公鸡》、《领头羊》入选了文化部主办的"中国民间美术大展"并被中国美术馆收藏，还在《人民画报》和香港《新晚报》上发表，还被选入当时最权威的《中国农民画》画册。她去世的 3 年之后，即 1996 年，陕西省文化厅授予她"陕西省民间美术家"称号，之后，她的这几幅作品一直是安塞农民画展室里展出的几十幅作品中的代表之作。她去世十几年后的 2005 年，《金鸡展翅》被国家邮政总局选中，作为当年发行的一套邮资明信片中的一幅。最让老人欣慰的是她生的 6 个孩子因她的教导和言传身教，人人在社会上受人尊敬，个个都成家立业，过上了美满幸福的生活。而她最爱最喜欢，一直跟着她在文化馆创作班上帮忙、学习的小女儿，双胞胎中的小玲，不仅外表美丽、心灵手巧，而且性格也温和大度，用她所特有的倔强、坚韧、勤劳、质朴等性格和聪明好学、刻苦进取的劲头，在文化馆聘用的剪纸、农民画复制人员中脱颖而出，先任展室讲解员，后被破格转为文化馆正式干部，她现在是安塞文化窗口即民间艺术品展销和管理的负责人。每当有客人在朱光莲的作品前驻足陶醉时，朱光莲的女儿秦晓玲在自豪、幸福的同时，也更深地理解了母亲和她的艺术。

第四辑　闲言碎语

匆匆忙忙地把 20 多万字的东西集在一起,印刷厂把清样调出后,360 余页,拿在手中不薄,可也不能算厚,我自问自答:就这? 就这! 出一本书是我的一个梦,这个梦从 1985 年发表第一篇稿子开始,一做就是十六七年。有一段时间这梦非常折磨人,实在折磨得不行,就于 1997 年把作品剪报中的散文、诗歌、小说、报告文学复印了,让印刷厂以书的形式装订,起名为《郭志东作品散集》充书,过了一把出书的瘾。此后不久,我进了县委通讯组,开始以笔为工具干工作、谋生,出一本书的冲动就更甚了。

今天,当多年的梦想变为现实时,不知为什么,我没有了以前的激动与兴奋,反倒多了些许犹豫,少了自信。

一

实实在在说,我是一个高中毕业生,可上学时既爱好文学,又爱好体育,还比较调皮,所以,除过语文学得不错外,其他课程均跟不上趟。参加工作后我虽又得到了大专、大学文凭,客观地说,是有大学文凭,可没有大专的学识,这样一来,我常常自卑,常常为年少时荒废大好时光而自责、懊悔,可这一切只是徒伤悲,世上没有后悔药,这一切也没有办法更改。

值得庆幸的是我做人处事比较执着,从小喜欢文学,并一直为之奋斗着,虽说生性愚鲁,但手中的秃笔没有亏我。在沿河湾中学上学时,延建玲、石仲榜老师说我有写作的天分,于是,他们把我的作文当作范文在全校各班传阅,并抄在学校的黑板报上;这现在看起来很普通的小事,对我的鼓励是巨大的。当我转学到县中学,又很幸运地分到了从小喜欢文学艺术的冯生刚老师带的班里,尽管他当时不带正课,只是一位带美术课的老师,但冯生刚是一个非常称职的班主任,我日后能走上文学创作这条道,是与他分不开的。他为了锻炼学生的写作,在初二(二)班组织了一个名为“烛光”的文学社,然后扩大到全级、全校。还办了一份叫《铃声外》的油印小报,爱好文学的我成了这份报和这个文学社的主要撰稿人和骨干社员,还任过年余社长。这个以冯生刚用蜡纸在刻版上刻好再油印,图文并茂的小报为阵地的烛光文学社,还在《语文报》评选的“全国中学生优秀文学社团”中列全国 120 个文学社的第 11 位,同时,还培养出了好几个文学的痴迷者。近 20 年后的今天,除我在苦苦的寻觅之外,还有于媛媛成了《人民政协报》编辑、记者,吴小莉成了《中国经济年鉴》的编辑、记者,还有薛杰、张世杰等从事与文学有关的工作,而作为这个文学社初创人的冯生刚、闫伟东等人,依然从事着与文学有关的工作,还在为心中的文学梦而苦苦寻觅着、奋斗着。

初中三年级时,我和冯生刚老师合作的第一篇小稿《不爱"金娃"爱平娃》在延安报发表,此后一直到高中毕业,我先后在《延安报》、《当代中学生》、《春笋报》等处发表了十几篇散文、诗歌,还先后6次获"延安地区蓓蕾影评奖"。可悲的是,我当时未分清主次,在埋头写"文章"的同时,还参加了县体工队田径队,直到高三,别人玩命复习准备高考时,我却起鸡叫睡半夜地写小说,于是,大学自然与我无缘了。

二

走出县一中的校门,我揽过工,卖过冰棍,跟过车,然后又去卖书,办租赁图书的书屋,折腾了一年多后,我入伍来到"西出阳关无故人"的河西走廊——酒泉武警支队。

部队5年,又是这支秃笔让我在支队及总队出尽了风头,虽是战士,可戴一架二饼子眼镜,而且出入尽和支队领导等肩扛黄板、金豆的军官在一起,于是战友们开玩笑说我:戴的战士衔,干的干事活。服役5年,我以我的新闻稿件和工作实绩换得了3次三等功和四次"优秀士兵",还获得了"优秀共产党员"、"学雷锋标兵"等等荣誉,并且到武警总部政治部和总政治部解放军文艺社学习了半年。

如今回过头再看我的部队生活,我真是占尽了便宜,训练了3个月,又上了3个月哨,然后仅仅因为一篇通讯获了《甘肃日报》征文三等奖,就在支队机关大楼里有了一间自己的办公室。没吃多少苦,也没有为部队做什么贡献,只是爱好使然地写了些小豆腐块稿稿上了报纸,于是就从那些训练时一身汗一身泥,上哨时披星戴月,处置突发事件时在枪林弹雨中冲拼的,真正的战士们手中争到了军功章和荣誉,这一切让我现在想起来都汗颜哟!

第四辑 闲言碎语

1994年12月,退役后回到安塞,这时的我还是农村户口,还未必能分配工作,可当我到县民政局领取第三个"三等功"县上给的奖金时,常德发、张志荣等人觉得我是个人才,在县分兵会上和当时的政府常务副县长张鸿鸣要我,让把我分到民政局去写《安塞地名志》。这一要,把我的身价要高了,张鸿鸣要求把我分到县公安局,他说:"人家娃当兵五年,立了三次功,又能写,还是武警,就分到公安局,这娃不能亏了……"于是,在这年分兵时,我可以自己挑单位,并且到了许多人想去但去不了的环保系统。尽管张鸿鸣到现在也认不得我,可我每次见到他时,心里都会涌出一份感激。

三

在环境监理站工作了三年又两个月,我在出色地完成了本职工作的同时,用这支秃笔写了我的隔山邻居——刘党的无臂少年汪成江,又写了一个名为《看天》的中篇小说和一些与环保有关的散文。写汪成江的长篇纪实《一个残疾少年的命运》及"续编"在《陕西日报》周末版头版头条两次刊出,共9000余字8幅照片,在省内外引起了广泛的反响;中篇小说《看天》在大型文学双月刊《昆仑》杂志上发表,散文《星星·天堂·责任》和《冥冥的天空》在《中国环境报》的全国征文大赛中获一等、三等奖;纪实《为了延安人的这口水》在《延安日报》和国家环保总局主办的《绿叶》杂志上发表后,获陕西省人大举办的'98三秦环保世纪行好新闻奖。

1999年2月,在冯生刚、闫伟东老师及同学薛杰等人相继离开县委宣传部,宣传部急需新闻通干的情况下,我被组织任命为县委通讯组副组长,开始了专职新闻工作,同时也走近了安塞发展最快速的时代。

到县委通讯组从事新闻工作之前,我其实不懂新闻,那些所谓的新闻作品也是以自己爱好文学,并有一些文学功底而胡涂乱写的东西,从严格意义上说是些非驴非马的"四不像"。记得当时和文友们在一起时,常常自我感觉非常好地说:"新闻对咱们而言,夹一泡尿就可以写出来"。可如今要当成主业,并且每月有任务,这对我而言不能不说是一个坎,于是,我四处找寻新闻业务书籍,买来了复旦大学出版社出版的新闻系列丛书认真学习。四个多月后,我入了道,才知道了新闻是什么,也才明白了新闻报道并不比文学创作简单。

值得庆幸的是,从 1999 年起,可以说是安塞发展最快的一个时期,不论是农村还是城镇,都以前所未有的速度在前行着,于是,我在感受着鼓乡翻天覆地变化的同时,写出了许多新闻作品。从 1999 年到 2001 年底,每年发表 160 余篇新闻作品,同时,每年都获一些省、市奖项,分别获得"陕西新闻奖"消息一等奖,通讯三等奖,《陕西日报》优秀通讯员奖,"延安新闻奖"通讯一、二等奖,消息二、三等奖和"振兴延安新闻奖"一、二、三等奖等等奖项,可以说,我是一个合格的通干,称职的通讯组副组长。

四

在县委通讯组,我明白了什么是新闻,知道新闻必须客观、公正、平衡。可是客观、公正、平衡说起来容易,做起来却很难很难。要做到这六个字,既要鸟瞰全局,又要刨根问底,既要冷眼旁观,又要热心分析,深入追查。为此,有时我们不得不对某一个新闻事件认真思考,理清头绪,总结出平凡中的不凡;有时又必须急水下船,及时将一个个发人深省的事件或人物以新闻的形式呈给读者。

安塞的大棚蔬菜发展起始于 1992 年,当时我正在丝绸之路酒泉的警营中服役，所以知之甚少。而当我写安塞的新闻想了解一些当时的情况时，却发现仅仅是八九年前的事，人们已经说不清楚详细的经过了。生活在这个快速变革的时代，经历着许许多多我们的老先人们闻所未闻的事情，这的确让人感到幸福和满足，可不到十年的往事却很少有人能说清楚，也没有地方可以找寻到完整、翔实的材料或资料，这不能不说是一种遗憾。

"9·11"事件发生后的一天，我看"凤凰卫视中文台"的新闻节目，在广告时间里，听到了一位节目主持人关于记者与新闻的述说，她说："记录时代变迁是记者的责任，了解过去发生的一切，可以让我们少犯错误；记录现在发生的一切，可以让子孙后代了解前人的努力和他们的生活……"于是，我忽然有了一种冲动，这冲动是：把安塞在世纪之交所发生的一些大事，详细地写下来留给后人，完成好一个县委通干的使命。

有了这个冲动后我又认真思考了一段时间，我觉得这些重要的事虽然作为通干的我们都以消息或通讯的形式记录了，但是，新闻的本质决定我们不能太过详细，未必能把大概的经过说清楚。另外，新闻的载体是报纸，人们不能很好地保存，也不便于查阅，同时，从1998年起，安塞的发展与变化是空前的，也是包括我自己在内的许多安塞人在这之前想也不敢想的。人们常把我们这些通干称为记者，所以不把这个快速变革时期的事件和一些人物详细地记录一下的确是一种失职。

五

有了想法，可作为通干，我拥有的时间实在太少了，既要随领导下乡，又要接待众多来安塞采访的各色记者，还要挤时间写稿子，实在没有太多的时间和精力。于是，在下乡时，我虽然搜集了许多材料，但心里却不知道能不能把这一想法付诸行动。

2002 年元月 16 日早晨，刮胡须时我忽然觉得镜中的自己脸上有些异样，从眼眶到嘴的四周有许多白色的斑块，到医院检查后知道，常在人面前跑来跑去人称"记者"的自己，得了白癜风这个毁人自信心的皮肤顽症。吃着药抹着膏，整天待在屋里，只有夜色降临才敢到街上走一走的我痛苦月余后，提起笔，把这一想法付诸于行动。经过半年多的努力，到 2002 年 9 月底，我写出了 20 余万字的东西，当我用审慎的眼光细细看过去后，我对自己有些失望；我想以报告文学的形式表现这一切，可我写下的东西里却是报告的成分大于文学的成分，这些东西没有我预想的好，不论是可读性还是文学性。唯独让我觉得满意的是我把这些事件或人物主要的东西写清楚了，想再细细改一下，可脸上那些让我在人面前抬不起头的白斑消退了，我又得去为通干的使命和生计而奔波、忙碌去了。于是，我给自己找理由说：如果不是一本好报告文学集，那就让人们以看一本流水账的方法去看吧。只要十年、二十年后，有人能从中找到一组数据或某一件事的一个小细节用到自己的材料或文章中，就行了，因为即便是一本材料，我也把它集到了一起，让你好查找了。如果这些事件或人物的文章，能给后人一点启示，让后人在发展安塞时少犯错误，那就更让人高兴了。

六

在撰写这本书的过程中，我听到了各种意见和建议，有些是对所写的事件有不同看法，有些是对我记述的人物有异议，还有一些是为我着想的前途担忧，希望我不要卷入一些政治的漩涡里，把自己的前途及命运推到不利的方向。应该说，这些朋友、长辈以及领导的心情我是理解的，也可以说都是为我着想的掏心话，因为不论我自认为多么客观、公正，但我无法处理平衡的问题。再者，人们对事物的看法本来就多种多样，你说好我可能就认为坏，你说这事给群众造福了，他却认为是造孽了。这本书可能会给我带来一些不利的东西，我这里想说的是，书里的东西我除记述之外，所有的感受性东西，全是我本人的真实感受，关于平衡的问题，我只能说：岂能尽如人意，但求无愧我心。

至于说前途及命运，我想起了 2000 年初，我接待了为"《陕西日报》创刊 60 周年"纪念画册《迈向新世纪》采编稿件，和一位老同志闲谈时，她问到了我对前途、命运及时势的看法，我说："曾在解放军文艺出版社做过半年帮助工作的编辑，故常把'组织与个人'和'编辑与作品'等同视之，即：在对待几篇水平相当的作品时，作者和编辑关系的疏远与作品的取舍有一定关系，但有一篇作品的质量远远高于其他作品时，好作品一定首选。不相信人们传说中组织在提拔任用干部时'关系是金子，人民币是银子，文凭是牌子，考察是幌子'的说法，因为我当过兵，所以始终坚信：共产党不会亏待八路军！"这位老师当时狠狠地教育我，她说："你一个新时代的年轻人，思想怎么还会如此落后，你太幼稚了……"

我和她争论了半天，但她没有说服我，当然，我也未能说服她，到今天，我还是那样认为的。所以说对待命运和前途，我会一如既往地努力前行，不论结果如何，到退休的那一天，我一定会释然地说：入党时的誓言是我一生努力的方向和行动的指针，我无怨无悔。

除过时常回忆一下入党誓言之外，我对人生的理解是：从出生的那一天起，我们就一天天一步步地向死亡走去，等待所有人的结果都是死亡！既然如此，我们何必在意一些小结果的不如意呢？其实，人世间最美好的是过程，而不是结果，所以，我每每遇到不快活不如意时，就对自己说：嗨！伙计，走吧！一步不落地向死亡前进，但不应该是坟墓！

七

是的，走吧，这本书圆了我十几年前的那个出书梦，但我不会满足，如果这本书在您看来很糟，那么您可以等着看我的下一本或下下一本书，因为，不论好坏，这本报告文学集是我文学梦真正意义上的开始，而不是结束。

杂七杂八写了一大堆，可还没有切入正题。作为后记，我应当感谢同乡，安塞人引以为荣的原省委常委、省委秘书长，刚刚调任省人大常委会副主任的书法家白云腾，他题写的书名给拙作增色不少；著名作家，省作家协会副主席高建群是我文学之路上的引路人，是他在《延安报》"杨家岭"副刊上编发了我的第一篇散文、第一首诗，今天，他刚刚从新疆采风回到西安，在创作时间非常紧的情况下，为我写序言。同时，文友加老师冯生刚、闫伟东以及文友赵雷、宇鹏、谢妮娅、甄伟才、张宏丰等人也在我写稿及出书的过程中给了我各种帮助和指导。县政协文史资料研究委员会的张青同志，在工作很忙，又要照顾孩子的情况下，挤时间认真细致地校对了全部书稿，并对一些稿件的整体结构及个别稿件的取舍，提出了很好的意见和建议。还有许多领导、朋友的帮助，都是我应当感谢和永远铭记于心的！

低下头认真想了半天，我觉得，我回报他们的最好办法是勤思、多写，多出一些好作品，可我现在还没有一篇叫以称为好的东西，那就让我在未来回报大家吧！

是为后记

2002 年 9 月 30 日

由于种种原因，这本原定 2002 年 10 月出版的书，三拖两拖就拖到了 12 月。在这期间，安塞民众翘首期盼的新一届县委班子又尘埃落定，冯毅、雷鸣雄及众多新面孔又来到安塞。

在冯毅书记、雷鸣雄县长到任的三个月里，他们在认真调研的基础上，就安塞未来的发展又提出：产业开发走"公司加基地加农户"的路子，还有"投资环境整治年"，"产业开发年"和依托安塞民间文化和黄土风情，加快发展旅游业，把文化优势变为经济发展优势以及县城腾空建绿，拓宽城市空间，全面完成"百村百井双万工程"的配套建设等等有新意的构想，从中我似乎看到了安塞更美好的明天。

安塞明天会更好的蓝图已经绘就，接下来又将发生多少安塞人应该记住的故事我不知道，但我敢说肯定不会少！在这期间，有好心的朋友和领导又劝我：为了自己的政治前途，终止你这个出力且不会讨好，而且可能招来祸事的举动。好好作一个安分守己的通干，为新一届班子鼓与呼，好换一个好的前途与未来。

我也认真地思考过。我首先想起了革命先驱李大钊的一句名言："无限的过去，都以现在为归宿；无限的未来，都以现在为起点。"接着，认真看江泽民同志的十六大报告时，在第二部分："全面贯彻'三个代表'重要思想"的第一节里，我看到这样一句话："我们在突破前人，后人也必然会突破我们。这是社会前进的必然规律。"

品味了两位前人的话，我觉得我还是把这本书出出来，这样我才无愧前人也无愧后人，这样我才是一个有良知有责任心的通干。至于说前途，我目前是一个"胯下无马，手中无枪"的角色,应该做的只能是握好手里的这支秃笔,低下头来认真地拉我的车,走我的路。在做好一个通干的同时,我还应该认真的搜集新一届班子为安塞明天更美好而奋斗的素材,在适当的时候,用这支秃笔将我在接下来几年里的真情实感,及我所看到听到和感受到的写出来,留给后人,留给安塞。

这就是我所理解的"与时俱进",也是我对"继往开来"的理解!

2002 年 12 月 27 日又记

中国社会出版社 2002 年 12 月版《鼓乡安塞》后记

第四辑　闲言碎语

人生苦短

——《鼓乡安塞》后记

　　生长在安塞的我关注了 20 余年安塞民间艺术,从于志明、何汝仙、赵关夫到英年早逝的殷超和 90 年代初才离开安塞的陈山桥及他的后任文化馆馆长杨宏明等,都是我心中的老师,从他们的身上我都得到了一些学识或其他东西。而高向成、刘延河、陈丕亮、刘占明等众多腰鼓手都是我的朋友,曹佃祥、高金爱、白凤莲、常振芳、张凤兰、李秀芳、王西安、侯雪昭、马国玉等剪纸、农民画家的家里我都去过,再加上自己爱好文学艺术,总觉得应该为安塞民间艺术写一些东西。就在我准备写一本全面介绍安塞民间艺术的书,为出版费用苦恼之时,我文学之路上的引路人师银笙老师在解决我的烦恼的同时,给我布置了《安塞腰鼓》这本书的写作任务。

　　由于自己是一名县委通讯干部,事务太过繁杂,一直抽不出时间动笔。在我那喜欢打腰鼓,参加过 45 周年国庆天安门表演和香港回归庆典的小妹因车祸离开我一年后,即 2004 年 7 月初,我的第 8 位同学因车祸离世,怀着一种沉痛又非常复杂的心情处理完他的后事，倍感人生苦短的我请了 20 天的假，开始写这本酝酿了多年的书。没明没黑 14 天后，就写出了这本 7 万余字的书。文友文兄宇鹏说："写出来就是胜利。"我也认同他的观点，但是我觉得自己所谓的胜利是与众多热爱腰鼓和安塞民间艺术，研究安塞民间艺术的前辈和朋友们分不开的。比如说于志明老师，我这本书的第二章基本上是他的《安塞腰鼓源流辨》的全文，但从书的整体效果出发，我没有变字体；还有第一本《安塞腰鼓》的作者张新德，我都应当感谢。虽说我是按照打了 20 多年腰鼓的自身感受和理解写的这本书，但已有的任何资料对我的帮助是不言而喻的；这本书还引用了延安群艺馆陈永龙先生从舞蹈学角度论安塞腰鼓的一些东西，他们都是应当感谢的。在这本书的写作和资料搜集中，文化局局长韩杰浩、文化馆馆长宇鹏都给予了大力的支持，文友张宏丰、米宏清以及热爱腰鼓这一民间艺术的老师樊芸，同学刘晓，朋友张清、薛丽娜和同事刘旭东等人也都给予了一定的帮助。如果说这本介绍性的书有什么不足和缺陷的话，那是我的无知和笔力差造成的，如果还有一些可取之处和一定的价值，那么应当归功于他们。

这本书中我收进去了自己近 6 年拍摄的所有安塞腰鼓及与其相关的照片，想达到一种图文并茂的效果，也是对自己痴爱了几年的摄影艺术的一个小结。时代发展太快了，今天已进入了一个读图的时代，以往单调读文字的阅读方式是有些累人。从一直深爱着我，我也深爱着的小妹到我的 8 位音容犹在的同学，今天，我似乎感悟到了一些人生苦短的真谛。真想舍弃一切东西抓紧时间干点自己想干的事，可有许多东西又无法舍弃，因为我也是一个凡夫俗子。该拣重要的事干了！这只是一种理想和希望,看来只能一步步去完成那出生时就天定了的归宿,只奢望到时别太懊悔就行了,别的事只能听天由命了。

2004 年 9 月 2 日

陕西旅游出版社 2004 年 10 月版《安塞腰鼓》一书的后记

　　历时 8 个多月,终于将分布在全国各地的 21 位安塞籍作家、作者的 118 篇散文作品搜集、整理、编校成《安塞文学作品集·散文卷》这本书。看着面前即将付印的这一套两本书,我想起了前几天一位朋友的问话:你为什么要编这套书?

　　可能许多人都有这样的问题,那么我就说说自己编这套书的目的,权充编后记吧。

　　让安塞这个文化大县、名县的父老乡亲们知道有一群文学艺术的忠实追求者和他们在文学艺术上的成就,给这群单枪匹马地在艺术之路上埋头前行的人们一点点鼓励,哪怕是眼神上的鼓励和慰藉,也会让他们孤独敏感且谦卑的心里多一丝自豪感和自信心,以便他们继续前行。这就是我编这套书的目的之一。

　　近十来年,安塞由于有一届届有胆识、有眼光、有魄力的领导,所以安塞的民间艺术中外驰名,而且成了安塞人和安塞这块土地最有价值的名片。但是,我们在为那由贫穷、闭塞、落后而孕育的民间艺术所带来的荣誉而自豪、陶醉的同时,也为那些"安塞人就是会打腰鼓,吼信天游,剪窗花,他们还会干什么那?"等无知的论调一个回击,那就是:能掀起势如龙卷风的腰鼓舞、热爱生活、热爱艺术、拼搏进取的安塞人,在散文、小说、诗歌、报告文学等现代文学艺术上也是有追求、有实力有成就有建树的! 这是我编这套书的又一目的。

22个作家或文学爱好者与全县16万4千多人相比,是个非常非常小的比例。但22个人60万字的作品印成两本不薄的作品集,且百分之九十的作品是刊发在全国各地的文学期刊和报纸的文艺、文学副刊上的,这对一个陕北山区小县的文人们来说,既是有史以来的第一次,而且也让我们明白自己不是孤军奋战。这是我编这套书的目的之三。

书中所有作者中,有上世纪四五十年代出生的,百分之八十的人是生于六七十年代的,八九十年代出生的却没有一个。而六七十年代出生的这群作者在二十至三十岁之间已经有大量的作品发表,由此可见我县的小兄弟、小妹妹中喜欢文学艺术,并为之努力者可谓后继乏人。其实我们那时所学的知识和对世界的理解认识程度以及生活、创作条件都与现在无法相比。文学艺术的魅力是非常巨大的。我们可以做到的小兄弟、小妹妹们要做的话,一定会比我们做得更好! 希望为安塞激发或引导出又一批文学爱好者,这是编这套书的目的之四。

由于喜欢文学,前些年为创作或近八年来在从事新闻工作的过程中,我查阅了大量的志、史书籍,但查到的由安塞人写的诗文非常少。漫漫的历史长河中,仅有马懋才、郭指南、郭超群、郭超伦等十余人留下了诗文。这不能不说是我们安塞人的遗憾。所以,尽管我们所编的这套共有118篇散文,23篇小说的两本书中,可称传世之作的不多。但未来的某一天,当我们的后人从尘封的书架上偶尔拿起这本书时,他们会透过这些文字,知道我们这一代人是如何思考和前行的,了解一些我们这个时代的信息和我们的喜怒哀乐所思所想所盼;明白我们这代人为安塞文化、文学艺术事业的发展和文化的积累所作的努力。这是编这套书的目的之五。

以上就是我编这套安塞有史以来第一套文学作品集的目的。就本书所选作品,由于经费问题,我将几位作者已三校过的稿子中的几篇拿掉了,请各位见谅。另外,由于时间、篇幅和所掌握资料、信息所限,遗珠之憾在所难免,尚祈大家批评指正的同时见谅!

2006 年 8 月 30 日于安塞

《安塞文学作品集·小说卷》编后记

在8月这个收获的季节里，在绵绵秋雨和让人舒畅的凉意里，编完了《安塞文学作品集·小说卷》，为此高兴的同时，我心头荡起了一缕感恩的情愫。

这本集子里收入了安塞籍的10位作家、文学爱好者的23篇小说，有长篇节选，有中篇小说，也有短篇小说和小小说。我的感恩之情首先因为苍天不负苦心人！这本集中的几个原本生活非常苦的文友，在这几年里都有了改观。李留华这个在《小说家》、《乡土文学》、《今古传奇》、《延安文学》等处发表了近30万字的中短篇小说，但由于生活在农村的他没钱出自己小说集，因而安塞也少有人知道他的情况。如今他的生活有了转机，成了延长油矿杏子川采油厂的一名采油工，妻子儿女也在县城有了落脚之地；张宏峰这个高建群、张子良等等作家非常喜欢的"怪才"，也结束了16年的石匠生涯，已经做了7年艺术团的专职编剧。在我编书的过程中，他被转为合同制工人，还用多年积蓄买下了一套新房，妻子、儿女和他一同在县城也有了自己的根据地。远在北京的陈海涛出版了自己的长篇小说，而且在文坛有一定的反响……所以，我说苍天不负我们这群苦苦追寻文学之梦的人呀！

其次是因为在我编书的过程中遇到了许多困难,但县委书记雷鸣雄,县长程引弟,副县长、我的老师高树杰和杏子川采油厂总经理思玉琥等领导都从精神、资金上给了我无私的帮助。一生关注、热爱安塞文化,人称"安塞通"的原政协副主席郭明才,为这套书也出了许多力。没有他们的鼎力相助,我不知道自己能否扛得住各种压力,也不知道这套书能否顺利出版。

出版书不是让每个作者拿着有自己作品的集子孤芳自赏的,并且我还欠人家出版社儿万元的账也得还,所以,在这之前已经出版过自己的两本书,已经给各乡镇和许多单位和这些单位的负责人增烦添乱了的我,还得再去给各位添麻烦。所以,我只好以一种感恩的心情对所有支持者说一声:感谢您对我和我们这群安塞作家、文学爱好者的支持。没有你们,就没有这套书!而作为这套书作者的我们,能做的和应该做的只有多思多想多写,创作出更多更好的作品,为我们所共同拥有的安塞争光,为我们这个伟大的时代歌唱。

由于时间、篇幅和所掌握资料、信息所限,遗珠之憾在所难免,尚祈大家批评指正的同时见谅。

2006 年 8 月 31 日于安塞

2013年初夏，我正在古城西安，汗流浃背地努力着为自己苦苦奋斗了五年的一套名为"民间安塞"的文化丛书设计版式、封面，校对文字的日子里，接到了陕西省艺术馆研究员陈山桥老师的电话，他要我为南京大学的陈竟教授主编的"中国民间剪纸传承大师系列丛书"编撰白凤莲的文稿。说实在话，漫长的五年的坚持与努力之后，我已经筋疲力尽了，而且我自己的这套书还有许多的工作要做，没有时间和精力承担这一重任。但想想自己手头的书，有两本40余个印张的图文都是为人们展现安塞剪纸艺术和剪纸艺术家的。《母亲的艺术》为安塞21位民间美术家立了传，《守望剪刀》一书，又为107位剪纸艺术家、艺人、爱好者编撰了简介、拍摄了她们的创作、生活照片，展现了她们的剪纸作品。由此可见，我对安塞剪纸艺术家和剪纸这一古老的民间艺术是有非常深厚的感情的，同时，主编陈竟教授我也是久闻其大名,并在 2010 年和他一起去看望过刚刚从脑溢血的危险中挺过来的白凤莲老人;而陈山桥老师又是我非常敬重的民间艺术专家,是他最后完成了向联合国教科文组织申报"中国剪纸"列入"人类非物质文化遗产代表作名录"的,也是一位安塞民间美术和中国剪纸研究领域的大功臣。无法拒绝的我只好硬着头皮接下了这活。

安塞是一个和中国剪纸紧密相连的地方,可以说任何一位研究中国剪纸的专家、学者、教授都绕不开安塞剪纸,这套我国首次出版的"中国民间剪纸传承大师系列丛书"中,安塞入选的就有曹佃祥、高金爱、李秀芳和白凤莲等人,我敢肯定,中国任何一个县不会有这么多的人入选。而且"中国剪纸"能入选"人类非物质文化遗产代表作名录",安塞剪纸也是头功,因为这一项目是以安塞剪纸为主体申报的。本书为大家介绍的白凤莲,就是向联合国教科文组织申报的中国剪纸的代表性传承人之一,也是被联合国教科文组织授予"中国民间剪纸艺术大师"称号的一位特色鲜明的剪纸艺术大师。

我与白凤莲相识有 30 多年了,这位大师的一生就如我记述她的文章的标题一样,是一位大气磅礴,敢想敢为的人,她身上那种自信与激情,让许多认识她、和她相处过的人叹服惊诧。细细地思量,如果她没有这种自信与激情,这世界也许就少了她创作的那些精美而神奇的剪纸艺术品。遗憾的是,这位中国民间剪纸天才传承者,在剪了 70 余年剪纸后的 2009 年 12 月,因脑溢血而再也拿不起她热爱了一生的剪刀了。当我接受了这本书的编撰任务,特地从西安赶回安塞,准备拍摄老人的一些非常有特点的大团花,头一天联系好老人,第二天一早扛着相机赶到她住的小区后才发现,和老人相濡以沫 60 多年的老伴白占华夜里突然去世了。我不能为了一本书在这时候去她家里拍那些大红大绿的剪纸，可出版社要排小样、报计划，我只好将自己手头可以搜集到的资料传给了出版社。

7月，当认真的于编辑将初排的清样传给我，一打开我就大吃一惊，急急地细看之后，我又重新认识了白凤莲这位国宝级剪纸艺术大师作品的美妙与神奇。一幅幅我原本没有太在意的小剪纸，经美编的精心编排后，产生了意想不到的效果，我感受到了"简约而不简单"的那种属于剪纸的美丽与神奇。在这个大家人人追求"大""全""繁"的浮躁的时代，在许多年轻的剪纸作者把剪纸当作画，甚至于连环画去创作，一味地追求怪异的变形或者追求"惟妙惟肖"的情形之下，再品味白凤莲的一幅幅貌似简单的小剪纸作品，我们才发现，那种在艺术创作中贪大求全的观念，实在是一种陋习或者说是恶习，这一恶习让这世界丧失了许许多多的美好与纯真，也让许多的艺术品背离了单纯、拙朴和厚重，变得繁杂、混乱、浑浊，让观赏者云里雾里看不清楚主题，找不到美。看来，把某种艺术形式的功能无限扩大，为此而硬往里面塞许多杂乱的东西，实在是艺术创作的陋习。中国民间剪纸这一古老的艺术，在发展传承的过程中，如果不注意避开这一陋习，放弃了这一艺术千百年来简单明了、单纯拙朴而厚重的基本特点，那么，这一已经在民间民俗活动中鲜见，在日常生活被老百姓放弃，丧失了实用性的古老艺术只有死路一条！

基于此，我放弃了再次打扰在病床上忍受着病痛和失去老伴悲伤的白凤莲老人的想法，因为从这些小剪纸作品中，我已经体味到了剪纸艺术的美，也清楚地认识到了白凤莲这位国宝级剪纸艺术大师的价值。

按照主编陈竞教授的要求，这篇序应该由一位著名的专家来写,最合适的人选应该是陈山桥研究员,但是,60多岁的他正在全力以赴地编撰五卷本《陕西剪纸》的最后两卷。每次去他家或者办公室,看着他那种为了剪纸事业忘我工作的情形,我真的开不了口。实在再找不下合适的专家了,而出版社和陈竟主编又在等稿子,万般无奈,我就自己写下了以上文字,滥竽充数吧!

是为序。

《中国民间剪纸传承大师》系列丛书·白凤莲卷 后记

　　对即将付印的这本书，作为分册编撰者的我，内心深处有许多情感涌动。出一本自己的剪纸作品集，这是白凤莲等散落在中国城乡民间艺术家们内心深处的一个梦想，或者说是希望。今天，白凤莲老人的这个梦想变成了现实，这是可喜可贺的。作为一个后辈的安塞人，我也很盼望早一点将这本书送到老人手中，因为在我整理民间安塞文化丛书的过程中，潘长旺、张凤兰、常振芳、高向成、高金爱、李生枝、郝贵珍等安塞民间艺术家已经先后离去，我已无法将描述他们一生故事和成就的书交到他们手中了。

　　《中国民间剪纸传承大师系列丛书》这一为一些民间剪纸艺术家们圆梦，为后世留住传统剪纸艺术美的工程，的确是一项功德无量的大工程。为此，应当感谢主编陈竟老师。而作为分册主编的我，还应当感谢把我引导进了民间剪纸等艺术领域的陈山桥老师,没有他30多年前的引导,没有他多年来的言传身教,我也许至今对民间剪纸一无所知。还有一位应当感谢的人——陕西省艺术馆的魏晓亮同志,是他无偿地提供了80余幅白凤莲剪纸作品的精扫描电子文件,让我能在极短的时间里完成了作品的搜集整理工作;而本书剪纸作品的民俗内涵注释,我基本上是将陈山桥研究员2012年出版的《陕北剪纸》一书中的注释照搬了过来,因为我觉得如果刻意去变化那些他用一生精力整理出的民间剪纸民俗内涵的文字,弄不好会让读者误读,故此,就基本原样照搬过来。最后,还要感谢金盾出版社,向金盾出版社的这种文化良知和当仁不让的担当与魄力致敬!你们不仅为民间剪纸大师们圆了出一本自己作品集的梦,也为广大的传统剪纸爱好者和美术工作者们圆了一个记住传统、留住经典的梦!

　　是为后记。

2013.12.16 匆于安塞

安塞剪纸是中国截至 2013 年初共 1219 个"国家级非物质文化遗产"项目之一；"以陕西为代表的中国民间剪纸"，是目前陕西省仅有的两个被联合国教科文组织授予"人类非物质文化遗产"的项目之一。而从 20 世纪 80 年代开始到 2009 年 9 月，中国非物质文化遗产研究中心等全国各方面的专家，在全国范围精挑细选出的共 21 位中国民间剪纸的代表性艺术家，陕西占了八席，安塞就有曹佃祥、白凤兰、高金爱、白凤莲四位，她们被中国非物质文化遗产研究中心授予"民间剪纸天才传承者"称号，被联合国教科文组织授予"中国民间剪纸艺术大师"称号。中国民间剪纸研究的帷幕，可以说就是从安塞拉开的，而安塞剪纸在中国民间剪纸的地位也就显而易见了。

时代发展的脚步太快了！曾几何时，中国农村每个女人，每位母亲都离不开的生活必需品剪刀，忽然之间成了可有可无的东西，也成了只有在剪牛奶包或者包装袋时才有点用的物件。而中国人原本人人明白的哪个用在女人或者母亲身上的词"女红"，却成了没有几个女孩子明白的生僻的词了。有人就有用这词问一个女孩子,这女孩先是脸红,继而骂这男人流氓的让人哭笑不得的尴尬。现在许多孩子和这孩子一样,会把这个词理解为女人每月要来的生理现象。社会的进步和发展,让我们司空见惯的缝缝补补、剪剪裁裁从我们的生活中消失了,也让我们原本熟视无睹但精美绝伦的剪纸等等民间艺术丧失了其实用性,也从我们的视野中淡去。

安塞是一块民间艺术的富集之地,让我们引以为豪的东西真的不少,安塞腰鼓、安塞民歌、安塞说书、安塞农民画等等,仅就别的地方当宝贝的 2013 年全国总共有的 1986 位"国家级非物质文化遗产项目传承人",安塞就有高向成、曹怀荣(安塞腰鼓),高金爱、李秀芳(安塞剪纸),贺玉堂(陕北民歌),解民生(陕北说书)6 位;而省级、市级传承人就更多了,所以在安塞,人们对这些名曰"传承人"的人没有什么稀奇的感觉,也没有感觉到他们有多么珍贵。而在我们这个歌舞升平的时代,安塞腰鼓、秧歌、民歌等等民间艺术的发展和传承,是没有任何问题和让人忧虑的,因为社会需要这些东西,换句话说就是这些民间艺术有实用性,我们就是不采取任何的保护措施,它们也会发展、传承下去的。但是剪纸就不同了,因为工业化和城镇化以及人们审美、价值等观念的发展变化,这一千百年来中国民间,也就是农村妇女中最为流行的民间艺术,倏忽间丧失了其实用性;而我们人人明白,任何艺术或技艺,实用性就是生命力。

我们细细地去品味,剪纸真的是一项非常美好的民间艺术。作为一名安塞人,我接触过许多来安塞调研、采风的全国各地的民间艺术专家,而我最为反感一些专家的一句话是:安塞剪纸是这样精美绝伦的一项民间艺术,你们为什么不让你们的孩子们继承、传承好这一民族瑰宝哪?有一次,面对一位专家带有斥责口吻的质问，我曾经这样回答："那您让您的孩子来继承、传承这一民族瑰宝吧！我们安塞非常欢迎。"身处在这样一个现实和追求物质享受的时代，贫穷不是任何人的专利，我们也没有理由强求我们安塞的女孩子们一定要继承或者传承什么艺术或技艺，她们有选择自己生活和爱好的权利，没有为谁继承或者传承什么艺术和技艺的责任！更没有为了艺术而固守贫穷的义务！这就是我说那句话的本意。

民间剪纸这一古老的民间艺术，是不会消亡的，这点我深信不疑！作为一个小地方的小文化人，一个把剪纸等民间艺术当作自己家乡的荣耀，给别人津津乐道的安塞人，在满足自己虚荣心的同时，是有责任为这一民间艺术做点什么的，我的良知这样告诉我。在为可以称为艺术家的21位安塞民间美术家做完那本名为《母亲的艺术》的书之后，在陈山桥老师的指导下，我和陈喜炜共同编著了这本书。在刚开始为编撰收集资料时，有朋友问：编这样一本书有什么意义呢？我想了一下说："也简单，就是要记住一些人、安慰一些人、鼓励一些人，最重要的是鼓励一些人，让她们明白自己喜欢的是一项非常有意义的艺术，并希望她们能坚持下去。"

这回答就成了这本书的格局和构成。

这本书的第四部分，应该也是第一部分即"记住一些人"的范畴。这位我以一个安塞人感恩的心态全力介绍的人，就是安塞剪纸和农民画的第一功臣陈山桥。安塞为中国革命做出过巨大贡献，革命初期，本地不多的一些文化人在国民党县政府工作，被消灭、镇压，随着革命的发展，剩余的文化人跟随革命大军，到全国各地去工作，安塞出现了前不见古人后不见来者的文化断层。国家为了支援安塞的建设，从1950年开始到1978年，从关中各市县、延安的洛川、宜川等处选调的知识分子来为缺血的安塞输血,也才使安塞的政治、文化等社会各项事业得以起步、发展。这些知识分子对安塞的贡献是非常巨大的,是安塞人不应该忘记的。陈山桥就是他们中的一位有特点的代表,透过他,我们可以了解那一代外地来的知识分子对安塞的贡献,也可以知道安塞剪纸、农民画的前世今生。对这位普通的美术工作者,我用了一个自己不怎么用的词:伟大! 是否准确,您看了后会有自己的判断。

第一辑:远逝的风景

这是一群我们应当铭记的人!

她们出生在 20 世纪初或二三十年代,大多数人已经离我们而去,即便还未离去者,也拿不起剪刀了。但经历了特定的动荡时代和特别的艰辛与苦难的她们,也是剪纸这一艺术从古到今的传承中最自然的一个群体,或者说她们是剪纸从古至今这一长长的、自然链接的链条的最后一节。她们的剪纸就是给自己剪的,没有任何的功利目的;她们的每一幅作品都是自己与这世界的对话……

她们中的许多人我们仅仅知道姓名和性别,至于她们长什么样、住在哪里、是哪个人的母亲或者奶奶,我们都不知道。但没有她们,也许就不会有王占兰、曹佃祥、白凤兰等等大师,也就没有安塞剪纸的神奇、与辉煌!

让我们记住她们吧。

祝生者安康快乐!

愿逝者安息!

第二辑：绿叶的情怀

这是一群应当安慰的剪纸殉道者！没有她们的安塞剪纸是不完整的，她们是安塞剪纸这一概念中不可或缺的！

她们的年龄跨度很大，有 20 世纪三十年代末期出生的老人，也有 80 后的小媳妇、大女子。这些人都是剪了许多年剪纸，也获过不少全国、省、市级剪纸、农民画奖项，她们就是安塞剪纸 30 多年来的骨干作者，也是"安塞剪纸"这一中国民间艺术奇葩之园中作用最大的绿叶。她们有的剪了四十、五十年的剪纸，也许剪纸没有给她们带来任何的经济或社会效益，但她们能几十年如一日不计得失、无怨无悔地守望着剪刀，追寻着心中的剪纸梦。

如果将"安塞民间美术"比作一池荷塘，那么我们可以想见没有荷叶的塘中会是什么景象，没有荷叶的塘中会有荷花吗？即便有花但无叶的塘池何谈美好！

面对她们，我想由衷地做一个动作，那就是举起右手，向她们敬礼！

爱剪纸、喜欢剪纸的人们，让我们以致敬的心态去认识她们吧！

为她们痴心不改的坚持！

为她们不图名利的守望！

第三辑：老树新芽

她们让我们相信，剪纸这一人类非物质文化遗产是永恒的艺术，是永远不会消逝的！

她们的年龄不大，以 80 后为主，也有 90 后的孩子，但她们就是安塞剪纸的希望所在！

　　在当今这个物欲横流，娱乐方式目不暇接的时代，这些小媳妇、女孩子们能承袭妈妈、奶奶们的爱好，并从中找到乐趣，坚持研习、创作，是许多人不理解的。因为在这些人想来，人活着就是为钱财而奋斗的，在这个世界，女孩子干什么都要比剪纸划算、来钱快。但这群小媳妇、小女子们没有几个可以依靠剪纸赚的钱来养活自己，但她们有文化，理解能力、接受能力都很强，一经培训就剪出了充满灵气的剪纸，这是剪纸这一民间艺术的幸运和希望！她们用行动向我们证明了延续千余年的剪纸艺术的神奇魅力。

　　我们想对这些青年人说：就目前你们的灵性和对民间剪纸的感知，只要你在正常生活工作之余，把剪纸这一爱好坚持下去，那么未来的"剪纸大师""传承人"可能就是你！你们人人都有成为曹佃祥、李秀芳的可能！你们就是"安塞剪纸"、"中国剪纸"的未来和希望………

机缘里的浓浓深情

——《守望剪刀》后记

这书的序言原本准备由陈山桥老师写的,但他正在编人类非物质文化遗产代表作名录《中国剪纸》(陕西)一书,在为这部陕西省建国以来最大的民间美术、也可以说是中国最大型的一部民间剪纸艺术志史类图书而全省奔波着,所以,当我在电话上要他写时,他说自己实在是没有时间,就你或者宇鹏写吧!

首先,就我与陈山桥老师20多年交往中的感觉和我所了解的实际情况来说,陈老师说他没时间,并要我写这序言是发自内心的,没有虚情假意的推托或客套的谦让;其次,我认真地想了一下,副研究员、现任文化馆馆长的宇鹏兄写序言有他写的好处,我就写后记,只有在后记里才可以把陈老师对安塞剪纸这一民间艺术的那份让人感动的执着和痴爱写出来。

年过四十,我也信了人们常说的"机缘",许多事情冥冥中似乎有一只无形的大手在左右着人们,有时候那份"缘"的奇巧让人无可奈何的同时又觉得不可思议。

我昨天(2011年5月1日)开车,又带着借来的两辆车,拉

着王西安、余泽玲、郭爱梅、韩树爱以及胡小珊、陈莲莲、郭搬转、陈海莉等|位老少安塞民间剪纸艺术家,去百里外的砖窑湾镇庙湾村祭奠了民间艺术大师高金爱。生于1921年的老人,将于2011年农历四月初三出殡,而今天打电话,刚刚从延安回西安不到10天的陈山桥老师,原本定好是5月7日上来选这本书的作品,但电话里,陈老师说他知道了高金爱西去的消息,明天请示省非物质文化遗产保护中心的领导和省艺术馆的领导后,也要赶上来送一下高金爱。电话中陈老师还用低沉的声音说:"我上来就把出这本书的作品挑选好……选完我再回去忙其他事……"

坐着坐着,我不由得想起了出这本书的整个机缘和我自己与民间剪纸及剪纸艺人的交往。

20多年前,我认识山桥是由于自己喜欢文学,而山桥讲的一个个剪纸艺术家的故事,让我觉得她们的故事神奇而震撼人心,于是,我的第一部中篇小说《看天》中的娘,就是以高金爱为原型创作的,但那时,我仅仅对剪纸艺人的故事感兴趣,对她们的作品我和大多数人一样,觉得也不过就是安塞老婆婆们没事时玩耍地铰出的一些东西吧。但陈山桥的人格魅力使我在与他交往之中,自觉不自觉地走近了民间艺人,接着我又干起了新闻工作,而安塞剪纸这一民间艺术和民间艺人是最易产生新闻的地方,所以,我在陈老师的点拨中,渐渐地走近了剪纸,也理解了剪纸。同时,安塞剪纸的艺术魅力也吸引了我,使我从1999年起,一步一步走进安塞剪纸艺术和剪纸艺人。

2010年,我已经拍摄了十多年安塞民间艺术,深入了解了所有安塞民间艺术家,并写出了两本书的书稿,只是觉得剪纸艺术家们的照片我拍得还不是很到位,还有欠缺。就在这时,大概是三四月份吧,每年来几次安塞的陈老师又到了安塞,在县人武部为劳动就业局举办的"安塞剪纸艺术培训班"授课。于是,单位上一没事了我就背着相机溜到培训班,拍一些剪纸新老艺术家们创作和学习的画面。在陈老师不忙的时候,我还和他一起去看望一些年老的民间艺人,高金爱家是我们去得最多的,还几经周折,找到了参加过县上剪纸创作班、培训班20多年,许多人都以为去世了或者搬迁到别的地方的高如兰老人,这让我写的安塞民间艺术的那两本书的资料越来越充实。

就在我为自己那多少还有些自私或个人主义色彩的书而忙碌并为即将完成而高兴之时,时间到了2010年7月份。这时陈老师又为劳动就业局的第二期培训班来安塞,7月26日,陈老师有了一个休息日,我开车带着他和朱贵泉老师去曹佃祥家里看了一下后,又来到高金爱家。

走进那个我先后去过近20次的院子,高金爱老人坐在窑洞前的凳子上晒太阳,脸上有一块刚掉了痂的伤疤,她拉着陈老师的手我们走进窑洞后,陈山桥指着旁边的朱贵泉老师问:"你认得这个人不?"从10多岁起就仅有一只眼睛,另一只眼失明70多年,仅有的那只眼也刚做了一次白内障手术还不太好使的高金爱老人回头看了一下朱老师说:"认得么,怎不认得,你叫个朱贵泉么,我怎认不得"。她的话让陈山桥和朱贵泉非常吃惊,因为朱贵泉是20世纪的80年代来过几次由陈山桥主办的安塞民间美术创作班,此后再未曾与高金爱谋面,一个89岁高龄的老人,对一个近30年再没有见过面的人,没有一丝一毫的犹豫,随口就说出了姓名,这让人怎么想都觉得不可思议。

返回的路上,我们在惊叹高金爱记忆力的同时,也都感觉到老人的超常之中似乎隐藏着一丝不祥,口无遮拦的我直截了当地说出了自己的担忧:老人今年老是摔跤,今天她记忆力这么好,说不准不是好兆头呀。我说完这话我们又从人生、艺术上聊了一会儿后,陈山桥老师说出了想做一本安塞剪纸新秀作品集的话题。记得他的话的大概意思是:今年这两次剪纸培训班很让自己高兴和意外,原先,许多外边搞民间剪纸研究的人们都认为安塞剪纸乃至中国民间剪纸已经是穷途末路了,因为现时代物质和精神财富的极大丰富,让剪纸丧失了其在人们生活当中的实用性,而任何民间艺术当实用性一旦丧失,那就失去了生命力。而自己前前后后的 30 多年里,办过大大小小的 20 多次安塞剪纸培训创作班,这几年也感觉到刚刚被联合国教科文组织列入"人类非物质文化遗产代表名录"的安塞剪纸随着一个个老艺术家的去世而人亡艺绝,无法传承下去的危机感越来越强,但自从 2005 年在县文化馆办过剪纸、农民画创作班后,也感觉到这一民族瑰宝面临着新时期生存的危机,但今年这两期学习班上,又看到一丝希望,没有想到还有这么多的年轻女子喜爱这一民间艺术,还有就是在学习班上,这些最低也是初中毕业的年轻女子们对民间传统文化的理解和感知程度要比这之前培训的剪纸艺人高出许多,特别是那几个 20 来岁的大专毕业生和那几个还在上大学的女孩子对民间剪纸艺术传统元素的掌握和应用,更是这之前多少年培训班里少有的,这让山桥非常兴奋,有种柳暗花明又一村之感。

陈山桥认为这些民间剪纸爱好者目前是对民间剪纸非常喜爱,但当今时代,发展的速度让人不敢想象,我们现在根本无法知道两年、三年后这些青年爱好者们会忙什么,更不知道她们那时候会如何看待民间剪纸这一艺术,也许为了生活,为了自己的日子过得好一点,她们会很快地忘掉剪纸,去干其他的更实用或更加赚钱的职业。同时，这个时代也会越来越快地粉碎所有与剪纸息息相关的民俗，让这些原本延续了几千年的民俗活动在我们这个国度里，在我们的生活中消失得干干净净，这就使剪纸传承下去的可能性越来越小。

朱贵泉老师也谈到了现代文明对传统书法艺术的影响，陈山桥老师说："这些天来，我在看着这些作者们剪出的充满灵气的剪纸作品的同时，一直在思考如何能把这些有文化、理解能力强的作者们的热情激发出来，让她们更加热爱剪纸的同时，能坚持下去，创作下去。"我接了陈老师的话说："太难了，现在社会的诱惑太多，而且这些人也要生活，也要谋生，而剪纸目前给她们中的大多数人带不来什么经济效益呀。"

陈山桥老师听我说完后说道："也是的，但我这些天想到了一个办法。你记不记得你在报刊上发表第一篇作品对你的作用了？我想，如果给这些学员中特别优秀、有潜力的二十到三十个人出上一本剪纸作品集，那对她的学习剪纸的热情会是一个极大的激发，也有可能使一些人一辈子在民间剪纸创作这条路子上走下去，这要比仅仅办学习班，传授她们剪纸技法和传统的东西更有价值和意义。"

我听了后说："哦，是的，这样一来就是会激发出她们的热情，也能让一些人一辈子与剪纸艺术分不开，这是目前无可替代的一个最好的办法，那陈老师您就出上一本这样的集子呀！"

陈山桥沉思了一下后叹了一口气后说："我这几天做了许多努力，前些天原县人大的王岗主任和王小玲等老领导来学习班看了后，我说了这个想法，王主任说他想办法帮我和县长要点钱，王小玲也说老促会想办法，应该有希望。可昨天，王岗主任专门过来说他试了，希望不大了，让我再想其他办法，一定要想办法把这本书出出来。"我接住陈老师的话说了另外几个文化单位，说这事对他们而言应该不难。叫陈老师说："我也试了，可这是两个系统的事，劳动就业局办班，文化部门出书似乎名不正言不顺，而我一个省艺术馆的研究员，已调离安塞20多年了，我找政府或者去劳动局找领导谈这事也不合适，看来这事也就是我想一想而已了。"

就我与陈老师多年交往的感觉来说，我知道他是一个什么事都替别人考虑的人，就他的为人和性格而言，他这样做已经是给别人出难题或者难为别人了。

听着陈老师那发自肺腑的话语，品味着他那份对安塞民间剪纸的痴爱与呵护的浓浓情意和努力之后的无奈，心直口快的我说："陈老师，我明天找劳动局的雷宏伟局长，不行了找人事局周明星局长试一下，反正不管找的结果怎么样，出这本书的事就包在我身上了，哪怕我找程县长或者我自己掏钱也保证把你这个心愿了了，你放心就是了，明年的这时候保证把这本书出出来！"

接下来，我真的找了两位局长，但人劳局、劳动就业局的确只有培训经费，没有出书的经费或者宣传费，也无法列支。就我与这两位局长的个人情谊以及我对他们人品的了解，我知道他们说的是实实在在的情况，也感觉到他们的确是无能为力，爱莫能助！

我在寻找办法的同时，把所有参加学习班学员们的照片都拍了下来，又把她们的个人简历全收集起来，陈老师也把所有学员的作品全部收集整理好，出书的所有准备工作全部做到了位，但是，就是钱没有着落。而且我自己要出的那一套十余年心血采访、撰写、拍摄好照片资料的书，也得近20万元的出版经费。

苦思冥想之后，2011年4月24日，我找机会走进了县委书记兼县长的程引弟同志的办公室。当我说明来意后，程书记说："咱县里个人出书的太多，所以我从不给任何人开口子，不给个人出书拨一分钱，因为口子不能开，一开就堵不住了！"说句实在话，我尽管12年里跟过王占学、冯继红、冯毅、雷鸣雄、程引弟，一直是在这些领导身边跑来跑去拍照片、写稿子的老县委通干，也拍摄过胡锦涛总书记、习近平、贺国强、李源潮、盛华仁、李建国以及赵乐际、贾治邦、陈德铭、袁纯清、赵正永等等中省领导，但面对自己的县委书记，人称伶牙俐齿的我还是紧张得说不出话来，但我冷静后，鼓起勇气把陈山桥老师多年来对安塞民间剪纸、农民画的贡献和36年来他为此无私的努力和所付出的心血以及他出这本书的目的和意义说了一遍。尽管有些紧张，也有点语无伦次，但程书记从我激动的有点发颤的叙述中也感受到了陈山桥老师想出这本书的良苦用心和这本书的重要意义。当听完我："程书记，我这里还有一个一套三本书近20万元的报告，但这是我个人的书，我自己想办法筹钱，我就不难为你了。可这本书是陈山桥研究员对咱安塞民间剪纸的一片苦心呀！"的最后陈述后，程引弟书记批了我的报告，并说：一定要把这本书编好！

我打电话把这书经费有着落的消息告诉了刚从延安回到西安的陈山桥后，他说"五一"一过，他处理一下手头的急事，5月7号左右就上来编。可是4月28日，高金爱老人就去世了，在我动笔写这篇后记前的一个来小时，陈山桥老师电话里告诉我说他明天就上来，原本还想拖上几天再写的《守望剪刀——安塞剪纸艺术群芳谱》一书的后记，在这些机缘里就成了这个样子了，这件从高金爱那里起了头的事在她老人家离世时，就基本上算完成了，这就是我所说的"机缘"。

写到这里，我回头看了一遍自己写下的文字，似乎写得有点乱了，也没有说出后记应当说出的话，同时，这些文字中似乎有些自我表功或夸耀的成分，这让我又有点羞愧，原本想重新写这后记，但看到了里边的"机缘"二字，我决定就这样了！如果这中间我的轻浮或者自我夸耀让您不适，那您骂我就是我自找的，如果透过我不合规矩的文字，您能感受到陈山桥老师人格的魅力，那是我想表达的，总之，一切皆是缘！

　　陈山桥老师指导我和他儿子陈喜炜共同编这本书的目的就是激发安塞青年剪纸爱好者们的创作热情，入选的许多作者已经在省内外的各种大赛、展览中获了不少的奖项，有些已经在民间剪纸艺术创作中坚持了30多年，尽管没有引起社会和民间艺术研究者的关注，没有从安塞脱颖而出，但是也有了自己的特点和价值；有些虽刚刚开始接触剪纸，就表现出了少有的灵性和对民间剪纸的感知等天赋，如果坚持下去或许你就是十年、二十年后的剪纸大师或国家级、省级非物质文化代表传承人，而这里所说的坚持也不是说你以后就什么不干整天去剪纸，只要你在正常的生活工作之余，把剪纸当作一个爱好，把花费在打麻将或无聊发呆打发日子的那些时间利用起来，在正常生活之余享受一下剪纸的快乐。那就有可能造就一个大师或传承人；而还有许多人没有到学习班来学习，或者未选上作品，那也不能说不是搞剪纸的料，也许坚持下去会比这里选入的更优秀、成就更大。总之，要相信只要你坚持在剪纸创作上走下去，也许明天的大师就是你，而剪纸中的快乐与幸福，也是许多人无法体会的，但只要坚持下去，你会享受到其中的快乐与幸福的。

　　最后想说的是，如果没有程引弟书记对陈山桥老师和剪纸这一民间艺术和剪纸爱好者的理解与支持，那这本书也许就出不来或推迟出版；而没有县人事局、劳动就业局举办那两期共100人的培训班，那我们也发现不了这些让人欢欣鼓舞的剪纸新秀；而为安塞的政治、经济、社会等各项事业努力、奋斗一生的老领导王岗、郭明才、王小玲等同志对剪纸艺人的那份理解与厚爱，也是让人感动的；还有县文学艺术界联合会的张治金主席，县文化文物馆馆长、县非物质文化遗产保护中心主任、作家、书画家殷宇鹏同志，也为本书的出版给予了大力的支持。

还有培训班上给学员们无私地辅导、讲授、示范的老一代民间艺术家李秀芳、王西安及侯雪昭、李福爱、余泽玲等人及劳动就业局的有关领导和工作人员都为此书的出版做了有效的工作，特别是痴爱了一辈子小剪纸、热心而乐于帮助剪纸作者中有困难的郝桂珍等人的满仓，也就是孙树萍同志，她在剪纸作者、作品的收集过程中帮了我许多忙，而同事白华、李华妮以及康靖华、马志鹏等同志，在我写稿及编辑时帮助我输入、校对文字，部里其他领导、同志们也在各方面给予了大力的协助与支持，比如我在西安忙书的事时，王九红等同事把本该我干的检查、验收、考评等许多工作接过去，让我能全力以赴地忙这套书的事。这里我代表所有入选的剪纸爱好者和其他学员，向各位道一声感谢，衷心地感谢你们的无私支持与帮助。

2011 年 5 月 2 日 9 时至 5 月 3 日凌晨 6 时草

15 年的准备, 5 年的努力, 有了这 3 本看起来还有点分量的文化丛书。面对这迟了又迟的一套既将付印的书, 我首先想到的一个词是感恩!

感恩这词是我们这个社会经常能听到的, 但对我而言, 这词的分量很重, 让我觉得庄严敬肃穆。

1998 年前后, 刚刚从部队复员的我在环境监理站工作。这时的我, 准备将这对民众、对大自然有利的工作干一辈子, 也将环保题材的文学创作作为自己工作之外的另一个事业。这时, 老师冯生刚和同学薛杰到了广播电视局任正副局长。此时的广播电视局设备、人员还很不足, 于是就经常借我这个能写稿、会摄像也有摄像机的编外记者帮忙。这时, 创作上已渐入佳境的我想了解一些环境保护之外的社会, 就经常跟当时在任的县委书记、县长下乡。当时也创作了一些不错的文学作品, 其中中篇小说《看天》在解放军文艺社主办的《昆仑》杂志发表, 散文《星星·天堂·责任》获得了《中国环境报》全国征文一等奖, 长篇通讯《为了延安人的这口水》获'98 三秦环保世纪行'好新闻奖。一次和县长冯继红下乡时她问我理想是什么,我说想创作一些能让这世界记住的文学作品。她问我想写什么题材的,我说就写环保。冯继红县长沉思之后又问我想不想到县委县政府这边工作,这样你能了解的素材会更多更广。我说:环保工作好着哩,我也喜欢,不想换工作了。没想到的是,这闲聊中,我的命运有了很大改变。

1999 年 2 月,退伍回安塞正式参加工作三年又两个月之后,我被提拔到县委通讯组任副组长。这一干就又干了近 12 年,到 2010 年 6 月,我才离开了县委通讯组。从 1989 年当兵入伍开始写新闻,到 2010 年离开通讯组,我干了 20 多年的新闻工作,其中的苦、乐我心中自明,我这里想说的是我对得起组织的信任与提拔,也对得起自己的良知与新闻工作这一崇高的职业。

从 1999 年 2 月开始,我开始接触安塞形形色色的人,最多的是安塞的民间艺术和各色的民间艺术家。从这时起,我开始认真地用相机和手中的笔记录这些人。2007 年期间,有幸认识了北京大学毕业的历史学博士,延安大学人文学院副院长刘蓉教授。在一次闲谈中,刚刚争取来陕北地区新中国成立以来第二个国家社科基金项目《陕北历史文化研究》的刘蓉教授希望我们能合作,从历史学角度整理一下陕北或者安塞的民间民俗文化,我受宠若惊地答应了,但由于我自己当时还在搞新闻工作,时间紧,也没有明晰的思路,所以这次合作机会因我的原因而夭折了。但就是刘蓉教授的这次合作意向,让我慢慢理清了如何展示陕北民间文化艺术的思路。2008 年年底,我按自己的计划开始了这部文化丛书的撰写。当我把第一本《母亲的艺术》一书写完后,我觉得要把这部书做好,必须要彩色印刷和双色印刷。细细地预算后,20 多万元的出版费用让我犯了愁,我又放下了手中的笔。这时,因胡锦涛总书记来安塞及实践科学发展观活动的开展,山东潍坊寿光的孙吉海、江苏苏州张家港的陆崇明两位挂职副县长来到了安塞。由于这两个比我年轻的挂职干部的那种让我敬佩的工作作风和一心谋发展、干事业的劲头,让我与这两位领导走得近了些,也力所能及地为他们在安塞的工作与事业做一些宣传和图片记录工作。渐渐地,我和这两位领导成了朋友。他们知道我在做这部书,在赞赏的同时,均表示全力支持,而且希望我不要为出版经费的事担心,全力往出写,费用他们想办法全力支持,为安塞农业、经济及工业园区建设出着力的他们也想为安塞的文化事业干点事。

　　人在干一件事情时,信心和勇气是非常重要的。于是,我又开始做自己的梦,并全力地去为实现这个梦想而拼搏。剪纸、农民画也就是《母亲的艺术》一书的撰写还是比较顺利的,因为有陈山桥老师能及时地解答我的一些疑惑;《守望剪刀》一书尽管涉及了一百多人,比较繁杂,但也就是多跑路、多用功就可以了;而《陕北的魂魄》一书却不时地遇到难题。民间文化和艺术的介绍描述,不同于文学创作,有许多东西我们原本以为自己知道,但当你铺开纸提起笔写的时候,你会发现自己只知皮毛,有许多问题无法自圆其说。而对民间文化艺术的介绍,最忌讳的是那种想当然的自以为是,一点小问题上的不负责任的推断,就会让熟悉这一艺术的人觉得你是在胡说,就会影响人们对你整本或整套书的看法,而对不熟悉的人而言,这样又会误导人们,让满怀信心,想了解这一民间艺术的人们误入歧途,辜负了人们对作者的期望和信任,也是对民间艺术的一种伤害。而关于陕北民间艺术的各种资料是不少,但许多书籍、资料都是对已有东西的集中翻印，很少能找到让人信服的全面、细致的评价或介绍性文字。遇到自己不懂的细节或自己不知道的一些民俗活动的程序和规矩，我只能停下来再想办法找行家去了解真相，这样停停写写，直到2013年6月才完全结束了这漫长的撰写工作。这时，孙吉海、陆崇明两位热心的领导早已结束了安塞的挂职，没有能帮上我，但如果没有他们当时的支持与鼓励，我也许就写不出这部书稿。他们就是离开安塞，还在电话、短信中问了几次我这套书的事，这让我非常感激的同时心生愧意！

这是我说的感恩的一部分。2011年底，我抱着试探性的想法，找到了时任延安市委常委、副市长冯继红。冯市长在百忙中为我这部书从市财政上协调了一些经费，而县委程引弟书记在我做《守望剪刀》这本书时，也给我解决了一些费用，让我有信心把自己的这个梦继续下去。2013年，县长吴聪聪知道了我在做这套书的情况后，给予了高度的评价，并要求我一定要把书做成精品，让这书经得起时间和社会的考验，为安塞的文化发展锦上添花。原政协主席朱辽成、现政协主任李旭，也都对我这部书给予了全力的支持。我中学时的老师县人大常委会主任的高树杰也多次过问我这套书的进程；特别是原县委书记、后任市人大常委会副主任的冯毅，认真看了我的书稿，在肯定的同时，提出了非常有价值的修改意见和建议。我30多年前的南泥湾子校同学，从90年代末期开始经商，已经是延安商界成功人士的延安富友工贸有限责任公司老总郑军，为我的这套书的出版也费了许多心思。得知我经费不足，他有意资助，但我觉得虽是同学加好友，他的钱也是在商海打拼得来的，我受之有愧而拒绝了。但在2013年8月开始需要设计封面，修改版式时，我实在找不到钱付这些费用了，又不能动用已经有了的专项资金，只好从他那里借了五万元应急。如果没有这笔钱，那我这套书也许还得拖下去。还有和我相交 30 多年的书法家宋殿勇兄，为我书写了好几幅与这套书相关的书法作品，文化局牛进益、文联张治金等老兄们在我这套书的经费等方面也给予了大力的支持和各方面的方便。在《延安文学》做编辑时曾多次为我修改、编辑稿件的文友，后任安塞科教文卫工作副县长的霍爱英，也对我的这套书全力支持，曾细致地修改了我的一份申请报告，让我感激的同时心生愧意，为自己行文的粗心和不规范而抱歉。

要干成一件事是不易的，要干成一件大一些的事更不易！这套书对我这个没上过大学行伍出身的文学爱好者而言，算得上是一件大事了，而干这件事的过程又很漫长，所以，帮助过我，助了我一臂之力的人真的很多。前边我说了有关这本书写作、编辑过程中的许多我心怀感激的人和事，接下来我再重点说说一个和我文学梦息息相关的老人和与这套书直接关联的一个单位和一群人。

这位老人是安塞很少有人不认识的一位老领导，他叫郭明才。安塞人对本县老户的概括是：郭家一道川，李家一座山。这郭家就是说郭明才他们本地的大户郭家的。20 世纪 80 年代初期，我在延安报上开始发稿子。从此，也认识了这位当时任县人民法院院长的领导。多少年来，郭明才一直鼓励我、扶持我。让人感动的是，这个没怎么上过学的安塞人，对安塞的历史、文化情有独钟，不论是谁在什么报刊上发表了什么文章，他都要想办法找到并剪下来，而且到处宣传，把能写文章宣传安塞或者为安塞增点光彩的人视为知己和才子，到处夸赞这些人，也想办法帮助这些人。我就是深受其恩的一个小文人。从上中学开始，一直到现在，我发在各处的文章他基本上都剪辑了下来，而且他的宣传,让许多安塞人认识、知道了我,继而关注我。他还给过我许多新中国成立前的一些报章上刊载的关于安塞的文章和资料。从五年前得知我开始写这套书起,他时不时地到我办公室或在街上拉住我问问情况,而且在老干部和社会各界中大加赞扬我,他对我和我的这套书有许多言过其实的赞美之词,他不遗余力的宣传,让许多的老领导、老干部也开始关注我,有许多从未与我打过交道的老同志,在街道上拉住或叫住我,问我这书的进展,问我什么时候可以出版,问我需要什么帮助……这种让我受宠若惊的关注和期望,有压力,但更多的是动力。有时我听着这些曾为安塞发展做出过不少贡献与成绩的老同志关切的问候,眼眶发潮,心情激动,让我自豪的同时,有了更大的责任感和紧迫感,也让我对自己很差的工作效率而羞愧,我真的有愧有负于这些老同志的愿望!

郭明才这个热心人,真的是安塞这片文化热土上所有喜欢文学艺术的人们的一位知己和恩人。我个人觉得,安塞官当的比他大的人不少,权比他大的更多,但就文化、历史而言,比他热心、比他贡献大的还真的不多。他给安塞许多文化人,特别是给我本人的那种知遇之恩和为我的鼓与呼以及帮助,让我觉得温暖、感动!有机会,我会写写他与安塞历史、文化和文化人的故事的。

而我要说的一个单位是安塞县委宣传部。我从1999年2月任安塞县委通讯组副组长开始到今天,一直就在这个单位工作着。这么多年来,个性很强,脾气暴躁,说话直白的我有意无意地伤了单位的许多同事,但大家一直包容忍耐着我,也影响、改变着我。从我2002年创作并出版报告文学集《鼓乡安塞》、2004年《安塞腰鼓》到2006年编《安塞文学作品集散文卷、小说卷》等书的过程中,部领导和同事们都给了我许许多多的方便与帮助。而同事们在这套书中给予我的帮助与支持,我在《守望剪刀》的后记中已细说了,这里就略去。

2008年年底,我开始这套书的编撰后,县委常委、宣传部长、宣教党委书记屈永峰同志非常的支持,经常给我提一些建议,也能把自己对一些民间艺术的感悟与理解与我分享。我写出一些章节后,他能认真地看过后坦诚地告诉我他的感受与感觉欠缺的地方,特别是从2011年起,我为了把这部文化丛书搞好,经常十天半月地请假到西安联系出版社,到省艺术馆、省非遗保护中心请教陈山桥老师,或到印刷厂、文化公司排版,作为部长的他总是协调好我的工作,让我全身心地投入到这部书的修改和编辑、排版等工作中。特别是2013年7月,我利用年休的时间,到西安挑选编排《陕北的魂魄》一书的图片。刚到西安两天,就得知安塞连降大雨,全县干部职工人人坚守在抗灾一线。作为党员和宣教党委专职副书记的我,知道此时我有责任和义务赶回去参加抗灾、救灾工作。我立即收拾了行李,准备第二天赶回去。晚上,我给屈部长打了个电话,接电话的他刚从几个集中安置点的学校检查后和单位其他同志返回办公室。他却对我说:你就继续搞你的书吧,单位是忙,大家全部不分昼夜地坚守在单位和抗灾一线,但你的书也到了紧要关头,你就不用管单位的事了,安心地编排你的书吧!最后,他用玩笑的口吻说:"单位的事有我这党委书记在,你这副书记就不用操心了吧!哈哈……"

挂了电话,我想着他前后多次为我这3本38万余字的文稿修改字句,和我探讨一些关于民间文化的观点和本质,以及在大灾面前的这种担当和对我的照顾,我真的非常感动。这部文化丛书从起初的构想与架构，到最后的书名、封面的设计等等，屈永峰部长都起了很大的作用，他的建议和许多思路，都对我的这套书起到了决定性的作用，让我少走了许多的弯路。有几次，我们为了这部书中一些章节、观点，在他办公室里争论到凌晨 2 点多钟。在筹集出版费用的过程中，他也给予了很大的帮助，连续两年向省委宣传部申报了资助项目，也向市委宣传部争取了资金，尽管只争取到了市委宣传部 3 万元的项目资助，但这也是很不容易的，也是让我感激和感动的。可以说，这部书的完成，与屈永峰部长的帮助、支持和理解是分不开的。

　　5 年时间，我为这书没有敢松一口气，5 年中，除工资之外，也没有赚到什么额外的钱。所以，在这五年中，老父亲两次眼睛手术，妻子和老母亲在一个月时间里相继小腿、大腿股骨头骨折，孩子 4 次住院等等事情上，我可以说都没有尽到或尽好自己的责任，而且由于孩子西安上学以及其他事，非常拮据的我不得不将父母在延安的房子卖掉，让父母在大正月天搬家；有时候两个多月不去西安看看上高中的孩子和照顾孩子的妻子。而父母亲、老岳母和妻子不论遇到什么事都尽量不给我说，只希望我能安心地、尽快地完成自己的梦想，完成这套书的编撰。5 年里，从不欠账的我借了包括屈永峰部长及宇鹏兄等人的 10 余万元钱应急，就是这样也遇到过给同事朋友上礼时，口袋里凑不够礼钱的窘况。而回想起这些，我觉得我欠下的近 20 万元的账不是什么问题，但欠下为人儿女、为人夫、为人父的责任与义务却让我羞愧难当！我为自己只顾自己的爱好与理想而亏欠家人、亲人的自私而羞愧！在这里，我能说的只有感谢两个字了。

　　在写完《陕北的魂魄》一书的所有文字后，我敬仰的朱贵泉老师以及政协李旭主席、屈永峰部长、延大教授刘蓉博士、延长石油的女作家高安侠以及县委宣传部的周建东、组织部张宏林、县检察院的张烨、义友、剧作家张宏峰等领导友人，都认真地帮我细读了书稿，也都给我修改出了不少字词句上的错误，纠正了个别我认识上的错误。陕西人民美术出版社总编辑杨西婷和编辑张化梅、刘岩三位女士，在我这套书前后两年多的排版、封面设计以及文稿校对、审阅等过程中，都给予了无私的帮助。而西安智禾文化有限责任公司的胡亮总经理以及视觉总监李钢等友人，无私地帮我排版设计，还有大宇文印社的高晓霞女士，5年里给我高质量地录入了20多万字的文稿。我当时经常给我抄稿子，喜欢书法、篆刻的室友，浙江嘉兴桐乡的沈建忠，现在也是一个资产丰厚的儒商，他也多次鼓励我出一部大书，让我不要为出版费用这些小事费心，有事就言一声。当我准备在书的封面放一枚篆刻的"民间安塞"印章时，他在非常忙乱的情况下，晚上挑灯夜战，为我刻了章，但由于他刻的"安塞"二字不好认，他又太忙，我实在不好意思劳烦他再刻，只好又劳烦我单位的小兄弟马志鹏刻了现在的这枚。三级美术大师、著名青年剪纸艺术家余泽玲也特为我设计并剪了一幅盘长纹围绕的"民间安塞"剪纸，但因设计等原因而未用。没有这些人的无私帮助，就没有我这套书的顺利出版。在这里，我只能衷心地说一声谢谢！感谢各位的倾力相助！

作为一个生长在安塞的文学爱好者，我能一直从事自己喜爱的工作，而苍天又让我能把自己的爱好作为事业，让我始终没有离开手中的笔，这不能不说是一种幸运和幸福。我一个曾在安塞街头卖冰棍、摆书摊的人，能有幸结识这么多的民间艺术家，并且能用自己手中笨拙的笔，书写记录安塞乃至陕北地域文化的博大精深和人文魅力，让人们认识这片土地和其上的民间艺术及民间艺术家,这既是我义不容辞的责任,也是我一个安塞人应尽的义务。也许,安塞有许多人写安塞民间艺术会比我写的更到位;也许有许多安塞人写这一题材会比我更适合,但多年的等待观望之后,这一领域依然空白,于是,我便有了舍我其谁的勇气。在历史的长河中,许许多多人的努力未得到社会和周围人们的认可,回望大师毕加索、大作家卡夫卡你就会觉得这很正常。我这个笨拙之人的努力却得到许多安塞父老乡亲的认可,不能不说是幸运的!这幸运让我有勇气有恒心做这个和我的水平不怎么相符的梦。近十五年的拍摄资料、搜集素材,五年的坚持和努力,其中有多少苦和无法言说的累,都过去了,好在我没有让这梦成为白日梦。完成了这一漫长的坚持后,我为自己能有幸抓住这一题材,并完成这一使命而感到幸福和自豪。哈哈,我真的很幸运!此时此刻,我因这份幸运而幸福着!

是为后记!

三人围桌茶当酒

—— 甄伟才《太阳门前来》后记

"伟才早就该出书了。"

三个人围着桌子,以茶当酒,其中两个人说出了这样的想法。

这些年,由于大环境的影响和工作上的事务繁杂,伟才很少有心情提笔写作。我们很为之惋惜。

大约在 2005 年底至 2006 年初,伟才忽然又提起笔来,连续写了八九篇不错的文章。我记得第一篇是《太空速度》。他要我和报社的文友联系,将这些东西发了。后来,他写的东西基本都发了出来。那时,伟才就萌发了出本书的想法。

但过了半年多,伟才的热劲过去了。又恢复了写文章没多大意思的想法。并推说工作很忙、心很烦,什么时候静下来再说。他甚至说,当今社会,头上顶个文化人的帽子,注定要耽搁许多事,失去许多机会。

"你看我的文章有迂腐气吗?"他笑着说。

伟才是个有思想的人,如高建群所说,他是一个深刻的人。他的深刻有时表现在他对新观念、新事物的接受上。比如网络这个东西,他接触得虽比我迟,但在北京一个同学加文友的鼓动下,一上手就开了个自己的博客,而且对文学的热情也一下子又升了温,三天两头地打电话,要我进他的博客里看文章。

　　今年年初,伟才说:"我的书应该能出了,你就给咱想想怎么出吧,而且你得把我这书当自己的书去编,责任编辑就是你了!"我说:"你的事,就是我的事,你的书也就是我的书,没问题。"

　　我说这话是真心话! 和伟才相识于1985年,相识是因为文学。记得通过几次信以后,才在县城里见了伟才,在五里湾桥边我家新建的三孔窑洞里,我和伟才住在没安装门窗的毛筒筒窑洞里,彻夜长谈。那一夜,我把许多我喜欢的歌曲磁带全部翻录成了伟才的高谈阔论,一盘带子正反两面是一个小时,我录甄伟才的话就录了6盘带子呀!

　　接着,我又骑着自行车,带着伟才,去高桥看望宇鹏。往返行程160多公里。那时,我俩都只和宇鹏通过信,并未谋面。但我们一见如故,甚是投缘。我们一起去田里收玉米,一起去爬墩山,一起去看望另一位文学爱好者……我们激动地畅谈着未来……

　　那次的相识,让我们三个人成了一生中走得最近的朋友,我们相识是因了文学,相知也是因了文学,而我们在一起时,说得最多的依然是文学。近十年来,我们由半月二十一聚渐渐变成了三天两头地相互见见,即便不聚在一起,也要电话上扯几句淡。有一次雪夜停电,我们饭后就灯闲聊时被发电机尾气熏至中毒,却有惊无险地救了20多人性命,那次奇遇后,老有同事朋友用"三个文学青年"的称谓调侃我们。

我特别感动的是,每当我对文学没什么信心时,友人们总是以各种方法激励我。比如伟才,他多次说"志东是一个天才的小说家,一定能写出轰动文坛的大小说的。"近日,伟才在一次小聚中直截了当地说出:"郭志东,你要不写出一部长篇小说,我都小看你了……"

这话说得我是眼眶发潮呀!这才是真朋友呀,我25年前骑自行车时流的那些汗值呀!弄不好,伟才真的会逼我写出点不错的东西的,因为这几十年的情谊我舍不起,而且骨子里争强好胜的我也不想让高看我的友人失望。

还想对大家说的是,我们在一起以茶当酒时,茶真的和酒一样,喝着喝着我激情飞扬了,他沉思了,又豪情万丈了,这茶中的酒精就是那不变的文学情结!茶中的话题很少涉及他人,更没有是非及家长里短,用兄长宇鹏的话说就是:"只有刮风了,下雨了,飘雪了,花开了,月满了,夜静了。"以茶当酒时,我们在互相激励着对方,在舒心的笑谈中理着追逐文学的梦想……

"写出来,就是胜利。"这是宇鹏兄说给我的第一个中篇小说的话,今天,伟才也胜利了。

而伟才在整理书稿时,就给宇鹏兄下了写序的任务,现在,他给我也下了任务,任务是:"写一篇东西,代为后记。"

这本集子里的文章大多是伟才近五年写的。虽然过去的十多年他没写文章,但在起草公文,处理政务的过程中,伟才的天性让他一直在思考着人生与社会,特别是近五年来,他每听到一句让自己触动的话,都要认真地去思考。有时,为了逼迫自己写出来,他会在人多的地方先把话放出来。比如,春节后,他说,我要写一篇《人应该少些所谓的自知之明》,说着说着,不几日,他真的写出来了。

但是，从全书的文章中看，我更喜欢他那些中学时代的作品，尽管稚拙，但不失精巧，而他近些年写的东西，大多是人生的感悟，有感之后去寻找一些佐证。我觉得文章的笔调单一，而且有些东西还少了他上中学时文章的精巧与空灵，而多了些许那种太过现实的实用主义思想，也就是说少了雅趣多了俗气。还有些篇什略显仓促与粗糙，这些也许和他这些年对人生与世界的看法有关，也许是目前这个非常实际、浮躁、功利的世界造成的。

但是，我也知道，伟才的文章是很受周围朋友和各界人士欢迎的。他能用精简的文字，把人们都感觉到了，但还比较模糊的道理说得清清楚楚，让人有如梦初醒之感，并给人以发奋进取的力量，这是难能可贵的。

存在的，都是合理的！他的文章和他的工作一样，赢得了绝大多数人的重视和好评，这是伟才用自己的行动换来的。知道伟才要出书了，他的各界朋友都伸出了有力的手，给予了各种各样的支持和帮助。我想，这些伟才是不会忘记的。

这本书是伟才追逐文学梦想的一个小结。我想随着思想阅历的进一步成熟与丰富，他会写出更好的文学作品的。俗语说："迟饭是好饭。"也就是下一本书会比这本书更好！我这里把我和伟才、宇鹏三个人在一起以茶当酒时经常说的陈忠实老师的一句话改一下，当作这本书的最后一句话吧：

"文学永远神圣！"

草就于 2010 年 5 月 20 日晨

第五辑　师友序评

《鼓乡安塞》序

高建群

　　安塞县是中国有名的一个县。它在许多方面都有名,但在当代,它最有名的地方是安塞民间文化。安塞腰鼓令世界知道了在温良敦厚的、媚俗的中国传统舞蹈中,还有如此野性未泯,个性张扬的一路风格。安塞的农民画、安塞的剪纸,它的历史渊源则更深一些,农家妇女手中的小剪刀和画笔,带给我们那古老的初民时期的信息,补充着碑载文化有意或无意遗露下来的内容。我这里仅举一个小小的例子,你就可以知道农民画的价值了。1987年,我陪中央电视台《中国人》摄制组,在拍摄白凤兰的时候,这位农民剪纸艺术家曾经画过一张画。当时,大家都不知道这画画的是什么,白凤兰自己也不知道。1998年,我在新疆吐鲁番高昌故城,见到唐代古墓中出土的《伏羲女娲图》才明白白凤兰为我们画的是伏羲与女娲的故事。安塞人还有歌声,从那里收集到的陕北民歌,编入《陕北民歌集成》后,成为我们民族文化宝库中最重要的一部分。说安塞是中国民间文化的一块"活化石",这话并不过分。一方面是它的精神蕴藏是如此的富有,一方面却又是物质生活的极度贫困,这是安塞前些年留给我的印象。

它的贫困是由于恶劣的自然环境造成的,是由于战争年代付出多、失血过多造成的。当年的埃德加·斯诺,在前往红都保安的路上,从安塞进入红区,面对眼前这涌涌不退的山峁,感慨说,人类能在这样恶劣的自然条件下生存,简直是一种奇迹。他认为这是一块不适宜人类居住的地方。

但是这一切在改革开放以后得到了极大的改变,安塞正从陕北最穷的县变成陕北较为富裕的县。

这几年我不断地得到消息说,安塞变富了,安塞老百姓的生活水平提高了,安塞的县财政翻了几十番。他们谈到安塞的小流域治理,谈到安塞的大棚菜,谈到安塞的百村百井、普九校建、封山禁牧等等。

郭志东的《鼓乡安塞》,叫我明白了这一切都是真的,安塞在这一代人手中得到了改变,昔日的恶性循环的生态环境正在成为良性循环,他们创造了业绩!

我认真地读了书中的文章。书中涉及的那些文化界的同志,我几乎都认识,从而引起我许多温馨的回忆。书中彰扬的那些历届的父母官,我也几乎都认识,他们的成绩我也经常给人津津乐道。例如在安塞干过几年的我的高年级同学张智林,昨天我还在院子碰到他,例如书中屡次提到的那个姓冯的女县长,我去安塞时也见过几次,这个陕北风格的妇女领导干部,给人留下很深的印象。

将这些我们自己的优秀人物宣传出去,将我们自己做出的成绩宣传出去,这是一项任务。北方人不善于这样做,这是不对的。弘扬我们自己,让世界知道我们的存在和我们的努力,这是应该做的事。在西部大开发中,在东西部差距越来越大的情况下,我们要顽强地显示自己的存在。

我想这是这本叫《鼓乡安塞》写作和出版的目的。

关于书的作者,我最后再罗嗦两句。

一些年前,我在《延安报》当副刊编辑的时候,发过他的一些诗歌和散文,那时他还是个中学生。他的笔名叫土圪垯,我说,你为什么叫土圪垯呢? 这不像个人名。他说,他是十里滚大的,一个土圪土垯而已! 这以后,听说他当兵去了。再后来,听说又回到了安塞故乡,继续着文学。现在他的一本书出来了,里面有文学的因素,也有新闻的因素,因为目下他正在做新闻报道的工作。我祝贺这本书的出版,并祝他继续用手中的笔,为这块土地歌唱!

是为序。

2002 年 8 月 22 日于西安

第五辑 师友序评

315

「绿色战役」打得好

胡绩伟

谷溪同志：

你们长期赠送我的《延安文学》收到了，谢谢！2002年第一期上的安塞种大棚菜的纪实文学，我读了，很激动，感到十分欣慰！

抗日战争时期，我在延安10年。在延安保卫战时，从延安撤退的第一站，就是安塞，在真武洞朱寨河村住了72天。

到5月23日，西北野战军三战三捷，在真武洞召开祝捷大会以后，我们才从此转战陕北。在安塞时期，我们群众报社的一位副总编的妻子生了一个男孩，就取名"安塞"，如今他也退休了。安塞在我们这些群众报人的心中留下了难忘的印象。

10年的延安生活，陕北黄土高原哺育了我。当时，虽然说"自己动手，丰衣足食"，毕竟是十分低水平的温饱生活。陕北贫瘠的土地和人民的穷苦生活，在我心里总是一块心病，希望它有一天会富裕起来。

1997年5月，整整过去49年，我已经81岁了，重新回到延安。延安城和郊区确实变了样，但延安专区、陕北老根据地广大地区,仍然属于贫困地区。我忧喜交加地回到了北京,还是想,陕北这块贫困的地区,50 年还没有出现根本变化,什么时候才能变呢?

今天读到安塞种大棚菜的纪实文学,安塞不仅摆脱了贫穷,而且开始进入了现代化农业的行列,这不是整个延安地区、陕北地区的希望吗?我十分激动。可惜我现在很难再回延安了。

我想到,延安精神培育了当时像我们这一代青年,终于建成了新中国。以后成立了延安精神研究会,继承和发扬延安精神,建设新中国。彭真同志在 1990 年概括延安精神是:"实事求是,全心全意为人民服务,坚持真理,改正错误,自力更生,艰苦奋斗。"可惜,以后很多人说延安精神,只留下"自力更生,艰苦奋斗。"可是,忘掉了实事求是,全心全意为人民服务,坚持真理,改正错误,单凭"自力更生,艰苦奋斗"是不行的。安塞的经验,再次告诉我们:没有县上那些干部实事求是、全心全意为人民服务,坚持真理、改正错误的精神,单凭苦干、硬干,艰苦奋斗行吗?中国的劳动人民是极其艰苦奋斗的,可是有上面那些贪污腐化、化公为私、成天空话大话、搞浮夸、求表面的干部,劳动人民无论怎样艰苦奋斗也是不行的,也永远摆脱不了穷苦命运的。

安塞人民种大棚菜,用科学学科学,没有科学技术的先进知识,是富不起来的。学科学用科学,是要实事求是、从实际出发的,是要坚持真理、改正错误的。想想没有安塞人民几年来的试验、成功、失败、再试验、再成功,不是人轰大嗡,大搞政治运动,而是稳扎稳打,逐步推广,不这样,行吗?自力更生,是很重要的,中国人民的苦日子,主要是靠自己,但是,单凭自力更生行吗?这次安塞人民的成功,不仅有市里、还有省里、外省、中央的支援;我们很多先进科学技术也是学外国的,是开放引进来的。

你们这篇纪实文学写得好，不只是写了安塞人民自力更生、艰苦奋斗的精神，更写出了安塞上上下下干部发扬了全心全意为人民服务的精神，发扬了坚持真理、改正错误的精神，发扬了改革开放的精神。提高到原则上来说，安塞的成功在于：

全心全意为人民服务的开明、廉洁的现代政治；

农民当家作主的自由经济；

市场经济下的财贸营运；

改革开放下大胆采用新兴科学技术和先进的经营管理；

自力更生为主的热情支援和互济互利的协作。

只有在这种条件下，广大农民有勇有谋、坚韧顽强的艰苦奋斗，经过几年的不懈努力，才能产生这样显著的成效。不知我这样概括得对不对？恰当不恰当？科学不科学？请安塞的同志指正。这是我对此文读后的一点感想，请你带给安塞的党政领导同志和安塞的干部群众，感谢他们！感谢这篇好文章的作者和编者！他们给延安人民、陕北人民带来了真正的希望！作为一个 86 岁的老延安、老安塞，我对他们非常感谢！

此致

撰安！

胡绩伟

2002 年 5 月 12 日

（作者是我国著名记者，曾任《群众日报》总编、《人民日报》总编。该文是作者读了《让"受苦人"换个活法》一文，即《延安文学》2002 年第一期所发的《绿色战役》后写给主编曹谷溪的信。）

土圪垯林里抱金砖

银笙

翻阅着郭志东砖头厚的三本《陕北的魂魄》《母亲的艺术》《守望剪刀》，我的心中仿佛燃起了一团火，直炙热得两三晚夜不能寐。反复欣赏、细细品味，回忆、联想，搅动起几十年的浪花。

记得30多年前，我去安塞采访，时在安塞中学当语文教师的冯生刚邀我给学生做次写作讲座，已记不清自己胡诌了些什么，过了些天，《陕西少年》杂志发了条消息，署名"郭志东"，知道他是喜爱写作的中学生，就记住了这个名字。后来，他入伍当兵，3次立功，又在《昆仑》杂志发表中篇小说《看天》。复员后分到县委通讯组工作，和我奋斗在同一条战线。本世纪初，我应安塞县委书记冯毅邀请帮安塞开发文化产业，与县上的文人们来往更密切。我曾主编了5卷本的《安塞雄风》丛书，其中的《安塞腰鼓》就是志东撰写的。

对于安塞和延安的民间艺术我也算是略知皮毛的。20世纪70年代，决心把余生献给延安的著名画家靳之林落户延安，他徒步 3000 里考察秦直道和陕北石窟，挖掘研究民间文化，使这些深埋在黄土地中的宝贝大放异彩。由于职业的灵感我曾为《文汇报》《光明日报》等报刊写过《李秀芳剪纸轰动法国》《延安石窟艺术》等文章，也采访过"民歌大王"贺玉堂、"陕北百灵鸟"王二妮以及王西安、侯雪昭、李福爱等艺术家，可惜没有沉下心深钻细研，这些都风雨成"明日黄花"。可喜的是，郭志东经过 15 年准备、5 年拼搏竟编著了这套煌煌大著，为陕北民间文化开掘又立新功。

这套由《陕北的魂魄》、《母亲的艺术》、《守望剪刀》三本书组成的"民间安塞"文化丛书，可以说是安塞民间艺术全方位的集中展示。腰鼓、剪纸、农民画、民歌、说书包括庙会与"延安老醮会"等都有详尽介绍。书中不只有文字，还附了不少民间艺术大师们的代表作品和志东的精美摄影，图文并茂，我又一次欣赏了老一代艺术家曹佃祥的《抓髻娃娃》《鹰踏兔》《娃娃骑猪》、白凤兰的《牛耕图》、王占兰的《回头马》以及中青年一代承袭古代文化画石功能的古朴传神的作品。怪不得旅居美国担任哈佛大学美国医疗健康政策研究中心高级研究员的李忠和在《母亲的艺术·序》中称赞"老一代剪纸艺人作品的主题受当时农耕生活影响，体现着几千年阴阳生万物以及道家天人合一的哲学积淀。她们的作品中体现了'璞'和'真'，即生命的原始冲动和精神超越并存一体的境界。她们的作品是心、身、意高度结合的产物。"以腰鼓为代表的安塞民间艺术已成为安塞、延安、以致陕北闪亮的品牌，郭志东将它们集中展示，无疑会为这一品牌增光添彩。

我的作家朋友、安塞文化馆馆长宇鹏说："民间文化艺术是一切艺术之本源"。在继承弘扬中华文化传统中研究整理当地的民间文化，是一项刻不容缓的事业。郭志东深懂这一道理，矢志不渝排除各种障碍，一门心思来拯救这一文化遗产应得到大家赞许。5 年中他的父亲两次手术，一个月内妻子、老母先后小腿、大腿股骨头骨折，孩子四次住院都没有动摇他的信念。最让他煎熬的是经济压力。为了筹措经费他咬牙卖掉父母在延安的房子，逆着民俗在大正月搬家。但他认为这一切都值！这位年青时的腰鼓手要为当地的民间艺术家立传！因为全国共选出21 位中国民间剪纸代表性艺术家，安塞的曹佃祥、白凤兰、高金爱、白凤莲入选其中，还被联合国教科文组织授予"中国民间剪纸艺术大师"称号。全国共有 1986 位"国家级非物质文化遗产项目传承人"，安塞就有高向成、曹怀荣、高金爱、李秀芳、贺玉堂、解明生 6 位。这些人过去都是黄土窝里生长的草野之民，郭志东为每一位草野艺术家写传，配合他们的作品介绍给读者。我突然想到郭志东曾多次用"土圪垯"作为笔名，他作为土圪垯林里的一份子，就要把土圪垯的精神留给世人，他说民间艺术"虽然没能被载入正史，但毫无疑问它是中华五千年文明史中最流行、最普遍、作者最多、作品量最大，流行时间最长的艺术，是最底层却又能代表中国文化的文化"。他的目地达到了，他确实在土圪垯林中刨出一块沉甸甸的金砖。

细细品读三部大作，能让人感到安塞民间艺术代代相传的清晰脉络。2008 年正月初二，郭志东曾孤身一人走访陕北山乡。跑了一圈，千百年来家家年节时贴窗花的习俗几乎零落了，这让他心疼，更看到挖掘继承的迫切。在这套书中，不仅展示了安塞当今的民间文化阵容，对于为传承安塞民间文化做出贡献的人都有记述。这些人有的我比较熟悉。像"安塞民歌搜集整理第一人于志明"就和我多次交往，还和我一起创作了电视剧

《哥哥你要成才》。像鼓王刘延河、歌唱家阎志才、王二妮，陕北说书匠解明生等都在我主办的报纸上多次介绍。陕北民间文化挖掘、研究的开创者首推靳之林教授。他除了考察秦直道和陕北石窟，于1979年10月就组织了"延安地区剪纸创作班"，他带着李秀芳去法国访问，技惊观众，他总结出陕北剪纸的特色，在群芳谱中成为闪亮的一枝。在安塞民间文化的开掘中，陈山桥功劳卓著。郭志东在书中以3万余字生动介绍了他的事迹。这位生长在西安大都市的汉子，沉在安塞近15年。跟随靳之林办了地区创作班后，他掂出了安塞剪纸的分量，他不辞劳苦走访了90多个村庄，发现默默无闻在安塞的250多位艺术家，他又接连举办安塞剪纸学习班，使散居的艺术家们成为一支征战队伍。特别是在那阶级斗争的年代，他没有和别人一样去要老大娘们"图解政治"，却使最真实的传统剪纸发扬光大，他还通过剪纸创出安塞农民画的新品牌走红全国。调回省城后他始终关注扶持安塞的民间文化。《守望剪刀》这本书，就是他在2011年提议，由儿子陈喜炜和郭志东共同完成的。这是为安塞有潜力的中青年艺术家出的一本书，通过这本书，让人们"记住一些人，安慰一些人，最重要的是鼓励一些人，希望她们能坚持下去，为人们留住民间剪纸这一古老而魅力无穷的艺术。"郭志东无疑是民间文化的传承者，我相信，他们这一批年轻人定能使安塞的民间文化走向更广阔的世界，这是我读完全书最真切的感受。

2015.9.15－9.18　于新华园

从《看天》谈小说的环境与人物

昆仑鹰

如果我们把是否塑造了生动鲜明的艺术形象作为衡量一部小说是否成功的重要标准，那么，毫无疑问，郭志东的《看天》是一部好小说。它不但为读者呈现出了一个带着黄土高原的泥土气息以及大西北的粗犷、豪放之气的青年武警战士墩的艺术形象，还把墩的性格与气质之所以孕育并成长的大西北的质朴、淳厚的民风展示于人。这样，墩在作品中就不仅仅是一个孤立的存在，而成为承载着丰厚的社会内容与作者的美学追求的艺术形象。

墩是一个纯粹的苍凉、贫瘠的黄土地的儿子，他的出生即以极为特殊的方式宣判了亲生母亲的死刑，他不知道，也无法知道自己的亲生母亲是谁，甚至于对一个娘两个大的尴尬处境也不甚了了，显然，他对于那些诸如"我是谁？我来自何方？"之类的哲学命题无法也无力更无暇作此思考。他只能通过艰苦的劳作获取他所能得到的最低限度的生存的权利，就像和他一样生于那块土地、长于那块土地的千千万万的农人一样，他甚至于连那块土地上那些贫穷的父老乡亲们所具备的一切都不完全具备：曾经相依为命的虽然没有血缘关系但却养育了他，在患难与共中下了深厚情谊的三个老人相继离他而去,甚至于他心爱的姑娘兰花也迫于生计而嫁给了"包工头病病歪歪的儿子"来"冲喜"。"墩心里滴着血,用心吹奏欢快的'大摆队''得胜回营'等喜庆曲子,用心奏出的旋律把自己心爱着的兰花引向有个好光景没个好儿子的包工头家。"然后,"墩用全身所有的钱买了火纸,把一大堆用纸做的洋楼洋房和小汽车、电视机以及童男童女、纸牛纸马在三座坟前烧完,无牵无挂地走了"。故乡留给墩的是一片苦涩而苍凉的回忆,他有太多的理由逃离开那块土地而义无反顾地奔向新的天地;因而,他也有太多的理由在已经窥到了新世界的曙光的时候而像前几年的"农家军歌"所渲染的那群农籍子弟们那样,不择手段地为逃离开那片土地而奋斗。然而,他却没有那样做。也许是作者过于偏爱孕育了墩的那片土地,那如黄土地一样苍凉悲壮,如信天游一样悠远绵长的土地,他赋予了那片土地与他小说中的主人公太多的唇齿相依的血肉联系。就像墩无力摆脱那片土地的贫穷一样,他也将别无选择地继承那片土地所特有的古朴、憨直与倔强。因而,与"农家军歌"中的那些为了个人蝇头小利而不惜互相倾轧、钩心斗角的农村籍军人们相比,墩真正实现了生存的自由境界;他不会为可以改变自己境遇的物质利益而与他人战,但他必须为了维护个人尊严与内心深处的善良而斗,为此,他不惜失去一切,包括宝贵的生命。墩的所作所为,似乎都为了一句陕北民间俗语,即"谁做下什么事,老天爷都能看见",因而,上无愧于苍天,下无愧于自己便成为墩的行为准则,因为他的父辈们,生下了他的亲生的母亲和养育了他的父亲、母亲尽管贫穷、屈辱,但他们活得坦荡,死得也坦荡。墩要捍卫自身的尊严,首先要捍卫他们的尊严。他以他的黄土地上的那些与他有着血缘关系或没有血缘关系的亲人们所赋予他的黄土地般凝重、执拗的血性,仅为了证明自己不是"婊子养的",先是要求从省会兰州调到条件较为艰苦的肃州,继而不顾一切地对班长大打出手。在他看来,一切处分与惩罚莫过于别人对他甚至没有来得及睁开眼睛见一面的亲生母亲名誉的侮辱。你说他敏感也好,说他脆弱也好,但你不可否认,这是黄土地所孕育出来的血性汉子。当然,黄土地给予他的,不仅仅是执拗,还有在这个时代已经变得模糊起来的古道热肠和善良淳厚,为了营救惨遭流氓蹂躏的女大学生,他被流氓打伤却为了姑娘的名誉而对此默不作声,以至于向上级隐瞒实情,以至于受了处分。作为一个军人,他对上级的隐瞒行为是错识的,而且对于姑娘懦弱行为的纵容本身就是一种愚昧落后的表现,是与现代文明所格格不入的;然而,墩就是墩,而不是别的什么人,惟其如此,才显示出人物的全部的性格真实性。如果说这一切都是作者对人物性格与心灵的自然展示,那么,墩之死则最终完成了人物性格与心灵的塑造,也为曾经生他养他的黄土地涂抹上了一笔重彩。在危机时刻,在生与死的抉择面前,墩几乎是不假思索地选择了死。并非是他对生无所留恋,何况他所挚爱着的兰花命运的变故又向他展示了新的希望;之所以选择死,关键还是他所信奉的上无愧于天、下无愧于地的处世原则在左右着他。因而,尽管昏迷了七天七夜,他仍凭着潜意识深处的信念,完成了那个古老而庄严的"看天"仪式,才带着他青春的生命与热血无怨无悔地离开了这个他挚爱的世界。在这部不足三万字的作品中,作者展示了墩作为一个现实生活中的普通人的性格的全部复杂性。在连长、指导员的眼里,他是一个"怪兵";在女大学生的眼里,他是见义勇为的英雄;在梁子的眼里,他是严厉又有几分淳厚的兄长。正是这种自尊与自卑、善良与严厉、侠义与愚昧构成了墩性格的丰富性,而这诸多的性格又是有机地与墩脚下的那片黄土地紧密相连;进而言之,墩的所有性格特征都可以从他脚下的那片黄土地中得到阐释。在这里,人物与他所处的自然环境与社会环境是水乳交融,密不可分的。应该说,作者写出了典型环境中的典型人物,塑造了独一无二的"这一个"。作为一个年轻作者,这一切是难能可贵的。尽管二十世纪以来,小说的形式与技巧千变万化,但塑造成功的艺术形象仍然应该是小说创作的基本功和关键。就这一点来说,《看天》的作者郭志东已经显示了其从事小说创作的矫健身姿。

《看天》不但塑造了生动鲜明的艺术形象,而且在环境的描写与渲染方面,也极见功力。在作品中,环境的描写渲染是作为另一条情节线索而出现的。如果没有这一条情节线索,墩的形象便要单薄很多;但是,如果将这条情节线索过分渲染,又会流于肤浅。作者恰到好处地处理好了这一对矛盾。墩在部队的生活,即从其入伍直到以身殉职的一段生活历程始终是构成作品的主干,这一情节线索在墩的形象塑造中起着举足轻重的作用。而另一条情节线索,即墩在故乡度过的岁月以及与故乡人物的情感纠葛成为墩性格的重要补充,它有效地阐释着墩的性格的内在来源。这条情节线索虽然着墨不多,但却为整部小说增添了异彩。看得出,作者对祖国西部那片神奇的土地有着怎样的挚爱,有时你会觉得,他简直不是在写小说,而是在赋诗、作画、谱曲。一个畸形的人生故事经过他的点燃,便充满了淳厚质朴的农人们所特有的浓浓的爱意,而这浓浓的情感,与他们脚下的那片苦涩、苍凉的土地又是那么的和谐融洽,甚至于那就是一首背景音乐,有效地点染着作品的主题。我们之所以对作者表现典型环境的手法加以肯定,亦主要基于此。但是,这种手法本身却并非恰当。我们承认,粗线条的勾勒与背景音乐的点染固然别出心裁,但是,他们似乎可以用更好的手法加以表现。尽管我们承认,两条情节线索有着内在的必然的联系,但是,从文本的外观层面来看,他们是相互割裂的。作者用了电影"蒙太奇"的手法,将墩的过去与现在加以对比,每当现在的故事进展到一个特定的阶段,就会有一段过去的故事交错其间;但是,作者是用变幻字体的方式将过去的故事与现在的故事加以区分,这样,过去的故事只是流动于作者的叙述过程中,而非活跃于人物的心灵深处,并随着人物的意识流动自然而然地加以展现。读者几乎是被拖拽着,极为被动地从一个故事跳到另一个故事,不免有些突兀与滞涩之感,阅读的兴趣自然也就无从谈起。并非这种小说形式绝对不可以用,同样的艺术的手法,用在不同的作家的不同作品中会产生不同的效果,关键在于艺术手法与表现内容应构成浑然一体的艺术境界。从某种意义上来说,创作过程本身就是作家表现内容寻求适当的艺术形式的过程,在这一点上,《看天》的作者不免显示出其创作的稚嫩之处。对此,我们无须求全责备,事实上,这也是一个青年作者经常遇到的问题。郭志东已经迈出了可贵的第一步,经过一段时间的艺术上的探索与磨练,我们相信,他是肯定可以找到"有意味的形式"的。

(该文刊于《昆仑》1997 年第三期,作者本名:张英,女,中国人民大学文学博士,解放军文艺出版社理论编辑)

记住脚印

——《郭志东作品散集》序

宇 鹏

　　志东把一本复印的文学作品散集呈现出来，想给自己小结一下。这是他的一个夙愿，我相信这个夙愿对一个为文学苦苦追求了十几年的人的重要。这些作品，散见于全国各地的部分报刊，有诗歌、有散文、也有小说，林林总总，已有好几十篇了，这是他在文学的道路上攀登的脚印，他说，他要记住这些脚印，可没钱，只能复印后叫《散集》了。

　　志东是我的朋友，他的人生道路像他的作品一样，平凡中见奇，朴索中有真。他高中毕业于1988年，从县中学的门里一出来，便无所事事了，于是便在自行车的后座上带了一个冰棍箱，赶会卖起冰棍儿。后来，又在延安街头摆起了书摊，同时在县城图书馆阅览室的一角租一个书架，办起了租书业务，他给租书点取了一个名："无奈书屋"，我记得招牌还是我用毛笔手书的。办书屋的前前后后，他读了大量的书，但总觉得生活底子薄，就第六次跑去报名当兵，终于如愿穿上了军装，去了那个"西出阳关无故人"的甘肃酒泉，在酒泉当兵他一去就是五年。戈壁风沙铸造了他棱角分明的性格,再加上他的努力,已是武警酒泉地区支队文笔佼佼的秀才,被部队选送北京总政治部解放军文艺出版社当了几个月的实习编辑。说来也巧,那次我正好去北京,在西什库茅屋胡同甲三号解放军文艺出版社的院子里找到了他,并在朱德手书的"解放军文艺出版社"牌子前合了影,这张照片至今保存着。以后,他又复原回到了生他养他的安塞故土,带着三枚三等军功章。这军功章当然要归功于他的笔。

　　志东这个集子里的作品较"杂",这也难免,因为他这种集法,无非是把自己曾经发表过的作品不分体裁地一页页复印后合订成册,但是,不管有多"杂",有一个主题是特别突出的,这就是贯穿于始终的他对生他养他的陕北黄土地以及橄榄绿军营的热爱、赞美和思考。于是,就有了描写陕北的散文《田头北人的路》、《我是腰鼓手》、《童年是首信天游》等较好的作品,描写军营的《雪山上那抹橄榄绿》、《肃州警魂》等作品也颇见功力。1994年底,他复员回到家乡——这个以腰鼓闻名天下的艺术之乡。他又拿起了笔,并对一个残疾少年的命运进行了关注,可以说,他是用一支富有良知的笔,叙写了一个残疾少年的人生命运,《一个残疾少年的命运》和《续篇》在《陕西日报》上发表后,很快在社会上引起了较大的反响。但是真正标志着他创作新起点的应当是他今年在大型文学双月刊《昆仑》上发表的中篇小说《看天》,这部小说一发表,便在同行中引起注目。对挚爱文学的志东而言,这是一个真正意义上的开始。

　　安塞,是一块富有传奇色彩的民间艺术沃土,狂放与精美的艺术并存。这些年,安塞人的英姿连同他们创作的艺术在神州

第五辑　师友序评

329

大地上一次次走红,像屹立于黄土高原上的红高粱一样,在民间艺术的高地上组成一道迷人的、魅力不凡的风景,志东便是其中的一个。我愿他带上陕北人坚韧的风格,以及一名鼓手的雄浑之势,卷起雄奇与狂放,抒写新的篇章。

1997 年 7 月 3 日于安塞

健壮拔节的声音（节选）

——评《阳关》1992年丝绸之路青年笔会小辑

万登学

　　散文之中，郭志东的《童年是首信天游》可谓独辟蹊径，无论是题材、内容、表现技巧上都与上面几篇大不相同。作者潜思梦想，巧妙地用文字把自己还原成童年。在文章里，作者完全以农家儿童的身份、口吻、思维方式把逝去了的童年生活——复制出来，情趣盎然，富于诱惑力。我以为，《童年是首信天游》既可看做一篇，也可看做内容有松散关联的一组。

　　该文故事性强，生活气息浓郁。《闯禁》中，"我"跟在姐姐和其他孩子的后面，去溜土坡坡坐磨；《山果树林》里，"我"追小兔意外地撞见了山花和锁贵藏在林子里谈恋爱，展示出一出恋爱悲剧；《崖畔畔说话》时那种情景，以及《拦羊》的具体经过情形……在作者极富渲染力的叙述下，成为一个个声音、动作、情态皆备的小故事，仿佛将原生态生活中的未作任何加工地搬入了文章之中。因其原始自然，几乎看不出作者主体意识雕琢的任何痕迹，感性较强，因而生活气息浓郁，容易引发读者的阅读兴趣和喜爱之情。

第五辑　师友序评

331

尽管作者采用的是回忆的方式描述往事,然而他完全还原,因此,出现在我们面前的,对所有问题的看法,纯粹是站在儿童的角度,因而文中的故事也更具体、真实、感人。如妈妈唬"我"说溜土坡坡会被吊死鬼掐掉"牛牛",为了证实妈妈的说法,"我"注意地去看三女他们的屁股沟,又看姐姐那地方,发觉她们都没有牛牛,被吓住了,轻易地相信了妈妈骗人的话;"我"竟会误以为兔子会在山花姐心里,山花姐上吊了,肚里怀了孩子,"我"误把他当做那次追不见了的兔子;大娃们骗人说"回音"是鬼的声音,"我"也完全相信;还有像《拦羊》里封官的情形等都很符合儿童的特点。如此,就把儿童的天真、好奇、好动、轻信、胆怯、喜欢探究的性格特征完全描绘了出来,饶具兴味,极易感染读者。此外,该文恰当地在文中插入信天游民歌,把碾子说成青龙、石磨说成白虎的忌讳,以及上面曾经述及的场面,不仅为我们提供了一幅幅特定环境里的生活画面,而且由这民俗生活画面为我们提供了一定的社会民俗知识,因此该文在世俗风情的展示中,具有民俗学的意义。

　　(该文刊于 1993 年《阳关》第五期,作者系酒泉教育学院中文系教授)

　　读完郭志东这部名为《陕北的魂魄》的书稿,那个已经困扰了好久的问题,又一次生发:民俗是什么? 也许,正如"什么是历史"一样,"什么是民俗"也将是一个永恒的追问。

　　民俗,若是简单点说,或许可以理解为民众或民间的风俗。在中国,"民"是与"官"相对而言的,那么属于"民"的东西,就不是官方的,不是由某些个人设计、制定而后借助国家权力推行的。至于风俗,至少汉代人已经有了相当全面的认识。班固在《汉书·地理志下》称:

　　凡民函五常之性,而其刚柔缓急,音声不同,系水土之风气,故谓之风;好恶取舍,动静亡常,随君上之情欲,故谓之俗。

　　应劭在《风俗通义》中,也讲了自己对于风俗的看法:

　　风者,天气有寒暖,地形有险易,水泉有美恶,草木有刚柔也。俗者,含血之类,像之而生,故言语歌讴异声,鼓舞动作殊形,或直或邪,或善或淫也。

　　综合起来看,"风"即是民众生活的自然地理气候环境,也就是我们常说的"一方水土养一方人",大漠孤烟与细雨江南,自然是不同的水土风气,生活在其中的人们,自然也是刚柔缓急各有性情;"俗"则是民众的言语动静好恶取舍,说的是民众的衣食住行和各种人生欲求,换言之,"俗"不是学术研究或哲学探讨,"俗"从根本上说只不过是民众的生活而已。

若是我们愿意这样来理解民俗,那么,我认为郭志东带着激情和热爱所描述、记录的这些东西,正是地地道道的陕北民俗,是地地道道的陕北人的生活。

陕北的民俗是陕北这方水土孕育出来的,因此哪一种民俗都不能离开陕北而空谈,不能离开陕北人的生存环境而空谈,郭志东在他特有的言说中反复地向我们提醒这一点。他说安塞腰鼓的狂劲、能劲,其实是"东山上糜子西山上谷,黄土里笑来黄土里哭"的受苦人,把自己摆在最低位置后以弱者的姿态打出的气吞山河之势。他讲陕北民歌,指出陕北民歌并不是很多人想当然认为的那样,是两情相悦者的浪漫表达,而只是那些拦牛放羊者、要饭赶脚汉们为了解心焦、去忧愁而唱给自己的曲子,这些陕北的汉子们,大多数时间与骡马、毛驴、骆驼、牛羊这些"牲灵"为伴,独自在空旷无人的山山峁峁劳作,或是在漫漫的路途中跋涉,这个时候,只有唱唱曲子,用拦羊嗓子回牛声吼喊几句,才能打发劳作的寂寥枯燥和旅途中的艰辛凶险,陕北民歌是真正的饥者歌其食、劳者歌其事,是歌者灵魂与性情的彻底宣泄。他讲陕北说书,指出书匠们的坎坷不幸后,同时对于书匠们表达了深深的敬意,这些人"千百年来不仅慰藉着陕北人苦焦、孤寂的心灵,还造就了陕北人独特的秉性"。社会最底层的民众无法用文字来交流和感知世界,而那些或盲或残的说书匠们,却通过口传心授代代相传的说唱艺术"让乡村里目不识丁的人们通过他们的说唱知道了前朝往事和山外的奇闻趣事,同时也通过说唱让人们明白了为人处世的道理,形成了自己的人生观、价值观"。

他讲陕北庙会,就追溯到民国十八年前后陕北发生的那场大年馑、大瘟疫,当时的安塞也不例外,"树皮剥尽,饿民吃泥土、石头、牛粪乃至人相食;更可怕的是断续反复了三五年的瘟疫,多处有全家人死光、全村人逃亡、大牲畜大片瘟死的情况。"正是在这样惨绝人寰的大灾难面前,安塞陈家洼的大师傅安师蔡师、海叶塔的杨师、边墙的高丕谋、仙人桥的李兴善、窑则沟的郑长存等十几个素秉善义的"忌口人"联合起来做各种实际救助工作,舍饭、舍药、组织饥民收殓死尸,商议抬起"佛爷"救世安乱,平定人心。云台山老醮会就是这样办起来的,虽然依托了云台山源远流长的宗教信仰,更多地却是乡贤大德们在特殊境遇下为慰藉民众、鼓舞人们的生存勇气、维护社会秩序而采取的善行义举,老醮会为亡灵超度,为生者祈福,承载的是乡民们对于未来生活的希望。他讲陕北唢呐,指出那高亢激昂的金属之音,对于陕北人而言,有着人生里程碑的意义:满月时的唢呐是向世人宣告"我落草了,满月了的我就能在这世上活下去";结婚时的唢呐是在宣告"我也有自己的女人了,我会和这女人一起再创造出几个我,我可以永生了";最后一次唢呐则是生者代为呐喊的宣告"我死了,不论这世界多么严酷,我一步不拉地走完了自己应该走的路,也将自己应该和不应该背负的重担背到了终点"。

陕北的民俗不能离开陕北人、离开陕北人的生活而空谈,但仅有生活也是不够的,陕北民俗中还蕴藏着陕北人的信仰世界,这是郭志东同样不断提醒我们的。陕北秧歌的队员多半是神点的或是还愿的,孩子得病或为了孩子能健康成长,陕北的父母们往往会祈求神灵保佑,许愿让自家的孩子跟上会里的秧歌队给神神闹秧歌,以谢神恩。正月里秧歌一起,秧歌队全体成员在会长伞头的带领下,与村民们一起组成了一支浩浩荡荡的敬神队伍。"谒庙"便是陕北传统秧歌必不可少的第一道程序,大家在会长伞头的带领下,上香献供叩拜,并将秧歌给神表演一过,之后才开始沿门子给各家拜年。沿门子时,同样要先在各家的供桌前参拜神灵,祈求神灵保佑,因为陕北人讲究,"正月里动动响器,家添人口外添财,年年岁岁不生灾"。转九曲时,首先要做的也是请神,"秧歌谒庙请神灵,烧香磕头心虔诚,敬请天地众神仙,同转九曲把灯观"。请完众神,还要祭风神,之后进入九曲阵则要点五方,转出九曲后要把各路神灵送走,还要把孤魂野鬼也送一送,让他们各归其位:"孤魂老价在上空,佛爷前来收香灯,虽然你老没神位,把你老送在高山里。"陕北的说书匠们还兼有算命、送鬼、扣娃娃、安土神等技艺,扣娃娃就是说书敬神,祈求神灵把娃娃"扣"起来,也就是将娃娃交由神来保护,免受妖魔鬼怪的侵扰。陕北各地庙会,更是陕北人信仰世界的集中展现,他们虔诚地烧香磕头、上供布施,为神灵心甘情愿地做各种繁杂的事情,同时也借着庙会的灵验,敬神拜佛、还愿抽签、过关、驱病、祈雨等等,这种简单淳朴的信仰让陕北人与神灵保持着密切联系,交织出一副天人合一的别致境界。

我们从郭志东娓娓道来的讲述中,真切感受到了什么是民俗。陕北民俗就是陕北人生老病死的这方黄土地,是陕北人艰辛却不乏精气神的生活,是陕北人木讷无言的信仰与梦想。至于陕北民俗的意义,还是郭志东说得更有特点:陕北民俗是鼓舞陕北人活下去并且活得意气风发、豪放热烈的生命激情,是过去乃至未来鼓舞世界的正能量。

2013－5－20 于延安大学

我的童年跟着大妈大伯在离延安二十里地的李家渠生活。当时我做医生的母亲和一批"臭老九"被下放到延川县人民医院改造。大妈大伯的一院窑洞在半山腰,二伯的一院窑洞在山腰下,从大伯家的碴坪上就望得见。大妈大伯和二伯是我记忆里最早爱上的人。

因为上小学的缘故,父亲接我回到西安。父亲单位地处西郊,有一座五层高的大楼,是当时附近最高的建筑。每天下学回家我就直接跑到大楼顶层,极目远眺,希望能看到陕北的窑洞和亲人。明知看不到,但每天放学第一件事无一例外仍是爬到顶层,想象着看到大妈在院子里喂鸡,看见腰扎橘色宽带的大伯和头扎白色毛巾放羊归来的二伯。想象中仿佛真的听到公鸡打鸣,看到窑洞窗纸由暗到明。那是我人生记忆里的第一次"生离"。

2010 年岁末我从美国回到西安探亲。其时,西安到延安的火车通了,全程只需四个小时。接待我的志东,在安塞县委宣传部工作,是我二伯的外孙子。我从前回家探亲的时候读过志东写的《鼓乡安塞》、《安塞腰鼓》等几本书,从他的文字中能感觉到他对故土的热爱,和对自己那方土地上民俗文化的激情。我也看到过他有关黄土地和腰鼓的全景像片,感觉他在视觉艺术上也有相当天赋。果然,在安塞的三天,志东富有激情地给我介绍老一代剪纸艺人的生平,他对剪纸艺术的欣赏和领悟,同时带我采访了年轻艺人陈海莉,中年艺人侯雪昭,还去拜望了当时已经不能再剪纸了的白凤莲和高金爱老人。只有高金爱老人仍住在窑洞里,在窑洞的炕上与老人拉话的感觉对于我这个久别的游子是回到家的温暖。几天里,我们趁天没亮或日落时分,几次爬上县城两边最高的山顶,拍摄日出和日落时分的县城,以及延绵不绝的黄土高原和黄土地上在风中摇曳的野草。临走的时候,志东还让我带走了他收藏的一套安塞剪纸绘画线描册,陈山桥先生编著的两本民间剪纸技法,还有乔小光先生所著的剪纸研究与创作。

2012年5月我再次回家探亲,又正好碰上安塞县民间剪纸、农民画传承人培训班。有幸见识了100多名民间艺人聚在一起创作学习的过程,参观了李秀芳老人的民间艺术馆,王西安家庭剪纸工作坊,以及年轻一代合作社性质的红窗花工作室(由陈海莉、陈莲莲、杜焕、郭搬转组成),也见识了中年艺人余泽玲的传承团队。并且在这一时间阅读了志东的《民间安塞》文化丛书的两本书稿:一本是《守望剪刀》,另一本就是这本《母亲的艺术》。

在《母亲的艺术》一书中,志东介绍了安塞二十一位老一代和中年一代有特色的剪纸艺人。年轻一代的剪纸艺人只写了虽然年轻已经走出自己独特道路的樊晓梅和马国玉,其他人他有意留作将来去撰写。通过阅读志东的手稿以及与他直接的交流,我体会出有这样几个原因,即从老年一代到中年、青年一代,剪纸的载体、主题、出发点和终级目的都在发生突变。老一代人手中的剪刀仿佛历史上文人手中的笔墨,首先是以实用为出发点,天天需要用,在不断地实践应用的过程中,因为人生的历练和对生活的体察对生命的感悟,女人手中的剪刀仿佛书法家手中的毛笔,在挥动中变成超越现实的精神之自然流动。有如古人所言疾风知劲草,岁寒知松柏之后凋,老艺人其实是经过了疾风岁寒的摧残而未折未凋,超越生命之精华——所以她们的作品中体现了"璞"和"真",即生命的原始冲动和精神超越并存一体的境界。她们的作品是心、身、意高度结合的产物。然而在她们的年代,虽然剪纸帮助她们精神超越,却基本不能帮助她们改变贫困的现实。

中年一代的几个有代表性的剪纸艺人比如王西安、侯雪昭、李福爱、余泽玲、孙佃珍等,她们是承前启后的一代,对传统有相当的继承,同时受过一些教育,并且赶上了社会变革的好时候,在政府和文化工作者推动的文化市场运作过程中,她们通过剪纸手艺直接改变着自己的地位和孩子们的前程。她们的出发点和终极目标已经与前辈发生了变化。她们作品的载体也发生了变化,目前最主要的载体是传统书的形式,将剪纸夹在其中,也有将剪纸作为画一样镶在框中。然而她们剪纸的主题主要还是对传统的继承,与她们的生活经历仍然是一致的。她们也在尝试社会变迁中新的主题,比如与国家时事有关的题材,或历史政治人物的题材。老一代剪纸艺人作品的主题受当时农耕生活影响,体现着几千年阴阳生万物以及道家天人合一的哲学积淀。但因为过去20年中国社会的急剧变迁,传统的载体诸如窗花、喜花、枕花、炕围花等迅速消失。像志东在此书后记里所感慨的,他在前年春节花了十天时间试图去捕捉童年记忆里窑洞上的窗花,竟然没有找到,他的失落也是我的失落,在终于能够回到这么多年思念的故土的时候,却发现窑洞不再温暖,一孔一孔在寂寞的阳光里坍塌。志东以及许多关心民间艺术的人士的担心在于:如果失去了传统的载体、传统思想的积淀,同时失去了生命的原始冲动,剪纸还能够成为一门艺术吗?在年轻的一代和将来,如何能够摆脱承传中流于模仿,创新中受制于市场?

这是一个难题,经过认真的思考也不敢说想通了。只能提几点个人在现阶段的想法供大家思考和批评。

一、虽然载体变了,出发点仍然是要实用:2012年5月在参观王西安家庭工作坊的时候,见到她的小女儿,她大专毕业回到家帮助母亲经营。她非常有想法,她说"如果剪纸不能改变我们的生活,让我们这一代人像老一辈人那样受穷还剪,不可能。"她目前在帮助母亲运营家庭作坊,并且通过收购的方式鼓励小姐妹们剪纸,她们能否成功地以剪纸为生,我们还将拭目以待。然而青年女子陈海莉,和她的三个姐妹们意识到自己个人的火候资历尚不敌优秀的中年艺人,于是联手经营一个合作社。我和志东一起采访过陈海莉,知道她是一位勤奋而灵动的女子,也知道她已经通过剪纸实现了经济独立。她懂得继承的重要,大量临习过中老年艺人的作品,同时在寻找自己的特点。余泽玲的团队不仅限于家庭成员,是师徒形式,这种方式有利于剪纸更为广泛的传承,也体现了余泽玲的远见和魄力,希望她的工作坊能够因为她的个人技艺既带出一辈新人又能立足于市场。此外,我同意陈山桥老师的建议,就是在小学初中开剪纸手工课,还有激活过年贴窗花美化生活环境的民俗等。

二、关于剪纸的载体:我的想法是既然目前传统载体在消失,作为个人逆转不了这个现实,不妨放开来,不用只限于剪纸夹书的形式。比如说窑洞的窗花美的原因是借着红色在白色窗纸上通过光的投射而产生,窑洞虽然废弃了,光通过剪纸所产生的色影美不会消失,只是需要找到新的载体。同样思路可以探索剪纸与现代艺术的结合,以剪纸为出发点,媒体可以放开,比如书艺,三维空间装置。这因此可能要求做不同纸质的尝试,有可能对传统造纸的艺术也是一个推进。

三、在主题上,就我个人对艺术和哲学的粗浅认识,我想最传统的可以是最现代的,最乡土的可以是最普世的。世界艺术中心由巴黎转变到了纽约是美国历史真正强大的象征。在这个资本对自然豪取掠夺生态失衡的世界,我们传统道家哲学对文明进步的质疑,对"无为"的肯定,以及对"天人合一"的强调应该是我们对这个世界的独特贡献,希望我们在走西方道路的时候坚持道家审美中的返"朴"归"真"。但这是一个见仁见智的问题,也是志东这本书的意义,通过整理收集老一代人的作品和他们的人生经历与创作经验,为后来的人提供了一个借鉴传统的窗口。至于后来者,我们还是要让她们放开个性,因为艺术必须是心、身、意高度结合的产物,我相信随着人们受教育程度的提高和见识的扩展,只要对自己的传统不妄自菲薄,剪纸艺术会有顽强的生命力和再生能力。

我从西安高中毕业后考入北京大学攻读经济学,之后又到美国攻读社会学,统计学,再之后一直在哈佛大学做医疗健康政策评估和研究。以为自己渐行渐远,没想到生活是一个圈。在美国的二十年我自己也走上了一条艺术探索之路,一直纳闷为什么学了那么多专业知识仍然不够,仿佛身体里有自己控制不了的生命冲动,一定需要找到艺术的形式表现出来。也是因为

"知识"并不等同于"真"，在艺术探索过程中寻找"真"的涵义。在读了志东写的安塞剪纸艺人之后，我明白了，虽然在人生的道路上走了很远，生命里埋藏着黄土地孕育的激情，我和这片土地上的人们共享着某种 DNA——生命密码。所以当志东问我能不能为这本书写一个序言，我非常荣幸地接受了，我愿意做自己本土文化艺术的一个传承者。

《守望剪刀》序

宇 鹏

几年前,读过散文家周涛先生的一篇文章,文章的题目叫作《写序十难》,让人很是玩味。为人写序,实在是一件不易的事情。就一般而言,写序这差事,多由名人,领导或其他能提升本书某些方面的人来担当。我一非名人、二非成功人士,只是一介草民、一棵黄土高原上的闲草,牛羊不食,无药用价值,无星点野花开出,一个农民出身的乡土文化人,一个喜读诗读古,写散淡文章,好画涂鸦之作的平凡之辈。无奈近年来乡土上一些喜好舞文弄墨,赠话咏诗、吹拉弹唱、画画照相的一帮乡土文化人不时有人出一本书或一本画册,叫我来写序,不知不觉中已写了六七篇之多,实在令人汗颜。想也是令人同情,这些人中间,出书出册并非是自己有钱,有的是从自己一点微薄的积蓄中挤出来的,有的是壮着胆子抹着面子向有关方面领导伸手要来的。因此,写个序也算君子成人之美吧。这样就一次又一次地心安理得地给人写了一篇又一篇,但尽量真诚地写,不夸大,不压低,也算一种良知吧。

志东先生编著的这本《守望剪刀——安塞民间剪纸艺术群芳谱》,原本这个序的任务是由陈山桥老师写的,但因他忙,这活儿又落在了我身上。陈山桥老师要编《中国剪纸(陕西)卷》,一本较大工程的书,延安卷的文字任务由省市文化部门又落在我身上,忙了好长时间。

　　志东先生是一个热心的人,他爱好文学,是安塞的青年作家,他又喜欢搞摄影,是安塞的摄影家,他的工作是通讯报道,写了十多年的通讯报道,获了好多奖。他搞文学时,写过中篇小说《看天》,在《昆仑》杂志上发表。他搞摄影,拍摄了一张千人腰鼓下山来的照片,气势之大,令观者惊叹,成为他的代表作。他搞通讯报道,写了许多获奖的通讯、消息。十多年前,他又开始涉猎民间艺术,经常到作者家采风,了解民间艺术创作。

　　民间文化艺术植根于中华大地之土壤,是一切艺术之本源。过去曾不被重视,自生自长,然经千年而不衰,这说明它是具有生命力的。随着时代的变迁和市场经济的冲击,民间艺术面临很大的冲击,过去自娱自乐的形式,再若保持原生态的状态已很难了。近些年来,人们在逐步认识到这些文化价值的同时,对保护工作十分重视起来,特别是党和政府出台了一系列文化保护工作的政策和措施,在人力、物力、资金方面予以了很大的投入和支持。各级政府也把非物质文化遗产和当地的民间艺术作为地方经济发展的战略内容之一加以保护和提升,有的成为地方的名片,有的成为吸引游客的龙头项目,这是可喜的。一些民间人士也有对民间艺术感兴趣的,他们自费、自发、自觉地去了解研究民间艺术,为民间艺术注入了活力,正所谓众手浇花花始红。这本书写了陈老师,他是我的恩师。他先后有十几年的时间在安塞工作,为安塞民间艺术做出了很大贡献。他为人像陕北的老黄牛一样,忠于他足下的土地,值得赞美。同时,我相信,这本册子也是有益的,它一方面可以展示一个个青年作者的创作成果,另一方面可以鼓励年轻作者继续从事这方面的创作,使他们多出新作,不断丰富其艺术人生,把安塞民间美术的后续人才培养上来,以丰富安塞文化艺术的内涵,壮大民间艺术创作队伍,推动县域特色文化的繁荣。